黯鄉魂 3

作者／張廉
插畫／Ai×Kira

目錄

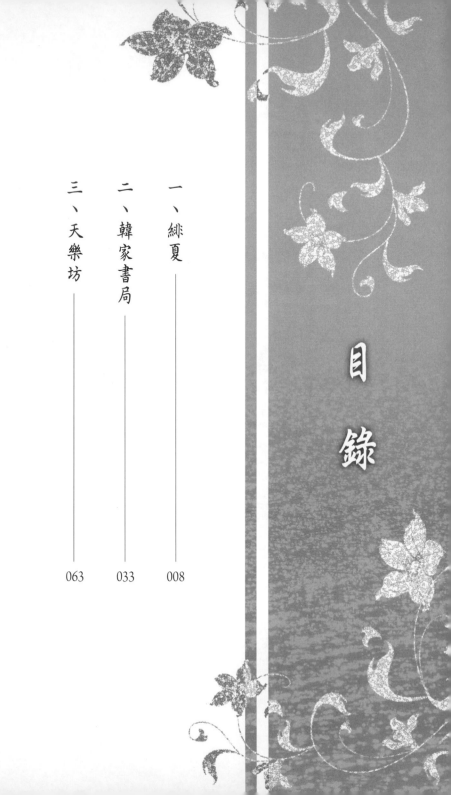

一、緋夏

遠遠的山道上，行來一輛馬車。現在是銀盤在天，星光皎潔，兩匹神武的駿馬也受不住一整天趕路，露出了疲倦之色。思宇坐在我的身邊打起了瞌睡，她枕在我的腿上，睡意正濃。

馬車幽幽地停了下來，車轣轆聲停止，我聽到了流水聲。「非雪，今晚就在這裡紮營。」外面傳來隨風的聲音，這一路，多虧有他護送。

我喚醒了思宇，她睡眼迷濛，我捏著她的鼻子，百般寵溺：「起來了，出去透透氣。」

「嗯……啊……」思宇打了一個呵欠，伸了伸懶腰。

月光撒在面前的草坪上，上了一層淡淡的銀霜。隨風選的地方很好，邊上便是一條小溪，溪水清澈甘甜。

「好舒服啊……」思宇用清涼的溪水洗了把臉，呼吸著新鮮空氣，回頭問著靠在樹邊的隨風：「明天就到緋夏的國都了嗎？」

「嗯！」隨風露出一抹微笑：「我去找吃的。」說著，便人影一晃，消失無蹤。思宇看著隨風消失的那一顆樹，感嘆道：「隨風真厲害！」

「呵呵……是啊……」我升起了篝火，「想當初他還扮成女孩來接我這個客呢，真是有趣。」

「是啊是啊，當時真是太有趣了，哎……可惜他也要走了……」思宇一臉落寞，「沒想到會變成這樣。」

「這樣？怎樣？不好嗎？我們可是在遊歷呢……」我從懷裡掏出一把有寶石雕刻的匕首，這是我昨天趁思宇不注意的時候買的。

「給妳，happy birthday！」

思宇驚訝地瞪大了眼睛，興奮不已：「妳居然記得！」

「當然，妳們是我的妹妹啊，妳的，還有……上官的……」想起上官，心中忍不住一陣惋惜，原來她一直都不信任我們，甚至還懷疑我想跟她爭後宮。

「謝謝！」思宇欣喜地拿過匕首，「太酷了，我就喜歡這個，非雪真好！」她撲到我身上，給了我一個大親親，正巧被回來的隨風看見，他頓時傻站在原地，一手拎著兔子，一手指著我們瞠目結舌：「妳們……妳們……」

「哈哈哈……」我和思宇笑成一團，一起拍著隨風的頭。思宇更是對隨風說道：「今天是你思宇姊姊我生日，香吻大放送！來，也給你一個！」

「別！」隨風立刻閃到一邊，護住了自己的臉。思宇噘起嘴，作委屈狀：「非雪妳看他～～真是太不給面子了～」

「哈哈哈……」我笑得前仰後翻，這兩個孩子真是的。

隨風為我們烤兔子的時候，我站在篝火邊：「今晚是寧小姐十八歲生日，我這個天使將達成寧小姐的所有要求，只為寧小姐一人表演節目，請問寧小姐想看什麼？」

「我要聽only you！」思宇咧著大嘴笑著。一看她這德行就知道是要聽哪首only you了。

我故意學星爺淫蕩地笑著：「嘿嘿嘿嘿，妳壞壞。」然後我撿起了一根樹枝當作麥克風，隨風也很認真地看著，他還沒聽我唱過歌，今天便宜他了，讓他看女版唐僧的絕對only you！

「鏘鏘鏘鏘，only～～」

「等等！」還沒開唱就被思宇打斷：「非雪這樣不專業，起碼要有個唐僧樣才行！」

思宇陰險地笑了，小丫頭給我出難題是吧。我得意道：「要像唐僧是吧，妳看著！」我瀟灑脫了外袍，然後兩個袖子斜綁在胸前，便是簡易的袈裟，然後又用腰帶裹住了頭，「登登，唐僧！」

我一手伸直朝天，一手臂微彎，下面成弓步，昂頭看著天空。

我這樣的姿勢頓時笑翻了思宇，而隨風冷汗直冒，嘆道：「印度阿三啊……」他是看過這電影的，我這裝扮跟唐僧的印度阿三版有些相似。然後，我開始傾情演唱，思宇還在一邊幫我打拍子。

「only you～能伴我取西經～only you～能殺妖精鬼怪～only you～能保護我……」

我雙手合十朝思宇和隨風一拜，隨風已經笑翻在地上。

「好！非雪真棒！如果非雪是男人我一定嫁給妳！」思宇拍著手，大喊著：「非雪再來一個！」

「嘿嘿！全聽寧大爺吩咐！」我嬌聲說著：「今天寧大爺生日，您說什麼就是什麼！」千嬌百媚的姿態讓隨風看傻了眼。

「真幸福！好！我想想……」思宇擰眉思索，隨風盤腿看著她，我也緊張地看著她，可別是什麼高難度的，我做不來啊。

「嗯！決定了！」思宇似乎有了定案，「我要看豔舞！」

「豔舞！」隨風驚呼起來，然後還問著：「是不是脫衣舞和鋼管舞？」

「當然不是！」思宇看著我，我也笑著看著她：「放心，妳讓我演什麼我就演什麼。」今天難得，我雲非雪豁出去了，一定要讓思宇這個在異世界的生日過得開開心心！

「就是上次看的那部韓國電影……那首《瑪麗亞》！要跳出那樣的感覺。」

「OK，沒問題！」我向思宇豎起了大拇指。將唐僧的裝束換下，外袍改綁在腰部，變成長裙；捲起褲管，露出大腿；放下頭髮，舉著樹枝開始邊跳邊唱，還學電影一樣拋了個媚眼給思宇，讓她整個大笑開懷。

我完全放下身段，盡情高歌：「Maria Ave maria……」唱著唱著，思宇也忍不住起身，跟我一起激情搖擺，歡聲高唱。

「非雪……謝謝妳……在這個世界有妳在……真好……」思宇緊緊擁著我，肩膀在我的手中顫抖……「傻瓜……祝妳早日找到一個真心愛妳的人……」抬眼間，正看見隨風痴痴的臉。傻傻的模樣在火光中閃耀，我朝他露出祝福的微笑，祝福他和未婚妻將來幸福。

折騰了一個晚上，我站在溪邊看著隨溪水而動的明月，它就像一位俊美的天神，深深地吸引我投入它的懷抱。此刻思宇和隨風已進入甜美的夢鄉，身後是閃爍火光，微微傳來幾聲柴火跳躍的劈啪聲。我解開自己的衣帶，投入溪中明月的懷抱，好舒服，好清涼。在這炎炎夏日，在出了這樣一身大汗後，沒有比在清涼的溪水中游泳更舒服的了。

靠在溪邊的岩石，看著自己的長髮隨波逐流，沒想到自己的頭髮也這麼長了。想當初上官為了讓扮相更像古代人，還特地做了假髮，現在的她恐怕也用不著了吧。

望著眼前滿天的繁星，我輕輕唱起《寧夏》，很適合現在的心情。

「寧靜的夏天，天空中繁星點點，心裡頭有些思念……」

抬手遮住月亮，月光透過手指撒在手臂上，月亮啊月亮，你能帶我回家嗎？好想家啊，好想念卡拉ＯＫ啊，呵呵……

「雲非雪，妳還在想夜鈺寒？」隨風的聲音出現在我身後的岩石上。我抬頭瞄了他一眼，他雙手枕著躺在岩石上，眼上還蒙著布。這孩子可真鬼靈精。

「沒有。」

「那妳為什麼唱這首歌？難道是水無恨？」

「這首歌好聽，我誰也沒想，都過去了。」

嘩啦啦的水聲襯托出夜的寂靜，一聲又一聲蟲鳴變得越來越清晰。

「你幾時回去？」我打破了沉默。

「明天。對不起，本來說好等妳們穩定了再走，可是家裡……」

「我明白。」我淡淡地說著。

隨風也要走啦，就和斐崳他們一樣。果然天下無不散之筵席啊。

「雲非雪……」隨風頓住了，似乎有什麼話說不出口。

「你想說什麼就說吧。」

「我怎麼覺得我走了妳很開心？」

「沒那回事，我也會想你的。」這是真心話。

「這還差不多。」隨風發出了輕輕的笑聲。

小孩子就是小孩子，還是要哄哄的。

「這一別不知幾時相見……」隨風的嘆氣聲化入風裡，漸漸飄散，「不過妳和思宇永遠都是我隨風的朋友！」他的手自然而然地掛了下來，搭在我右邊的肩上。太陽穴開始發緊，他的手也瞬即僵硬，我冷冷道：「還不把你的爪子拿走！」

「呃……對不起……把妳當兄弟了……」隨風的手迅速抽離，「妳和思宇實在不怎麼像……女孩子……」隨風的聲音越說越小，細如蚊蠅，回頭正準備扁他時，他已經消失無蹤。無奈地笑了笑，這小子溜得倒挺快。

抬頭再次望著天空的明月，我們又將開始新的生活，緋夏會是怎樣一個國家呢？

緋夏是怎樣一個國家？我只知道是一個美麗而熱鬧的國家。

隨風說的竹舍真的存在，我和思宇在看見那竹舍時頓時驚呆了。

竹舍臨瀑布而立，一邊是茂密的竹林，一邊就是瀑布的上游。站在竹舍的竹臺上，就可以看見傾洩而下的瀑布，當然這瀑布並不大，大約就五米寬，六七米高。而瀑布對面又是一片一望無際的竹林。我們就住在這片竹海之中，還真圓了當初看完《臥虎藏龍》之後的竹林之夢。

走出竹林沒多遠就是緋夏的國都邶城。隨風說過，既然要去緋夏，就去邶城。邶城繁華似錦，四季如春，而且交通便利，水陸兩通。

緋夏的男人都喜歡將頭髮梳成一個辮子，高高紮起或是垂在身後，或者斜在耳邊。而女人，則和蒼泯差不多，只是這裡的服飾很樸素，衣服上沒有太多絢麗的花紋，多為竹葉。

「怎樣？」隨風雙手扶在竹舍的窗邊看著窗下嘩嘩的溪水。

清澈的溪水在斷層處飛洩而下，晶瑩的水珠在陽光下蹦跳，一道淡淡的彩虹出現在瀑布的下方。呼吸著帶著涼意的空氣，我笑了，思宇歡欣地躍到隨風的身邊，一手搭在他的肩上，笑道：「簡直太棒了！在這裡有種隱居世外的感覺，是吧，非雪。」

「嗯，嗯。」我背手而立，笑著點頭。

「思宇，妳沒事時還可以練跳水。」隨風指著竹舍下的水潭。

思宇探出腦袋，很認真地研究了一番，嘟起了小嘴，發出一聲驚嘆：「真的耶～～」那躍躍欲試的樣子，彷彿已經要迫不及待跳下去。

我抬手拍在思宇的後腦勺上：「真什麼真，隨風逗妳的，從這裡跳下去，非摔破頭不可。」

隨風在一邊扭過臉，肩膀顫抖著。我悄悄走到隨風身邊，果然，這傢伙正在憋笑。直到我把臉湊到他的面前，他才發現了我，壞笑一下子僵在臉上，還露出一抹淡淡的紅暈。

「耶？隨風。」我越湊近他，他的身體開始慢慢後仰。「做了什麼虧心事？臉這麼紅？」我揚起眉角，邪惡地笑著，抬手勾住了他的下巴，對著他身後的思宇道：「思宇快來看，厚臉皮隨風居然臉紅，我都忍不住要學妳說那句話了。」

「哪句話？」思宇壞笑著在隨風的身後阻止他後仰，欣賞著隨風越來越紅的臉。

「今天太陽從哪邊出來？」

「哈哈哈哈，是啊，從哪邊出來……」思宇拍著隨風，隨風的眼睛漸漸瞇了起來，抬手打掉我勾著他下巴的手，轉身就走，還不忘朝我冷哼一聲：「哼！」

「嘻嘻嘻嘻！」我和思宇勾搭在一起笑鬧，發現我和思宇也是有惡女的一面。

隨風為我和思宇備齊了生活必須的東西，我和思宇準備了大餐為他餞行，窗外暮色已重，原本綠綠的竹海成了一片金黃色。

隨風眉角上吊看看我，又看看思宇，最後看看一桌子的美味佳餚，開始陷入發呆。

思宇雙手撐在臉邊，瞇眼笑著，桌下的腳還甩啊甩：「怎麼樣？樂壞了吧，我跟非雪可是特地為你一個人下廚哦，看你有多榮幸啊！」

「是啊是啊。」我殷勤地為他倒上酒，「你一路護送我們辛苦了。」

我和思宇熱情似火，怎奈我們的主角隨風毫無反應，依舊看著一桌子的菜發愣，他緩緩抬起手，指著桌子：「妳們……沒下毒吧……」

「你什麼意思？」思宇疑惑道：「對你好很奇怪嗎？」

「不奇怪。」隨風看著思宇，「妳對我好很正常，只是這個傢伙……」隨風抬手指向我，臉依舊對著思宇，「這傢伙今天這麼殷勤就有問題。」

無語……有時好人就是做不得。

竹舍的氣氛有點僵，我也不管他們，決定自己先開動。舉筷夾自己最愛的雞翅膀，忽然筷光一閃，雞翅膀消失無蹤，轉眼一看，那雞翅膀已在隨風碗中，隨風一臉得意的笑。

我怒！但看在他是小孩子的份上，不跟他搶。

再舉筷夾魚，筷光再次一閃，夾住了我的筷子。

我撤！再夾，他又搶！

「隨風你找死啊！」我怒火中燒，摔了筷子。隨風則一臉隨意將筷子含在嘴裡，笑道：「這才像妳嘛。」原來這小鬼欠人兇，不習慣我對他好。

他的碗碟裡全是我愛吃的，更可惡的是他搶走了不吃，堆了滿滿的一碗，隨風這個占著茅坑不拉屎的傢伙……呃！這個比喻在此時有點不恰當。但不管了，我一定要搶回來！

坐在我對面的思宇惶恐地將自己的碗碟用袖子掩好，大家相處久了，我那幾招她早就清楚，沒錯，我決定打噴嚏！

我打……怎麼回事？鼻子被人用筷子夾住了！

「妳那幾招都用爛啦。雲非雪，該換換啦。」隨風懶洋洋地說著，眼中帶著挑釁。他放開筷子看著我：「還有什麼招數？」

我瞇起了眼睛，他滿眼笑意，卻是一臉戒備。臭小子，想跟我鬥？

我瞄向思宇，思宇立刻揚臉夾蒼蠅，彷彿在說不關我的事……不關我的事……

嘆了口氣，放下手中的筷子，我坐到隨風的身邊，他愣住了，護好自己的碗碟。

「風風乖～～～」我抬手撫上他嫩滑的臉，「讓著姊姊，知道了嗎？」

隨風愣愣地看著我，眼神漸漸黯了下去，我用雙手捧住他圓圓的臉，紅暈漸漸在我的手中漾開，嬌豔的紅唇在我雙手的微擠下，更是自然的張開。

「風風最乖了。」他的手漸漸離開了桌子，輕輕扣住了我的手腕，「姊姊決定獎賞風風一個……」我微微張開的嘴，溢滿了笑意，「一個……」我緩緩靠近他的臉，看得思宇直起雞皮疙瘩，她在一邊拚命撫著身體……

「一個噴嚏！」說時遲那時快，我扭過臉就對著隨風的碗碟來了一個象徵性的噴嚏，然後搶了他的碗就回到原來的位置，開始勝利大笑：「哈哈哈……隨風，我雲非雪不僅會用噴嚏計，還會用美人計，傻小子！」我狠狠捏著還沒回過神的隨風，他的臉在我的手下變得歪七扭八，思宇幸災樂禍趁機捏他另半邊臉。

「對了，非雪，風風好像是妳家的狗吧。」思宇對我眨著眼睛。

我故作恍然大悟：「是啊，妳不說我都忘了，沒錯，我的風風啊。」我越發使勁捏著隨風的臉蛋。怒容漸漸出現在他的臉上，他低垂眼簾，一股陰寒的殺氣在他身上出現，整個竹舍的空氣驟冷。我和思宇對視一眼，同時向他俯身，在他的兩側臉頰上落下輕輕一吻，隨風的眼睛驀然瞬大。

我和思宇笑著坐回原位，開始吃飯。

「思宇，這魚妳喜歡吃。」

「謝謝非雪，這是妳最愛的豆腐。」

「是啊，豆腐啊，哈哈哈。」

「瞧妳那淫蕩樣，真懷疑妳是不是蕾絲邊。」

「我雖然不是，但演起來絕對像，上官可被我嚇哭了呢。」

「是啊是啊，我想想上官的樣子就想笑，哈哈哈，非雪妳真壞。」

「哈哈哈……」我和思宇的笑聲迴盪在竹舍裡，一邊的隨風，嘴角始終保持上揚狀態……

隨風是第二天早上走的，因為他在我的床邊囉唆了半天，我當時還神遊太虛，就被這個吱吱喳喳的傢伙吵醒。

「我要走了，雲非雪。」

「嗯……」我懶得睜眼看他。

「妳做的娃娃青煙真的會喜歡？」

「嗯……」我用被單蒙上了頭。

「在這裡可別惹事，沒人再幫妳收拾殘局了。」

「嗯……」拿我當小屁孩啊。

「喂，我就要走了，妳怎麼也不表示表示？」

煩！他怎麼不去找思宇？

「妳就真的這麼討厭我？」

怎麼跟女孩子一樣會胡思亂想，看來得哄哄他。

我吃力的抬了抬眼皮，看見撐在我上方模糊的黑影，我張開雙臂，隨便抱了一下他，像兄弟一樣拍著他好像有點僵硬的背：「祝你一路順風！」然後我放開了他，再次閉眼，無力地揮揮手，連那句「再見」都沒力氣說出口，就陷入一片黑暗之中。

等我再次醒來，太陽已經曬到大屁股。思宇坐在我的房間裡，手上拿著一張字條，見我醒來，便滿臉堆笑。她的笑容在陽光下是那麼燦爛，那麼迷人……思宇笑的時候最美麗！

「哈哈，非雪妳完了！隨風算是纏上妳了！」她甩著字條，得意洋洋，汗一顆一顆從我的額頭爆出，只見上面寫道：「家事告一段落後，接妳回家。」他好歹也加個「們」字啊，寫得這麼曖昧是怎樣啊！

「看來這隨風是要跟妳鬥到底了！非雪，妳魅力好大啊……」思宇開始往我身上黏，「夜鈺寒、水無恨、隨風，妳讓一個給我嘛～～」她抱著我，搖啊搖。

我陰下了臉：「妳明知道隨風不是這個意思還亂說。妳要就給妳。」

「不行！他太小了。」

「他不是和妳同歲嘛。」

「妳裝傻啊，我實際比他大四歲呢，我不喜歡姊弟戀。」思宇放開我，嘟起了小嘴，望著窗外，雙手撐在床沿，開始甩她的腿，「哎，我什麼時候才能碰上一個好男人呢？」

本來想說隨風比她成熟，可我彷彿看見一縷淡淡的怨氣從她的頭頂冒出，然而，她渾身又被一種希望的光亮所包裹，哀怨的神情中卻夾雜著強烈的欲望，我嘴角開始忍不住上揚：「思宇，現在好像是夏天吧。」

「嗯啊！」

「應該過了思春的季節了吧。」

「非雪妳！」思宇不用任何修飾的眉毛皺在了一起，圓圓的小臉變成了包子，「哼！非雪最壞了！」她將我撲倒，狠狠晃著我，她就會這招……

隨風離開的第一天就在這搖晃中，開始……

在我眼裡，思宇渾身上下就甲狀腺最發達。為什麼？她實在太……太有精力了！在這種炎炎酷暑，是人（例如我這種）都會選擇蟄伏，而思宇這傢伙居然整天跑北城，整個人曬成小麥色，我都不知道她那些源源不斷的精力從哪兒來？

有這些精力還不如做飯給我吃。汗！這麼說好像有點不厚道……

我趴在窗臺上，思宇今晚一回來就趴下睡了，她似乎很累。看著外面的雷雨，天空一閃接著一閃，現下已經進入雷雨季節，要不是放棄【虞美人】，應該正是夏裝上市。

「轟隆！」又是一聲雷，床上的人驚叫了一聲。思宇跳坐起來，看見我就立刻跑過來抱住我：「嚇死了，嚇死了！」思宇怕打雷，尤其是特別響的夏雷。

「別怕，很快就過去了。」

「非雪，我們來這裡七天了，妳有沒有想過以後要怎麼過？」她開始用聊天來轉移自己的注意力。「等秋天。」我淡淡地說著，其實我很喜歡看閃電，它氣勢恢弘，激發人的鬥志。

「啊？秋天哪有這麼快來？」

「再等……」

「我才不要咧，我們找點事情做做啊……」思宇雙眼發亮。

「我懶……」

思宇的臉立刻垮了下來：「非雪最沒上進心了，我們會坐吃山空的！」

「那妳說吧。」原來這兩天她跑北城是想找事做。

「我們……開商場啊。」

「這裡是古代，就算都城也不過萬戶，人潮流量不大，商場無非賺個人流量。我們那個世界中午、晚上和週休日人潮流量最大，而這裡又沒週休制度，大部分的錢掌控在少數人手裡，晚上又沒電，妳打算開鬼屋啊。」我揶揄著，思宇噘起了嘴。

「那……我們開鬼屋！」

「小心被當作擾亂社會治安，蠱惑民心被抓起來！」

「開賭館？」

「不認識黑道上的。」

「開酒店吧？」

「女人太少。」

「非雪！我看妳根本就是不想創業！哼！妳就會說風涼話，我不理妳了！」思宇生氣了，一張小臉氣得通紅，不再理我。

「劈啪！」又是一聲巨雷，思宇「啊」地一聲再次躲入我的懷中。

「好啦好啦，明天妳再去逛逛，看看有什麼更好的點子。」

「妳為什麼不去？」

「我去誰做飯？」我看著思宇，思宇眨了眨眼睛，點了點頭。

心裡壞壞地笑著，思宇果然單純，其實到了城裡哪會沒飯吃？只不過我懶得走路罷了。這個思宇，又被我騙了。

第二天一早，思宇就匆匆進了城，她這份創業的熱情我很敬佩，可是我只想貪圖現在這種釣魚睡覺的逍遙日子，於是我拿起魚竿出門釣魚。來到這裡七天，我整天就是設陷阱，抓鳥逮兔子，當然我抓了牠們終究還是放生，實在不忍心傷害牠們。後來這群傢伙也不怕我了，索性讓我抓，因為被我抓有菜和小米吃。

架好魚鉤，我搬出躺椅，竹林為我擋住熾烈的陽光，這裡相當偏僻，七天來，沒見過半個人影，不過再往外走出去點，可以看到許多挖筍和砍竹子的人。隨風可真是會找地方呢。

整個人攤在竹椅上，清涼的竹風一陣又一陣地撩撥著我的睡意，垂地的手指有點癢，低頭看了看，原來又是牠，一隻白兔。牠最近常來，會先看看我的動向，然後就會帶一窩兔子來討飯吃。

此刻牠正舔著我的手指，紅紅的眼睛似乎在對我說些什麼。

「你又來了？」我摸著牠的耳朵，牠跳到我的腳邊，咬著我的褲腿，莫非真有什麼事？自從小妖幫我驅毒後，我與動物有了一種特殊的默契。

我立刻站了起來，牠開始在前面帶路。

我跟著牠跑，沒跑多遠，就看見了牠的夥伴，也是常來討飯的一隻灰兔，此刻牠躺在地上奄奄一息，在牠的後腿上正插著一隻箭，有人在打獵！

正想著，馬蹄聲漸近，似乎不止一個人，我抱起兩隻兔子拔腿就跑。

身邊躍過一匹黑馬，揚起了塵土，我吃驚地站定腳步，只一瞬間，我就被馬匹圍困在當中，眼前有五六個人，同樣的黑衣打扮，同樣的冷漠，似乎都是訓練有素的人。

他們一身獵裝將我圍在中央，灰兔的鮮血染滿了我白色的衣衫。

「交出來！」其中一個朝我大喝著，我退了一步，看清這些人的樣貌，他們都是頭戴一個小冠，將長髮整齊地貼緊在耳邊，未梳任何髮型，似乎不是緋夏人。

「主子來了。」說話間，他們讓開了一條小路，一個頭戴寶石青金髮冠的男人騎著一匹白馬走進了圈子，深褐色的長髮在風中飄揚，琥珀的眸子帶出渾身的霸氣，冷酷的臉龐，讓人莫敢仰視。

我愣住了，居然在竹林會看到一個美男子？思宇見了一定會興奮的。

「快交出兔子！」另一人對著我厲聲呼喝。

我看著他們兇神惡煞般的眼神，心想只有跟那個主子談判了。

「請閣下放過小人的兔子。」我恭敬地對著那褐髮男子說著。

那人低眉看了看我：「這是你的兔子？」

「不是。是朋友。」

「大膽！既然不是你的兔子，為何不准我們狩獵！」隨從大聲吼著。

在沐陽城與太后一役，練就了我的膽量，這樣的場面根本嚇不倒我，我對著那個主子笑道：「閣下可是大英雄？」

「我家主人當然是！」

那男子的臉上沒有任何表情。

我繼續說道：「遇強則強，遇弱則弱，這位大英雄應打天上的雄鷹，地上的猛虎！這種小兔子，不配死在大英雄的箭下。」我將兔子放在地上，折斷了箭支，恭恭敬敬地遞到那男子的面前。

我低著頭，等在馬邊，他的白馬撇過了臉，在我身上磨蹭著，這匹色馬！

手中的箭支突然被取走，那男人高喝一聲：「走！」白馬掉頭，發出一聲嘶鳴。

馬一匹接著一匹從我身邊掠過，踏塵而去。

「哎……」我抱起了受傷的灰兔，白兔跟著我一起回竹舍。

那群人定然是要去莨菪山，那裡是狩獵的好地方。而要到那裡，必會經過這片竹林，估計是手癢先小試身手。

中午思宇依舊沒有回來，看來她在城裡吃飯了。我就依舊躺在竹椅上睡覺，像這樣夏日午後，逛街就等於免費曬太陽浴，自然是躺著睡覺逍遙。

手拿鵝毛扇，嘿嘿，還是思宇給我買的。換了乾淨衣裳，依舊是我喜歡的白色。浸了溪水的鵝毛扇，帶出陣陣清涼，身邊的小白小灰安靜地躺著，還有牠們的孩子……我猜的。

沒一會兒又幾隻鳥落在我的椅邊，我開始懷疑小妖給我的不僅僅是個脫胎換骨的身體，還有某些類似動物荷爾蒙之類的東西，否則動物怎麼跟我特別友好？尤其是雄性動物……哎，有時真是有點鬱悶。

輕搖鵝毛扇，再次陷入假寐。夢中看見了馬面，我笑道：「莫非是來招魂？」

他二話不說就撲上來猛啃我的臉，嚇得我當即驚醒，可是怎麼還是有東西在舔我的臉？

「逐雲！不可無理！」一聲輕斥引起了我的注意，朦朧的視線開始聚焦，原來是上午那名男子，而舔我臉的正是他那匹白馬。

臉上的味道怪怪的，我拍著一旁的馬臉：「難道我的臉很好吃？」牠再次揚了揚臉，朝我噴了一口氣。

「逐雲！」又是牠的主人，他此刻就站在逐雲的身邊。

我伸了個懶腰，走到溪水邊，將臉上逐雲的口水洗淨。

「先生是隱士？」男子低沉的聲音在身後響起，我站起身，隨意地看著周圍：「不是，城裡要交房租。我沒錢，這裡不用。」

身後傳來男子的輕笑，我轉身時他正摸著一邊的逐雲：「逐雲很少喜歡人，是牠帶我來的。」

「哦？」我看著逐雲，左看右看也看不出所以然，倒是看見馬背上的獵物，正是兩隻雄鷹，我笑道：「大英雄打完獵了。」

「嗯，先生要嗎？」

「不了，謝謝，我有魚。」我隨手拉起了魚竿，魚線在夕陽下帶出一竄水光，而鬱悶的是，我今天忘記下餌……

「呵呵……看來先生忘記下餌了。」

額頭落下一滴汗，逞強道：「這叫無餌釣魚，願者上鉤，看，閣下不是給在下送鳥肉來了。」我無賴地笑著，總要給思宇一個交代，不能一整天一無所獲啊。

男子忽然瞇起了眼睛，隨即幽幽地笑了，原本冷酷的臉上，帶出了暖色。他卸下一隻老鷹扔給了我。哇！好大一隻鷹。

「你叫什麼？」

問我名字？我笑道：「竹林偶遇，不足掛齒。」

「哦？先生不願道出姓名莫非是看不起在下？」男子認真地看著我，琥珀般的眸子吸引著我的視線。

一陣大風忽然掀起，揚起了我的髮絲和我的衣衫，竹林搖曳，射入了一束陽光，我抬手用鵝毛扇遮住曬在我身上的強光，抬眼間，正看見山間白雲飛揚。

大風起兮雲飛揚。風過竹靜，竹林再次遮住了肆虐的陽光，於是我拱手道：「在下雲飛揚。」

「雲飛揚。」男子沉吟著，他微微點了點頭，轉身躍上了白馬，修長的大腿在空中甩出一個優美的弧線，「雲飛揚，我還會來找你的！」說著，他策馬而去。

來找我？幹嘛？不想了，吃鷹去。可罪過的是，這隻老鷹居然還沒死！看來今天註定只能吃菜喝粥了。

思宇回來的時候臉是綠的，看著桌上的稀粥和青菜，大聲質問我：「這是什麼？」

我趕緊上交一副美人圖，就是今天碰到的那位。思宇頓時雙眼發光，就算面前是石頭，她都能吞下去，這就叫秀色可餐！圖上美男昂立山頭，宛如天之驕子，霸氣凜然。我還在旁邊用我的狗爬字寫道：放眼天下，誰與爭鋒，稱王稱霸，唯我梟雄！

自從離開沐陽後，這便是我第一副美人圖。

竹舍外的走廊是懸空而立的，坐在上面，就像坐在瀑布之上。滿天的星光下，是白色的水花，黑白之間，便是我雲非雪。

一聲聲清幽的笛聲從嘈雜的水聲中，猶如雨後春筍般突破而出，笛聲圍繞在竹林間，帶出竹葉的歌唱。斜靠在欄杆上，循聲望去，思宇此刻靠坐在溪邊一根碗口粗的竹子下，單腿彎曲，原本皎潔的月光透過竹林，變成淡淡的綠色。記得那天思宇吹的那像幽靈一般的詭異曲子，還真讓我降溫不少。而今天她這曲《絲竹調》，又讓人有種空靈的感覺。

微微揚起一陣山風，將思宇的髮絲和白色繡有竹葉的長袍，吹向了同一個方向，片片竹葉輕輕地飄落開來。我深深吸了口氣，閉上眼靜靜享受著思宇給我帶來的這份寧靜，思宇是動的，但她的心靈卻是靜的。就像我的名字：雲非雪。

雲是天上的雪，雪是地上的雲，雲是動的，雪是靜的，雲非雪雲非雪，只想在馬不停歇的生活中，讓心獲得依靠。

笛聲忽然止住，我緩緩睜開眼睛，卻見竹林下，思宇的身邊，不知何時多了一個男人，眼前一亮，這男人居然有一頭漂亮的金髮。

男子約一米七六左右的身高，由於距離有點遠，也看不清男子的樣貌，只見他穿著深色的長袍，立領外翻，露出胸口的肌膚，這是緋夏大部分夏季男裝的款式。

簡潔的線條，微微收腰，這男人有一副修長的好身材。他正和思宇說著什麼，思宇笑著坐下，男子雙手後撐坐在她的身邊，一曲瀟灑的《仙劍》遊戲版裡的音樂婉轉在上空。

路人甲？可能是被思宇的笛聲引來的。

思宇吹得入神，身邊的男子聽得更是入神，他們之間，讓我有一種和諧的感覺。

曲聲漸止，思宇揚起了臉，看到了站在走廊上的我，思宇朝我揮了揮手，還拉起了身邊聽得入神的男子，對著他手舞足蹈，似乎在邀請他。

男子舉止優雅地回絕了思宇，向思宇揮手告別，末了還朝我揮了揮手，然後漸漸消失在幽暗的竹林中。那頭金黃色的頭髮，也隨之漸漸消失，宛如一個精靈，悄悄地出現，再無聲地回到自己的世界。

「看見了沒？」思宇興奮地跑回竹舍，「像個精靈，非雪妳看清了沒？」

我搖頭：「太遠了，看不清。」

「太可惜了。」思宇抱著自己的笛子，雙眼閃亮，「真像個妖精啊，好帥的妖精，真想再見到他啊……他說他叫余田……」

余田？怎麼這麼一個美男取那麼難聽的名字，莫非不是真名？

思宇微紅的臉上，出現了從未有過的痴迷，她雙手托著自己的臉頰，坐在桌邊望著竹林出神。

或許是這個神祕男子的出現，讓思宇在睡下的時候，也帶著笑容。就像少女見到了自己的偶像那般地興奮。

從這天開始，我和思宇都有了各自新的名字：雲飛揚和寧秋雨。

第二天思宇醒來的時候，她的嘴角還流著口水，說夢裡又見到那個帥哥，所以她今天的心情相當好，渾身充滿鬥志，哼著歌向北城出發。

她這樣的熱情一直持續了三天，之後，她就再未提起那個帥哥，興許又看見哪個對她胃口的，轉移目標了，這個吃著碗裡看著鍋裡的傢伙。而這期間，那個像精靈一樣的男子也再未出現，更加加深了他的神祕感。在思宇連日的市場調查後，她做出了決定，並帶著我一起上北城，說是讓我看看，聽聽我的意見。

北城是個繁華的城市，因為盛產竹子，所以以竹子為材料的物品和菜肴成為這裡的一大特色。

除此之外，北城更是最大的書城，這個世界大部分書籍都是從這裡印刷出來的，這裡有最大的書商老闆，還有最前衛的時尚小說家。

估計隨便抓一個就是寫書的，街上瞟瞟都是手拿摺扇的文人。因為緋夏男人的髮型很別緻，所以一眼就能看出誰是文人。那種頭戴方巾的就是文人，跟我的裝扮差不多。

我在思宇身邊優哉遊哉地走著，看到了許多我在沐陽看過的書。

「非雪，妳看怎麼樣？」思宇指著滿大街的書攤問我。

我被問得一頭霧水，用鵝毛扇遮住頭頂的陽光：「什麼怎麼樣？」

「書啊！」思宇有點急了。

「哦，書。」

思宇立刻在我身邊翻了個白眼：「妳真不明白還是裝的，我叫妳寫書！」

「啊？」我錯愕地大叫起來，引來路人觀瞧，我和思宇趕緊閃到一邊，我愕然地看著她：「妳叫我寫書？」

「沒錯！」思宇眼冒金光，「就憑妳的文采，我們可以打下一片天！妳想，誰寫過穿越時空？誰寫過奇幻？誰寫過玄幻？誰寫過耽美？這裡就是我們展現的舞臺，在不久後的將來，這裡的書攤上賣的，都將是妳的書，雲非雪的書！」

「我寫了，誰會買？」我問道。

思宇的表情開始石化。

「我寫的他們一定能接受嗎？」

思宇的臉上開始佈滿黑線。

「好了，我先看看文路，然後妳找下家。」我手搖鵝毛扇緩緩前行，發現思宇還站在那裡發愣，「要走了沒，我餓了！」

「啊！哦！」思宇笑著跑了上來，開始滔滔不絕：「我還以為妳又不贊成呢，嘿嘿，是我想得不周全，我一定會好好調查市場的。」

「嗯，我們買書吧。」

「好！」

既然思宇那麼有積極性，我總不能老是潑她冷水，再說這次的點子不錯，有發展的潛力。

買了一大堆書，找了個飯館吃午飯。日頭正猛，我心生煩躁，思宇倒是一臉精神奕奕，一旦做自己想做的事，就有用不完的精力。

坐在臨窗的位置上，偶爾吹過帶著涼意的風，我們吃著一桌的美食，耳邊傳來臨桌聊天的聲音，那裡坐著幾個相貌不錯的年輕男子。

「喲！你這衣服好俊！」

「俊吧，這可是上次去沐陽表演時，在那裡最有名的【虞美人】買的。」

「我知道我知道，聽說【虞美人】裡可有不少美人哪！」

「哈哈哈，我可是親眼所見哦，他們當時的表演我至今無法忘懷。那音樂，那歌聲，還有那神祕的面容……」一名男子進入沉醉狀態。

我和思宇依舊吃著自己的飯，心如止水，好像聽的是別人的事，我隨手翻開一本看似言情的小說，默默看著。

「他們當時都帶著狐狸面具，我想一定是大美人，尤其是唱歌的和跳舞的，有人說是掌櫃的雲非雪和他的妹妹，也有人說奏樂的男人才是他們，總之這【虞美人】哪，很有可能是一窩狐狸精。」

「狐狸精？那豈不是騷媚入骨。」然後就是一陣淫笑。

「你這小子淨想著這些，不過的確很神奇。」

「是啊，太神奇了，我也是親眼所見，就在他們表演結束的時候，他們飛到了天上，咻！就從此消失。」

「怎麼這麼玄啊……」

我將筷子放入嘴中，咂巴著，這篇言情寫得一般，不過倒是白話，我只要在原本的文章稍作文言修飾，就可以適應這個世界的文風，而且這篇言情通篇掃下來，連讓人臉紅心跳的橋段都沒有，可見比我這個清水皇后還要清水，再看看其他的吧。

「飛揚，妳看這本怎樣？」思宇遞過來一本，我翻看起來。邊上的人繼續說著。

「不止呢，之後我還參加了夜宰相的大婚呢！」

大……婚……心底一陣波動，就連思宇也停下了筷子。

「那場面……喝！可氣派呢，連他們的皇上都來主婚。」

「真的！我聽說那夜宰相可是難得的人才，誰家姑娘這麼好福氣？」

「我看是那夜鈺寒好福氣，你們知道他娶的是誰嗎？」

「誰？」

「是沐陽第一佳人，水酇的女兒水嫣然。」

「好一對才子佳人啊。」

是啊，好一對才子佳人，沒想到我的離開居然促成了一段好事。手被人覆住，是思宇，她擔憂地看著我，我笑道：「一切都過去了，讓我們祝福他們。」我舉起了酒杯。

「好！白頭偕老！」思宇舉起了酒，和我的撞在了一起。

眼前的書面上漸漸浮現夜鈺寒和水無恨的臉，似乎有種預感，我還會見到他們……

「還有什麼大消息？」

「有，聽說他們的皇帝最寵愛的一個叫什麼柔妃的，懷孕了，舉國歡慶，還大赦天下呢！」

「喲！這可是大事啊。」

「當然，我們的國主也正準備前去賀喜呢。」

我和思宇互望了一眼，再次默契地舉起酒杯，雖然上官已與我們南轅北轍，但她和我們始終相識一場，就讓我們祝福遠方的她和她的寶寶都健健康康。

就在這時，樓梯處傳來一陣急切的腳步聲，我們的桌子正對著樓梯，只見一個小廝急急跑了上來，候在路口，就連樓上吃飯的人，也漸漸變得寂靜。

我和思宇往樓梯口望去，只見一個風度翩翩的男子，出現在我們的眼前！

清秀的臉，卻帶著深深的愁容，清眉淡眼之間，卻閃爍著精明的光芒，清爽的頭髮，整潔的衣衫，手執一把摺扇，腰間繫有一個小型的玉算盤，看著像生意人，但卻沒生意人那股市儈之味，反而更像個書生！

二、韓家書局

這名男子在我們見過的男人中算是一般，普通的長相讓我感到親切，彷彿回到自己的世界。

「非雪，妳怎麼了？」

「妳不覺得這個人很親切嗎？」

思宇努了努嘴：「沒有啊，又不是美人。」

我收回視線笑了：「就因為他普通，所以覺得親切。」當然，我個人覺得和普通人相比，他還是比較帥的，只是相對於斐嵛他們，就稍嫌遜色。

「韓爺這邊請……」那小廝恭敬的招呼著，原來他姓韓，只見他身後還跟著兩個家丁，家丁倒是一臉囂張。小廝領著韓爺朝我們這邊走來，只見他滿臉陪笑地看著我們：「兩位爺，真對不起，這位置是韓爺的專席。」

專席啊，難怪覺得風景特別好。

「專席？你什麼意思？」思宇低沉的聲音帶著怒意，「既然是別人訂下的，為何我們來時不說？」

「這……這……」小廝抓耳撓腮，很是為難，「是小人的錯，是小人的錯。」

「喂，你們兩個，識相的快點讓座！」那韓爺的家丁倒是叫囂起來，我看了那韓爺一眼，他只是擰了擰眉，已經在看有沒有其他位置。

「憑什麼讓你們！」思宇也是吃軟不吃硬的脾氣，「大爺我付了錢的！」

「哎喲，兩位爺，您就別為難小人了。」小廝急得汗都出來了。

正巧鄰桌的幾個男人結帳，我便對小廝說：「那桌空了，我們去那桌吧。」

小廝立刻感激地看著我，直哈腰：「多謝爺！多謝爺！」

「飛揚！幹嘛讓著他們！」思宇的怒罵已經引起了那位韓爺的注意，思宇狠狠瞪著他，「有錢了不起啊，本大爺的錢拿出來可以砸死你！」

「哦？是嗎？」那位韓爺終於開口了，帶著商業的微笑看著思宇，又將我們打量了一番，最後將視線落在我們桌邊的書上。

「你們兩個算什麼東西！」韓爺身後的家丁又開始叫囂，我發現那韓爺雙眉打結，看來他對兩名隨從的態度也很不滿，不過估計他八成也是個護短的人。

「就是！居然跟我們韓爺比，不自量力！」

「夠了！」韓爺終於生氣了，威嚴的神情讓兩個隨從立刻縮了縮舌頭。

此刻小廝已經幫我們把菜肴放到鄰桌上。

「秋雨，算了，這大熱天的，沒看見狗都亂叫了嘛。」

思宇愣愣的看著我，好半天，她燦爛大笑起來：「對！天熱狗亂吠！」

然後我們抱著書坐到了鄰桌上，末了看見那名韓爺嘴角淡淡的笑容，由此判斷，或許他其實是個不錯的人。他聽懂了我罵他的奴才，卻不說破，說明他也覺得身後那兩人做法不妥。

坐下之後，我依舊一邊吃菜一邊看書，思宇冷不防問我：「喂，妳到底覺得這本《夏風緣》寫得怎樣啊？」

這是剛才思宇給我的小說，據說是時下那些千金小姐枕邊最暢銷的小說，主要講一個書生在夏天偶然遇見一位小姐，然後墜入愛河。依我看，這本書情節枯燥，沒什麼新意，畢竟在我們那邊的世界看過太多了。

「嗯……」我咬著筷子，翻著：「追的過程不浪漫，看的時候也不覺得臉紅心跳，沒有感人的表白和唯美的場景。書名很好，可惜沒提到過關於夏風的情節……文筆倒是不錯，很細膩，應該出自一個女孩子之手，但是感情不夠豐富，可見這女子未曾有過戀愛……」

「這妳都看得出？」思宇瞪大了眼睛。

我笑道：「書本是作者的心靈，怎會看不出？我還看出這個女子非但沒談過戀愛，而且……呵呵，這方面還尚未開竅。」

「大膽！」突然韓爺的一個家丁衝了過來，橫眉怒目：「你算什麼東西，敢這樣批評我們家……」

「住口！」一聲怒喝打斷了家丁的話，他憋著話，臉有點紅。

喊聲的正是那名韓爺，他幽幽地轉過身看著我們，臉上掛著商業化的笑容：「敢問二位莫不是寫書的？」看著面前這個微笑的韓爺，心中揣測他的身分，倒是思宇忽然揚起了笑容：「尚未，正準備寫呢。」

我有點疑惑，剛才思宇還一副要和別人搏命的樣子，現在卻變得溫文爾雅，恍惚間，我懷疑自已是不是在做夢，思宇幾時也有這樣的神情？她居然在我不知不覺中成長。

「哦？那閣下準備寫什麼書？」

「不是在下，而是在下的大哥雲飛揚。」思宇指了指我，「大哥什麼書都會寫，若要寫女兒家枕邊的書，大哥更是得心應手。」

「男子也能寫這種書？」韓爺疑惑地看著我，我只得笑了笑。

韓爺深沉的眸子轉了轉，笑道：「那不如請閣下的大哥，現在說一下那本《夏風緣》的不足之處如何？」

想考我啊。桌下的腳忽然被狠狠踩了一下，思宇一手擋在臉邊遮住那韓爺的視線，一邊朝我擠眉弄眼，用只有我們兩個人才能聽到的聲音道：「還愣著幹嘛，這小子準是出版商，機不可失啊……」

「哦……哦……」我連連點頭，絕不能讓思宇失望，於是我對著那韓爺道：「首先，夏風緣就要突出夏風的唯美。夏季的風，既涼爽又熱情，所以與小姐相遇的場景，最好設在翠綠的湖邊，湖內荷花綻放，美人戲水，水映美人，涼風徐徐，荷香淡淡……」我自己都有點得意了，出口成章啊，對面的思宇已經開始掉口水，她一直喜歡我設計的景色。

「在那翠綠的林蔭道上，走來一儒雅書生，書生俊秀瀟灑，一身白衣在綠柳中輕輕飄揚。他不是有意覬覦美人，實在是在無意側眸間，被美人深深吸引。那如瀑布般的長髮，凝雪一般的肌膚……」

「哇……好美……」整個樓都發出了一聲驚呼。我回身，好樣的，一大堆男人在流口水，還有人催促道：「小哥別停下，如此美人讓我們心神蕩漾啊。」

我輕笑，無意間成了淫書？我繼續道：「既然是小姐的枕邊書，那男角自然也要帥氣，不濃不淡的雙眉，清澈的眸子裡，卻是智慧的光芒，挺直的鼻樑下，是不厚不薄的紅唇，嘴角微揚，便是暖人春風的微笑……」心中掉落一塊石頭，眼前浮現出夜鈺寒溫柔的微笑。

「正是正是。」韓子尤聽得點頭稱是。

「還有就是情節太老套了，又是門第不符，棒打鴛鴦散的，其實現在這個世界豐富多彩，小姐也大多嚮往傳奇般的生活，為何不來些英雄救美，或是武林恩怨情仇，我想這些書定然會給這個市場帶來新鮮的血液。」其實這些書在我們那個世界已經氾濫成災，也只有在這裡才能賣弄一下。

「說的是啊！」韓爺抬手拍了一下桌子，笑了起來，「今日這頓飯，我請了，實不相瞞，在下正是北城書商韓子尤，二位買的那些書，若其中看見韓家刊印的，就是本書局的書。若二位不嫌棄，子尤想聘二位專門為韓家書局寫書，二位意下如何？」

「正合我意！」思宇笑道：「只是我大哥喜歡幽靜的環境，所以我們一直住在城外竹林深處，怕交稿不方便啊。」

「這不打緊。」韓子尤微笑著：「作為我們書局的寫手，我們會安排適合的住宿。」

「真的？」思宇來勁了，她立刻坐到韓子尤的身邊，一手搭在他的肩上：「那我們就來討論一下細節問題，來來來，為我們的合作乾杯。」

看著他們熱絡的背影，敢情沒我的事。隨意望向街市，火辣辣的太陽帶出層層熱浪，有點恐怖，果然還是竹林氣候宜人。

遠遠奔來一隊白色的身影，一共七人，白色為主的衣衫，不同的款式，為首的一人騎著一匹白馬飛馳，深褐色的長髮隨風飛揚，青金髮冠前的寶石在陽光下閃爍，是他。

他們似乎很急，驚擾了路人，路人慌忙閃到一邊，為他們讓出了大道，一溜塵煙帶起，他們消失在出城的路口。

「飛揚。」思宇叫我，我回神看她，她一臉黑線，「妳又神遊了，我跟韓老闆談妥了，明天就搬到他家的西廂。」

「西廂？」

「嗯，西廂。走吧，今天我們有很多事情要做。」思宇拉起了我，我看了看，那個韓子尤和他的家丁已經離去。

在回竹舍收拾東西的時候，思宇在桌上發現了一封書信，上面寫著：雲飛揚親啟。思宇一臉促狹的笑：「說，是哪個美男給妳的情書？妳居然趁我不在時跟男人幽會？」

「怎麼可能，我瞧瞧。」我拆開一看，好俊的字！本人字型不佳，因此對寫字寫得好看的男人特別欽佩，只見上面寥寥數語：今日前來，先生不在，來日再會。取走畫像留作紀念，還望先生見諒。「畫像！他把美人圖取走了！」我驚呼。

思宇一聽就衝進內房，果然，原先掛在房間裡養眼的那張美人圖已不見蹤影。

「這人怎麼這樣！」思宇氣憤地拍著原先掛有美人圖的牆面。我哀嘆一聲：「罷了，我們怎麼說也侵犯了別人的肖像權。」

「他說來日再會，他還會來找妳嗎？」

「這種人不簡單，還是別再會的好。」我收拾著包袱。今日看他走那麼急，估計不會在短期內回來，說不定就不回來了。現下我們又住到韓子尤家，恐怕是後會無期。

「喂！那要不要給隨風他們留個口信？」思宇將她的包袱揹在身上。

我笑道：「隨風那麼厲害，怎會找不到我們？而且這間竹舍我們又不是不回來，我還要經常來避暑呢。」思宇咧著嘴笑了，燦爛的眸子在陽光中閃現著異彩。

韓府果然是大戶，類似江南園林設計，假山連著假山，迴廊套著迴廊，秀美的花草，寧靜的小湖，如此美景，倒是能給人帶來很多的創作靈感。

韓爺為我們準備的西廂，其實是一間獨立的院子，可見他的家業有多麼龐大。只這院子就分前院和後院，前院有客廳和大堂，並對著街道，出入方便。後院有假山池塘，我和思宇的居室就在那假山池塘邊，環境清幽，是一個適合居住寫書的好地方。而後院的小門就通往韓宅。經過思宇的要求，此門我們可以鎖上，除了三餐，平時沒我們的允許不許隨意進入。我們可不想在穿著吊帶裙衫的時候，被人看見哪。

在這裡寫書的文人，也就是作家，都會給自己的住處取個文雅的名字，還掛上一副對聯，入鄉隨俗，那我怎樣才能讓斐崳他們知道我住在這兒呢？

思索了片刻，我幽幽地笑了。

抬手落筆，上聯：各家自掃門前雪

下聯：哪管人家流鼻血
橫批：無雪居

哈哈，這下足夠顯示我雲非雪的風格了吧。

思宇在看見後差點氣結，然後直嚷嚷要撕掉，說這是影響我在讀者心目中的形象，我哪管她，將她踹進屋子完事。

正收拾屋子的時候，從通往韓宅的院門裡走來一個小姑娘，因為今天剛搬入，所以我們沒鎖門，方便僕人為我們清理院落。小姑娘瓜子臉、大眼睛、小巧的圓鼻、微翹的紅唇、凝雪的肌膚，身形纖弱卻凹凸有致。

小姑娘十五六歲的模樣，嬌滴滴地來到我和思宇的面前：「雲先生，寧公子，奴婢小露是韓爺派來伺候二位的。」

「妳叫小露？」思宇眼睛閃了閃，上下打量著這個和她年齡相仿的小露，忍不住讚嘆道：「人真好看。」

小露被思宇這一誇，臉騰地紅了起來，雙眉微擰，似乎對思宇的態度很是不滿。

看這丫頭文文靜靜，我心裡倒也喜歡。便道：「小露是吧，妳不必常來伺候我們，我和寧公子都是男子，有妳在這裡也很是不便。」

「為什麼啊？」思宇噘起了嘴，抬手攬住小露的肩膀，「有人伺候不是很好？」思宇本是下意識的行為，哪知那小露往外挪了挪，道：「請公子自重。」

我愣住了，思宇也愣住了，儘管我們男裝，但對女生有很多舉止都不避諱，以前在【虞美人】

就是如此，所以我才成了繡姐們口中的風流掌櫃。

「哈哈哈……」思宇插著腰大笑起來，抬手就捏了捏小露紅得發燒的臉，「這丫頭有趣，大哥，留下她。」

「妳呀。」我笑了，將思宇的手拿開，那個小露的臉都快紅得滴血了，「別這樣，妳看，都嚇壞人家了。小露……」我輕聲喚著明顯已經發怒的小露，「我弟弟就是這麼個人，妳別介意，她對妳沒惡意。」

小露看了看我，水汪汪的大眼睛裡透露著疑惑：「你就是雲先生？」

我點頭微笑，小露再次看了看我，臉上的紅潮已經退去，她朝我道了個福：「雲先生以後有事儘管吩咐，小露現行退下。」

「嗯……」我目送小露離去，這丫頭脾氣有點大。一旁的思宇努著嘴，嘴裡含糊其詞，也不知一個人在說什麼？我挑眉看著她，她翻著白眼不看我。

「妳一個人在嘟囔什麼？」

「我？」思宇終於將她的白眼放下，看著我：「我在說，以前也不知道誰經常調戲繡姐，現在倒做起正人君子了。」敢情是為了這個啊，我笑道：「現在我們可是寄人籬下，妳不檢點些小心被當作色狼趕出去。」

「也對哦，我又忘記這裡是韓府了，真沒趣。」思宇無聊地揮了揮手，「走吧，我們還要去跟韓子尤談生意呢。」我趕緊拾掇了一下，和思宇一起從後門進入韓家大宅。

我們這個院子很是偏僻，走了好一段林蔭小道才出現一條岔路，一條是通往韓子尤的大宅，還有一條說是通往韓家小姐的院子。

出了竹林，就覺得外界的天氣沉悶燥熱，才走了幾步，就汗濕衣襟，現在我和思宇都換上寬大的長袍，小背心太熱，就換成普通的裹胸，只要不觸摸，或是收緊衣衫，一般也看不出我們的身材。發現中國女人胸小，就這點好處。

韓子尤已經坐在書房裡，等著我們的到來。

出來引我們進去的正是那個小露，韓子尤看了她一眼，小露就走到他的身後，垂首而立。

思宇笑著坐在紅木椅上，朝韓子尤拱手道：「多謝韓公子收留。」

「這是應該的。」韓子尤銳利的雙眼閃爍著特殊的精光。

我坐在一邊，丫鬟給我們上了茶，茶水清涼可口，消除了濃濃的暑意。

「韓公子，在下決定了。」思宇燦爛的眸子閃爍著和韓子尤一樣的光芒，這丫頭原本就是學營銷的，她笑道：「第一本免費。」

「咳……咳……」我當即茶水嗆出口，沒聽錯吧，免費！

「何故？」韓子尤也是滿臉的疑惑。

思宇道：「雖然在下的大哥評論得頭頭是道，但未必寫出來的東西就能取代現在的流行，所以在下昨晚考慮過了，反正大哥的存稿很多，先交出一本，探探路，也作為韓公子為我們兄弟提供食宿的回報，您看如何？」

存稿？我哪來的存稿？

韓子尤黑色的眸子轉了轉，嘴角揚起。

瞧他那開心樣，免費的東西誰不喜歡！

「既然雲先生有存稿，那這一本書，需要多久交稿？」韓子尤笑看著思宇，一寸光陰一寸金。思宇也不看我，露出她潔白的牙齒：「當然越快越好，這樣受益才快，我們也好根據市場反饋做出對策，這樣吧，七天。」

「咳……咳……」我再次被水嗆到，七天！

「七天？」韓子尤驚訝地看著思宇，思宇一副諱莫如深的樣子：「七天絕對交稿。」

我突然覺得，思宇以前肯定是個拿著鞭子催稿的編輯！

「好，那韓某就等二位的好消息。」韓子尤看著思宇笑著，英俊的臉上滑過一絲讚賞。而思宇臉上的笑容看上去卻有點狡詐。

從韓子尤的書房出來，小露並沒有跟著我們，我們順著原路折回，路上碰到不少家丁，他們都冷眼相待，行同路人。當然，我們也不介意，寄人籬下，一般多是如此。

「思宇，七天怎麼夠？」我急了，急得滿頭大汗，抽出腰間的鵝毛扇拚命地扇。

思宇咧著嘴，用狡猾的目光看著我：「非雪，妳別裝蒜，我知道妳以前寫了不少，隨便抄一篇不就行了？」

我當即頓下腳步，看著思宇越走越遠。我明白了，思宇以為筆電還在我手上，背後一陣發涼，關於筆電的事起先是不敢說，後來是忘了說。

我再次跟了上去，輕輕戳了戳思宇的背：「妳看過筆電裡面的小說了？」

「當然，我可是妳的粉絲哦。」說著，她挽住了我的胳膊，正巧被兩個丫鬟看見，羞紅了臉，急急離去。

「但那些都是靈異啊。」我向來只寫靈異。

「誰說的，不是有小言？」（小言：五萬字左右的言情）

我努力回憶了一番，才想起裡面還真有不少小言，都是為朋友而寫的，生活無趣的朋友們在YY小說（YY：意淫之意）裡沉醉妄想。

這下我越發不知該如何說了。回到自己的院子，我反手帶上了門，將還在得意的思宇拖到一邊，怯生生道：「這個……思宇……那個筆電……我……」我附到她的耳邊，用自己也聽不懂的話嘰哩咕嚕嘀咕了一番。思宇的雙眉擰了起來：「雲非雪妳在說什麼？我聽不懂。」

「就是……」我深吸了一口氣，「我把筆電給了隨風！」一口氣說完，我老老實實等著思宇發火。她瞪大了雙眼盯著我，然後大吼了一聲：「什麼——這到底怎麼回事？」

「這個……那個……」回想起那天的事，臉有點燒，「總之有點複雜……反正……」

「那我也不管，我都已經跟人說好了，妳說什麼也要在七天之內給我生出一篇來。」思宇恨恨地環著雙手怒視著我，我也覺此事頗為難堪。是啊，牛都吹出去了，總不能搬石頭砸自己腳吧。

「我知道了！」我下了決心，鄭重其事地扣住思宇的雙肩，「妳放心，絕對完成任務！」

「嗯！說不定真能殺出一條血路呢？」思宇也反扣住我的。

看著思宇的笑容，我再次血脈沸騰，很久沒有這樣的熱情了，記得上一次是因為上官，而這一次，是因為思宇。

是思宇挑起了我的鬥志，我的希望。在我那個世界，自己一直默默無聞，充其量也不過只是個網路寫手，無法開創自己的天下，既然現在有這麼好的條件，為何不在這裡做出一番作為？

情緒高昂，說幹就幹。

第一天……

「雲非雪！妳給我起來！」

「嗯……再睡一會兒……」

第二天……

「雲非雪！妳寫的這是什麼？遠遠的官道上跑來兩台賓士，隆隆的馬達聲張揚著它們主人的衝勁……現在這時代有雙B嗎？」

「對不起……寫岔了，馬上改，馬上改。」

第三天……

「雲非雪……我快被妳氣死了！」

「磅！」思宇紅著眼甩門跑出了書房。她的眼淚給我很大的震撼，胸口被狠狠重擊了一下。寫書的點子是思宇想出來的，她把這個看作了自己的事業，也是我們的將來，她很努力地想做好它，而我，卻因為沒有直接接觸到壓力而懈怠。

我忽略了思宇的感受，只貪圖自己的快樂。我默默地拿起筆，開始認認真真地寫書。

以前我能一天寫個兩萬字，而這裡的小說大多只有五、六萬字。在那次思宇哭著回房後，就再沒來催我寫書，或許，她對我徹底失望了。

悶熱的天氣，煩躁的夜晚。我脫了裏衣，穿上吊帶睡裙，繼續寫。洋洋灑灑的字佈滿了宣紙，宣紙在我身邊越疊越高。

門被悄悄推開，帶進了一陣茶的芬芳，有那麼一刻，我以為是隨風，他總是喜歡在夜晚給自己沏上一壺茶，品茗賞月。

「非雪……」同樣穿著吊帶裙的思宇走到我的身邊，我腦子裡劇情飛轉，沒功夫招呼她，只是輕輕應了一聲：「嗯……」

身邊的稿紙被全部拿走，寂靜的夜裡傳來悉悉嗦嗦翻紙的聲音。

「這是妳一天寫的！」

「別吵！」

「哦……」

時間在寂靜中一分一秒地流逝，眼皮子開始支撐不住，已經養成早睡早起的習慣，這具身體顯然適應不了熬夜。

睡了醒，醒了寫，寫了睡。

思宇一直陪伴在我的左右，端茶送水，期間那個小露也會給我們帶來三餐，她時常拿起我的稿子在一旁閱覽，起初她看見我的字就皺眉，不過之後便被書中的情節深深吸引。

這本書其實是一個非常惡俗老套的故事，講的是一位小姐女扮男裝出去溜達，然後被一群惡棍打劫，被微服出巡的皇上所救，皇上受了點傷，便在小姐家的西廂養傷，最後終成眷屬。

由於時間緊，也只有寫寫老套路，熟門熟路。不過沒想到這樣的情節在這裡，卻很少有人寫，因為沒人敢貿然拿皇家人開刀，他們的想像力又受到一定限制，也不會想個別的國家來寫。再者，女扮男裝出遊的也少，卻是深閨小姐們的夙願。

我癱軟在床上，右手彷彿不再是自己的，如同癱瘓一般沒有知覺。終於寫完了……我安心地閉上了眼睛，朦朧中看見思宇為我蓋上了被子，然後拿著稿子悄然離開。

這一覺很沉，什麼夢都沒做，醒來的時候，姿勢和睡下的時候一樣，不怎麼雅觀地趴著，揉了揉眼睛，一個綠色的身影站在桌邊，彷彿還在看我的稿子。

我睡意朦朧地坐起身，打了個呵欠：「怎麼，還沒看完嗎？」我以為是思宇

思宇並沒應我，我揉了揉眼睛，看清了那個綠色的身影，原來不是思宇，而是小露，她靜靜地站在書桌前，眼睛一眨不眨地看著書稿，雙頰微微泛紅，小巧的紅唇自然地開合著，彷彿正有口水從裡面流出。

我悄悄走到她身後，在她右邊的肩膀拍了一下，然後躲到她的左邊。

她驚叫了一聲：「啊！」看向右邊。

「在這兒。」我在她左邊說著，她慌忙扭頭，正對著我微笑的大臉，她下意識往後退了一步，撞在身後的書桌，我提醒道：「小心。」

她卻瞪了我一眼，嗔道：「雲先生討厭！」

我笑了，探頭看著她手中的稿子，她身上淡淡的荷香飄入我的鼻尖，只見那稿子上，正是一場吻戲，難怪看得會如此臉紅。

「這些是刪下來的。」我從她手中拿過稿子，扔入一邊的紙簍。外面的知了唱得正熱烈，原來

我從昨晚睡到現在，直接省略早飯和午飯。

「刪下來的？」小露不解的看著我，臉的紅潮未退，我在想，如果她是我喜歡的圓臉，我此刻肯定忍不住要捏她。

「嗯。」我點頭，「第一本還是少一些少女不宜的內容比較好。」

「少女不宜？」小露的臉立刻鼓了起來，「雲先生莫不是在指本姑娘是黃毛丫頭！」

我沒有看她，一邊整理著刪下的書稿，一邊淡淡地道：「難道妳不是嗎？」我揚起臉，看著她生氣的臉，「妳剛才看著臉紅得像個熟透的蘋果。」

「你！」小露惱羞地用食指指著我，一時說不出話來。

正說著，思宇從外面急急跑了進來，手裡拿著稿子，還沒看到我，就開口說了起來：「我說大哥，這書也未免太清淡了吧，從頭到尾就只有一場吻戲。」她直接衝到我的床前，沒見到我，然後搜索了一圈，才看見桌邊的我，和一邊羞紅臉的小露。

我站在小露的身後，懶懶地撐在桌子上道：「這裡的書我看了，差別太大，要嘛純潔得像白紙，要嘛黃得像草紙（這裡的廁紙蠟黃蠟黃的），白紙是給小姐看的，草紙是給色男和妓女看的。不如這樣，妳問問小露，聽聽她的意見。」

「我？」

「她？」

思宇看著小露，隨口問道：「妳的臉怎麼這麼紅？」

「還不是看這些吻戲看的。」我揚起了準備扔掉的稿紙。

「看吻戲就能紅成這樣？」思宇壞笑起來，緩緩走到的小露面前，「那要是……」

小露急急後退，被思宇逼得靠我越來越近，她的後背觸到我的身體，整個人僵硬起來。

「秋雨！」我阻止她的惡作劇，「妳就放過小露吧，不然沒人給我們送飯了。」

「嘿嘿，開個玩笑，好，就聽聽小露的。」思宇認真地看著小露，我走到一旁，小露的身體一下子沒了我的依靠，輕顫了一下。

她羞紅著臉，有點侷促。

「小露，妳剛才應該看過被飛揚扔掉的情節了，妳覺得若是加進去，那些小姐會接受嗎？」思宇溫柔地問著，生怕把這個容易害羞的小丫頭嚇跑了。

小露本已滿是紅暈的臉倏地炸開，此番連耳根和脖子也紅了，估計又想起那些激情的吻戲，其實那真的是再平常不過的吻戲，甚至連深入糾纏都沒有。

小露偷眼看了看我，再瞟了瞟紙簍中的稿紙，雙眉微蹙，咬了咬那滴血般的紅唇，忽然點了點頭，便掩面跑了出去，正巧韓子尤前來，小露一頭就撞進了韓子尤的懷裡。

我和思宇忍不住幽幽地笑了起來。

「小露？妳的臉怎麼這麼紅？」韓子尤似乎很關心這個小露，還將手放在她的額頭，焦急道：「是不是哪裡不舒服？」

「她哪裡是不舒服喲～」思宇笑著走到韓子尤的面前，「她呀，是少女懷春。」思宇又開始取笑小露。

小露從韓子尤的懷中探出了小臉，瞪了思宇一眼：「討厭！」便跑出院子。

「嘻嘻……」思宇壞笑起來。

一旁的韓子尤滿臉疑惑地看著我和思宇，我笑道：「小露還是個孩子，她看了我寫的那些男女纏綿的情景，所以才會害羞。」

「原來如此。」韓子尤若有所思，「我正要說這事，雲先生的這些情節是不是還是刪除為好？」韓子尤說這話時有點尷尬。

「刪掉？」思宇大叫起來，「不行！小露都說要留著，而且，還要再增加。」

「再增加？小露說的？」韓子尤吃驚的樣子像是不可置信。

「嗯！」思宇將本來我要扔掉的稿子拍在韓子尤的胸前，「小露代表了讀者，她的話夠有權威了吧，是她說要再加進去。」

韓子尤看著那些稿紙輕笑起來：「好吧，那我們今天定個書名。」

「我想好了。」思宇認真地看著我和韓子尤，一字一頓道：「就叫西‧廂‧記。」

我愣住，韓子尤滿意地點頭。

自從定下書名，思宇就開始變得忙碌，早出晚歸，一天也見不到她幾次。說是在為我的書制訂宣傳方案。問她具體情況，她總是神祕地笑笑。說以前太依賴我了，這次她要歷練一下，以後就可以彼此照顧。

聽完她的話心裡感動，但還是有點不安心，她畢竟是個女孩子。這次不像【虞美人】那麼好運，不靠任何關係就一夜成名，她接下去遇到的將是商場的爾虞我詐和所謂的應酬。一想到應酬，就忍不住擔心，那些臭男人啊……

思宇不在的時候，小露經常來，她估計是怕了思宇。

小露是一個非常乖巧的女孩，她會用團扇為我搧風，我每次躺在院子裡看天上白雲的時候，她就會坐在我的身邊陪我一起發呆。

有時她還會即興作詩，我也會跟著她接下去。

近朱者赤，來這裡古文看得多了，詩詞歌賦自然而然有了長進。

天嘩啦啦地下起了陣雨，我端著書坐在窗欄邊觀看，小露就趴在窗欄上看著廊簷下的水簾。

「倚樓笑聽風雨……」小露忽然輕喃道。

我合上書本，接道：「閒時靜看落花。」

小露側過臉看向我：「曾幾何，不聞昔日蕩劍神州，仙樂飄零……」

「卻只觀，浮雲落日，小橋流水……」我望向窗外，看著滿天銀針，思緒漸漸飄散。

「先生在想什麼？」身邊的小露柔柔地問著。

我收回視線看向她，她略尖的瓜子臉在我的注視下微微低下，我笑道：「在想小露只是個丫鬟，卻怎能做出蕩劍神州？這……恐怕是要在江湖上打拚過的江湖兒女，才會有如此境遇吧，莫非小露曾是江湖人？」

原本低著頭的小露忽然顫了一下，放在膝蓋的手緊緊抓住了自己的裙擺，轉而又鬆開，揚起臉笑道：「先生說什麼呢，小露也是愛書之人，平日裡看多了遊劍江湖的俠士，幻想而已。」

「只是幻想？」我依舊看著她，將她臉上所有的細微變化都收入眼底。

小露咬了咬下唇，有點不知所措。

她忽然站了起來，臉有點紅：「呀！小露忘記廚房裡還煮著東西，小露先行告退。」說著就跑了出去，連傘都沒拿。

這個小露，很可疑。

我拿了把傘追她。一路疾行的時候，正巧看見假山上的涼亭裡，正坐著思宇和韓子尤。我看見了前面跑的小露，喊住了她：「小露，等等！」

小露停下腳步，站在雨裡，整個人已經變成了落湯雞。

我追了上去，將傘交在手裡，她愣愣地看著我，我笑道：「淋壞了可就沒人給我們送飯了。」然後我轉身離去。跑到涼亭裡，聽聽思宇和韓子尤討論著什麼。

「子尤覺得我的方法如何？」思宇問著對面的韓子尤，他們幾時變得如此親密，思宇居然直呼其名。

韓子尤拍手稱好：「不錯不錯，秋雨的想法層出不窮，真是生意場上一位好手。」

「什麼方法不錯？」我拍了拍身上的雨水，好奇地打斷了他們的談話，他們見是我，便讓我一起入座。

「飛揚，妳怎麼出來淋雨？」思宇取出帕巾為我擦臉。

我笑著搖頭：「小露這丫頭，連傘都不拿。」

「是小露？」韓子尤立刻緊張起來，「她又給先生惹麻煩了？」

「麻煩倒是沒有，就是太粗心，你看，為了給她送傘我都濕了。」

「哎……這丫頭，改天要好好說說她。」韓子尤的口氣裡，帶出了寵溺，思宇撞了我一下，給我遞了個曖昧的眼色。她緩緩靠近還在哀嘆的韓子尤，問道：「子尤，你老實說，這小露是你什麼人？」

韓子尤一下子被思宇的話驚到，尷尬地咳嗽起來：「小露是……她是……」

一向沉穩的韓子尤居然也有如此侷促的時候，這下更加激發了思宇的三八欲：「該不會是你的……侍婢吧。」

「不是！」韓子尤立刻否決。

古代的男人最讓現代男人羨慕的就是可以三妻四妾，外加合法嫖娼，府中的丫鬟更是可以隨意佔有，成為侍寢的婢女，所以思宇有此一猜也是理所當然。

想這韓子尤正是年輕有為，風流倜儻，卻未有妻室，若是沒有女人，怎麼解決日常需要？除非他是……咳咳，這就不好說了。不過看他精壯的樣子，也不像有隱疾的人。

韓子尤被思宇的不良眼神盯得發急，板起臉道：「韓某雖然沒有妻室，但也不會無恥地對自己府中丫鬟下手。沒想到在下在寧兄的眼中居然如此不堪！」

見他有點生氣，思宇也不便再發問，只是嘟囔著嘴無聊地看著外面依舊沒有停止的陣雨。

他們兩人不再說話，亭子裡就安靜下來，嘩啦啦的雨聲變得清晰，雨點打在假山上，漸起的水花形成了一層白茫茫的水霧。

「你們剛才到底在說什麼？」我打破了沉寂，韓子尤轉回了身子，臉上掛著笑，只是這笑容沒了方才的自然，反而是客氣：「剛才秋雨說要給新書做個封面。」此番韓子尤不喚思宇為寧兄，而是秋雨。

「封面？所有書都有封面，這有什麼好稱讚的。」

韓子尤面露喜色，還帶著一絲欽佩：「不，雲先生所說的封面只是平日看到的那種，十分普通，自古以來都是如此，墨守成規，從沒有人想過其實封面也可以花樣百出，所以秋雨一提要改良封面，韓某就覺得此法甚好，到時還要麻煩雲先生親自操刀，秋雨說，這封面若不是由先生親自畫，定然有失水準。」

我看向思宇，思宇咧嘴笑著，原來她想在封面上做文章。的確，這裡的封面都是統一版式，藍皮黑字，思宇定是想將封面做得更加漂亮，又要我操刀，莫非是要將美人圖搬上封面？呵呵，這有何奇怪，我們那裡的書，大多數都是封面勝過裡面的內容。

雨在不知不覺中停下，青雲散開，火辣辣的陽光又撒了下來，被雨水清洗過的假山綠樹，在陽光下變得越發光鮮。

「天晴了。」思宇看著蔥翠欲滴的植物有點興奮，看著我道：「飛揚，不如今日就畫封面吧。」

「好！事不宜遲！」韓子尤倒是挺配合思宇。

「慢著，誰做模特兒？」我問道。

「模特兒？」韓子尤顯然不懂這個詞的意思。思宇笑著指著韓子尤：「這不是？」

「那女主角呢？」

「小露。」

「小露？」

「慢著，二位，你們說的話，韓某怎麼聽不懂？」韓子尤在一邊有點著急。思宇大致講解了模特兒的意思，韓子尤了然地笑了，並喚人叫小露前來。

擺上畫板，調好顏料。場景不錯，模特兒也已就位。

思宇在一邊跟韓子尤和小露講解著姿勢和表情。我則開始鋪畫紙。

眼前依舊是那嶙峋的假山，邊上是一排鬱鬱蔥蔥的雲松，又因為下過了雨，雨水的滋潤讓松針顯得格外茂盛。

「雲先生還會作畫？」小露好奇地走到我的身邊，看著還是空空如也的畫紙。

我笑著：「過會兒就要把妳畫上去。」

「是啊，而且是把妳和韓爺一起畫上去。」思宇又開始調戲小露，順便還壞笑著看向韓子尤，韓子尤低垂下眼瞼，不理思宇。思宇再次討了個沒趣，索性幫我調顏料。

小露跑回韓子尤的身邊，那神情還挺高興，韓子尤自然而然地張開懷抱，小露就站了進去。思宇眨巴著她的大眼睛，似乎還在好奇他們之間的關係。

小露興奮地看著韓子尤，韓子尤寵溺地看著小露，小露水汪汪的大眼睛眨巴了兩下，忽然，小露挽住了韓子尤的胳膊：「太好了，能跟……韓爺畫在一起！」

小露這突然的親密舉動讓思宇挑起了眉，壞笑再次在她的臉上漾開，韓子尤見狀，輕咳兩聲，怎奈小露此刻正處於興奮中，完全沒領會韓子尤的意圖，韓子尤只有嘆了口氣，一臉的哀怨。

一切準備妥當，思宇開始指導他們動作：「子尤，你要摟著小露，這隻手要握著她的手。」

「這樣？」韓子尤很快擺好姿勢，一點也不做作，小露也配合地依偎在他的懷中，如此一來，他們的關係更加可疑。

「還要含情脈脈地看著對方。」思宇笑著，她認為這點對於他們來說並不難，可卻沒想到這兩人始終無法露出那樣的神情，只是微笑著看著彼此。

「不對不對！不是這樣，要含情脈脈。」思宇的語氣裡透露著無奈和焦急。

我抬眼望去，松樹邊，韓子尤一身翩翩淡黃的長袍，沉穩的氣質倒是與君王有些許相似。身邊的小露今日是一身鵝黃的羅裙，本就恬靜的她倒也像書中的大家閨秀。

此刻韓子尤一手攬著小露的腰，距離適中，一手輕握著小露的柔荑，小露甜蜜地依偎在韓子尤身邊，只是這兩人站在一起，讓我沒有情侶的感覺，而是，而是……兄妹！

細細一看，果然眉宇間有幾分相似。

「不對不對。」思宇幾乎急得跳腳了，「小露，妳讓讓，然後看著我，跟著我學。」說著，思宇進入小露的位置，她是男子，韓子尤倒也未覺得尷尬。

思宇再次對著小露說道：「看仔細了，眼神要是這樣的。」說著，思宇微微閉上眼睛，睜眼間，已是一汪深情，微微揚臉，對上韓子尤的眼睛。

先前還在微笑的韓子尤，一下子怔愣住，注視著懷中的思宇，對上她的翦水秋眸，無法移開自己的目光。

我注意著韓子尤的變化，他從一開始的僵硬，漸漸變得輕鬆，微風撫過，帶出思宇眼中的深情，這汪深情感染了韓子尤，他的眼神，也漸漸黯了下去，臉上的笑容不再是對妹妹的寵溺，而是一種淡淡的，帶著溫柔的笑容。

不知是不是韓子尤入戲太深，反將思宇看了個滿臉通紅，思宇彷彿一時無法收回視線，呆立在原來的位置上。韓子尤順手攬住了思宇的腰，一手輕輕執起思宇的手，我迅速勾畫，把兩人的神情刻入畫中。

小露嘟囔著嘴，悄悄走到我的身邊，看著我畫畫，就在我畫下思宇的時候，她驚叫起來：「雲先生，你怎麼把寧公子畫成女子！」

我本就是偷偷畫兩人的，被她這一喊，心驚了一下，手中的筆一個不穩，掉落在地上，再看對面的兩位，也是紅著臉立刻分開，思宇咳嗽了兩聲朝我瞪來，而韓子尤迅速撇過臉，似乎在調整自己的呼吸。

該死的小露，把這畫、這氣氛全給破壞了！

小露依舊不知自己闖了多大的禍，還拿起了我的畫盯著思宇猛瞧，一邊瞧一邊還走到韓子尤的身邊：「韓爺韓爺你看，原來寧公子女裝會這麼美。」

韓子尤在看到畫的那一刻，星眸般的眼睛驚訝地睜了睜，深沉的眼神裡，泛起滾滾的波瀾。他緊抿著薄唇，認真地注視著畫裡的人兒。

畫中的思宇，梳著一個簡易的小髻，兩束長髮落在臉邊，將她的圓臉掩起，變成了好看的鵝蛋。鼓鼓的腮幫子有一種說不出的可愛。原本褐色小褂被我換成了翠綠的女裙，淡綠的身影猶如大自然的精靈。古靈精怪的笑加上她極具靈氣的秀目，凸顯出她的可愛和調皮。一個惹人寵愛的俏皮女子躍然紙上。

我小心翼翼地看著思宇，思宇的雙眼已經瞇起，紅著臉一手抽走了小露手中的畫紙，就扔到了我的面前，粗聲粗氣地吼道：「我叫妳畫小露，妳畫我幹什麼！」她通紅的臉說明了她的一切，思宇啊，妳就別裝了。

「哼！我是個……堂堂男子漢！怎就給妳畫成嬌小女子！可惡，可惡之極！」思宇大吼著，戳著畫紙，努力掩飾著她是女子的事實。

韓子尤和小露依舊愣在原地，看著思宇在那裡大聲叫囂，韓子尤輕笑起來，他上前拍了拍思宇的肩，思宇正面對著我，我正好將她的怔愣看在眼裡。

「秋雨，你就別怪你大哥了，他也只是惡作劇而已。」

被韓子尤拍著肩的思宇從僵化中反應過來，立刻雙臂一揮，一副漢子的粗魯樣：「哼！我大哥就是這樣，以前在蒼……」

「咳！咳！咳！咳！」我大咳起來，這個思宇，又要說漏嘴了。

思宇眨了下眼睛，臉有點白：「以前在滄州的時候就是這樣！」滄州，是緋夏的另一個城。

「哦？你們以前住在滄州？」韓子尤似乎來了興趣，一邊看著雙頰緋紅的思宇，一邊柔聲地問著，他帶有磁性的聲音讓思宇慌了神，她眼神遊移，最後向我求救。哎，果然是多說多錯。

我撿起畫筆，重新擺上畫紙道：「以前住過，我和秋雨一直在各州遊歷。我說韓爺，這封面到底還畫不畫？」

韓子尤笑看著思宇，然後點了點頭，回到假山邊。

思宇長長呼了口氣，低著頭跑回我的身邊，變得老老實實。回到院子的時候，思宇還拍著胸口：「我真是沒用，這麼久了城府還是不夠深。」然後她看著我，「非雪，妳是怎麼練的？」

我愣了一下，然後繼續整理畫紙，既然畫了，不如將那日的美男重新畫上。我一邊畫，一邊淡淡地說道：「什麼城府，我也沒有。」

「騙人！」思宇一手擋住了我的畫紙，「非雪，妳為什麼要騙我？有城府又不一定是壞事，但沒有城府絕對會讓人吃虧，例如……我……」思宇洩氣地趴在書桌邊，不再看我。

「思宇……」我看著她，她抬眼看我，看得我一時不知如何開口，「哎，其實城府就是處變不驚，喜怒不形於色。」我拿起了一旁的《笑話集》，遞給思宇，「妳看到哭了再來煩我。」

「看到哭？」思宇看著手中的《笑話集》，「雲非雪妳小看我，演戲我還不會？」

「問題是妳知道演戲而演戲，而城府就是在自然而然的情況下，就已經開始演戲了，妳整日都會帶著一個面具，思宇，妳確定妳要這樣生活嗎？」我看著她，她皺起了眉，「妳的可愛就在於妳的單純，妳的喜怒哀樂都在臉上，這樣的妳很好，為什麼要改變？」

「我不要！」思宇忽然站了起來，天真的臉上出現了從未有過的認真和凝重，「我不要再讓別人看透我的心思，我不要再做一個被你們欺瞞和保護的人，我不要再在鬥爭中成為別人的利用對象！」思宇的聲音開始顫抖，盈盈的淚水在她的眼眶中打轉。

「我不要……」她嘴唇顫抖著，「在妳最需要幫助的時候，我卻什麼都做不了，我不要再做這樣毫無用處的人……」思宇的淚水滴滴答答地落在書桌上，滴落在我的心裡，帶出了我心底的一陣苦澀。

「思宇……」我抬手擦去她眼角的眼淚。

「我有點不舒服，我去休息一會兒。」她撥開了我的手，轉身而去，手裡緊緊捏著那本《笑話集》。其實單純是一種幸福，思宇，妳為何要拋棄它？

提筆落下，畫出了悲傷的思宇，她孤寂和落寞的身影之後，遠遠地站著一個我。我只能這樣遠遠地看著她，我幫不了她，有些東西是我給不了的。她的身邊，需要一個男人，一個真正疼她、愛她的男人。

傍晚時分，小露來了，她將腦袋探進我的書房，鬼鬼祟祟，此刻我將那日的美男以及思宇遇見的那個余田都已畫好，正要開始畫隨風，也不知為何，就是想畫他，沒他鬥嘴相伴的日子，還真有點無聊。

「雲先生……」她偷偷摸摸來到我的身邊，拉扯著我的衣角，「那副畫呢？」

「畫？」我疑惑地看著她，她古靈精怪地轉了轉水汪汪的大眼珠，「就是韓爺和寧公子的畫。」

「毀了。」我淡淡地說著，隨風的輪廓已經形成，腦中浮現他那討厭又美得讓人嫉妒的臉，心底生起一股惡意，決定將隨風畫成女人。

「毀了？好可惜哦……」小露雙手背在身後，用腳尖畫著地面，「我差點以為寧公子喜歡韓爺呢。」

「怎麼？妳不排斥男愛嗎？」我好奇了，看著一旁有點失望的小露。

小露嘟囔著小嘴點著頭：「不排斥。」

「那妳和韓爺又是什麼關係？」我進一步追問，小露揚起了臉，看著我，忽然她又立刻低下頭，輕聲道：「雲先生猜啊。」說完，她迅速跑了出去。沒來由地出了一身冷汗，總覺得小露剛才是在朝我撒嬌。讓我猜？看著畫中的絕世美人，我忍不住笑了起來，正巧看見正站在門外的思宇，她一臉的朦朧，似乎剛睡醒，我對著她舉起了畫：「妳看，還認識嗎？」

思宇的眼睛頓時拉長，騰騰騰走到畫前，張大了嘴，啞口無言。

最後她哈哈哈地大笑起來。

「小露怎麼老是紅著臉跑出去？」思宇問著，她剛才從房間出來，正巧撞見了小露。

我聳了聳肩：「我也不知道，就問她跟韓爺的關係，她卻說讓我自己猜。」

「猜？嗯……他們兩個很可疑。」思宇擰起了眉，「非雪妳還記不記得我們第一次遇到韓子尤的情形？」我想了想，已經記不清，當時是思宇比較在意那個韓子尤。

「當時你在評論完《夏風緣》的時候，他的家丁說了一句話。」

「什麼話？」

「就是你膽敢如此評論我家……他說到我家的時候就被韓子尤打斷了，你猜他後面原本想說什麼？」我不解地搖了搖頭。

「嘿嘿。」思宇得意地笑了起來，「是我家小姐。」

「什麼？原來那本書是他家小姐寫的？」

「沒錯，經過我這幾日在韓家的工作，了解到韓子尤的妹妹其實就是韓家書局的主要寫手，名字就叫韓朝露。」

「小露！」我驚呼起來。

思宇立刻大笑起來，絲毫不掩飾她心中的得意：「沒想到我這麼聰明，哈哈哈，小露肯定就是那個韓家小姐，她定然對妳不服氣，所以才會扮成小丫頭接近妳，非雪，妳可要小心。」思宇對著我瞇起了眼睛，夕陽下的她，顯得有點奸詐。

「小心什麼？」

「她喜歡你啊。」

我驚了一跳，差點沒從紅木椅上摔下來。

「很難說的，如果我一開始不知道非雪是女人，我也會愛上非雪的，非雪這麼溫柔，這麼英俊，這麼……」思宇邊說邊往我身上靠，整個人坐在我的大腿上開始發騷。

我陰下了臉，將她的臉移出自己的視線：「別發騷了，如果真是那樣，還是老辦法，說我喜歡男人。」現下想想思宇的話，再結合這幾日小露的表現，汗毛就一陣一陣。

「或者……」我拿起了隨風的女子肖像，「就拿他做擋箭牌。」

「這主意好，怕是沒有女人能比上隨風的容貌了。」

於是暖人的夕陽下，我和思宇盯著隨風的女人畫像，奸邪地笑著，不知遠方的他，此刻是否會噴嚏連連呢。

三、天樂坊

《西廂記》成功了！

這就是又一個七天後，思宇給我帶來的消息，從寫書到成書，到最後的喜人銷售，正好半個月光景。當思宇得知《西廂記》大賣的時候，就抱著我狂跳，熱淚盈眶，因為這是她的事業，她成功了！而當我還未從歡喜中緩過勁的時候，思宇便拿著雞毛撣子，催促我的第二本。

我淚奔啊，用我們那個世界的話來說，我就是韓家書局正式簽約的作者。而思宇，就是我的責任編輯兼經紀人。

寫書不知時日過，只覺得我不停地在寫，然後修改，再寫，再修改，思宇更多的時候像提著鞭子的噴火龍，在我身邊一抽一抽。

韓子尤則驚訝於我的速度，他不明白為何我的思路會源源不斷，他怎知這些故事原本就在我的腦子裡，要是筆電在身邊，我直接抄更快。

此番寫的是《仙侶奇緣》，還是老套的故事，不過哄哄這裡的小姑娘足夠了。

小露來的時候，我不再理她，以免過多的溫柔讓她誤會，反正我寫書的時候向來不理人，我和思宇也不戳穿她的身分，不過她在我身邊為我搧風著實讓我感動。

茫茫然地已經在這裡待了一個多月。這幾日感覺特別悶熱，蜻蜓啊、豸蟲啊，滿天飛舞。小露正在為我磨墨，忽然她驚叫了一聲：「呀，這天怎麼紅得跟血似的。」

我懶懶地看了一眼，果然這西邊的落日印出了一片血紅，若是以前的我，肯定又要寫入靈異故事中，什麼天有異相，人間必有大劫之類的。

沒想到又昏昏沉沉寫了一天。落下最後一筆，大功告成。

「飛揚——飛揚——」未見其人，先聞其聲，思宇這丫頭跑了進來。

「飛揚飛揚！」思宇看見我桌邊的茶，二話不說拿起來就喝，邊上的小露不滿道：「這是雲先生的茶。」

「她的就是我的，我們兩人吃喝拉撒睡都在一起，有什麼關係。」思宇不理會小露的怒意，笑道：「飛揚，好消息，《西廂記》突破萬冊，韓子尤今晚帶我們去【天樂坊】慶功！」

「太好了，正好我這本寫完，乾脆一起。」

「真的！」思宇激動的眸子裡閃爍著詭異的光，要不是礙於小露在，她肯定會撲上來給我個親親。我笑問道：「【天樂坊】？是什麼？在哪裡？」

「啪！」身邊的小露忽然將團扇狠狠摔在書桌上，一臉鐵青地跑了出去。空氣瞬間有點冷。

「好端端地發什麼火？」思宇嘟囔著，隨即再次換上笑臉，「嘻嘻，這【天樂坊】就是沐陽的【梨花月】，裡面的姑娘都擅長樂器和歌舞，所以叫【天樂坊】，哈哈，一定有很多美人呢。」思宇雙眼半彎，一臉心神盪漾。

「思宇……妳轉性向了？」此刻小露不在，我便叫她思宇。

「哪有？只是人家很久……」思宇低下頭，戳著自己的手指，「人家很久沒看到美男了，看看美女也好嘛。非雪～～」思宇拉著我的袖子，開始撒嬌，「妳快準備一下，人家心急嘛～」

「好了好了。」我站起身，換上一件乾淨長袍，依舊是不染塵的白色，上面有淡淡的雲邊。乍一看，也是風流倜儻，瀟灑俊美。

準備妥當，思宇便拉著我走出自家的院門。前面說過了，這個院子另一個院門正對著市街，很是方便。此刻，門前已停有馬車，韓子尤在車內笑臉相迎。坐在車上，傳入耳朵的全是關於生意的話題。

「秋雨打算下一步怎麼做？」

思宇揚起一抹狡詐的笑容：「第二本打算先發行限量彩圖版。」

「限量彩圖版？」

「嗯！」思宇認真地摸著自己沒有鬍子的下巴，「就是你們的插畫本，但這插畫是彩色的，而且由我哥親自主筆。」

我嘴一癟，無語……思宇怎麼從沒跟我商量過，也從不問問我的意見，總是自作主張。

「而且，這種限量版比普通的要提升價格，按照這裡的情況，就限量一百本吧。」

「嗯，這主意不錯，看來我要多請幾個臨摹師傅。」

「還有，如果這本再大賣，我打算在第三本出來前，開一個作家見面會。」

敢情是記者招待會啊……

「作家見面會？」韓子尤不解。

「就是飛揚的讀者見面會，來的人，可以得到雲飛揚本人的簽名書一本，當然也是限制人數的，見面的條件可以是一定的金錢，我想那些小姐們一定會瘋狂的。」思宇一臉的憧憬，好像已經身臨其境。

韓子尤聽著直點頭，然後看看我，我只有皺眉，有點失落地垂下腦袋畫起圈圈，我什麼時候成了思宇的賺錢工具？來到這裡一個多月，都沒出去玩過。

天色暗下來的時候，我們就到了【天樂坊】。

【天樂坊】的佈置讓我大為驚訝，壯觀的朱紅大門，寬敞的迴廊，富麗堂皇的大廳在燈光映襯下，更是金璧輝煌。只見粗壯的玄色柱子，雕功細緻的木門，紅豔豔的地毯，精緻的桌椅，而在大廳的舞臺前，左右各有兩架丈高的豎琴，琴弦在燈光下變得七彩斑斕，豎琴的頂端形如同豆苗一般捲曲，捲曲的末端各掛著一隻精巧的琉璃燈。

好別緻的設計，好別樣的舞臺。

「這裡只有恩恩和曼曼才會彈這巨型的豎琴。」韓子尤估計看見我和思宇看著那豎琴發愣，在一邊解釋著，「她們邊彈邊舞，如同人間仙子啊。」韓子尤的眼中露出讚美和欣賞的目光。

此刻臺上已有女子仙樂輕奏，衣裙飛舞，讓人莫名地激動起來，好一家熱鬧的青樓。

說話間一個三十左右的女子朝我們走來，她錦帕輕搖，諂笑連連：「七姊見過韓爺！」她的樣子讓我想起了電影《歡樂英雄傳》裡劉曉慶演的那個鳳姊。

「七姊，今日可要給我們安排一個好位置。」

「當然當然，韓爺來了，怎能怠慢？」七姊香帕帶出一陣香風，就在一邊帶路，「劉爺和趙爺已經到了，他們正等著您呢。」

韓子尤淡笑著點頭，我漸漸聞到了應酬的味道。

「今日有何節目？」韓子尤隨意地問著。

「哎喲，韓爺，您可趕巧了，今日茱顏登臺獻藝。」

「茱顏姑娘？那可要好好欣賞一番了。」

哦，聽起來這茱顏姑娘相當於花魁，很是了不起。

思宇紅光滿面地四處張望，一雙大眼睛滴溜溜地轉，我忍不住撞了她一下：「收起妳的口水。」

「哦，嘻嘻！」思宇咧著嘴，那神情只是稍有收斂。

初步揣測，這家【天樂坊】是達官貴族聚集的高雅場所，類似於我們那裡高級的演藝酒吧。聽說裡面的姑娘大部分都是被貴族包養，簡直可以說是一個二奶集中營。

七姊帶我們去的包廂是天音廳，在樓上，正對著舞臺，視野寬，觀賞效果極佳。此刻屋裡已經坐有一胖一瘦兩名男子，一個長得像豬，一個長得像猴子，身上都帶著銅臭味，胖的就是趙爺，瘦的就是劉爺。這樣一襯，就越發襯托出韓子尤的英俊瀟灑了。

「這莫不就是雲先生？」劉爺和趙爺站起身，拱手相迎。

我也還禮：「正是在下。」

「哈哈哈，雲先生這書寫的可真好啊。」趙爺朗聲說著。我從心眼裡鄙視他，他怎麼可能看我的書，估計是看上我書的銷量了吧。

「呀！沒想到這位公子居然是雲先生。」此番驚訝的卻是七姊，她一手抓住我的胳膊，上下打量著我，「沒想到，真是沒想到，姑娘們若是知道雲先生來，一定會樂瘋的。」七姊說著就跑出門，「我要去告訴姑娘們，今日表演賣力些。」

「啊，七姊……」我連喚都來不及，七姊就一溜煙地跑下了樓。

「哈哈哈……看來這【天樂坊】裡的姑娘都是雲先生的崇拜者啊。」

我笑得有點僵。思宇將我拉過坐下，道：「我大哥的書自然受女子歡迎，不然韓爺也不會印刷了，這都是韓爺慧眼。」

韓子尤在一旁淡淡地笑著。不一會，就有丫鬟給我們送上酒菜，她們一個個看著我笑，笑得我直起汗毛，原來這偶像也不好當。

「雲先生，這位趙爺是仁智書局的老闆，這位劉爺是江陰書局的老闆，此番邀請他們來，是想將你的書通過他們賣到淮化以南和暮廖國。」

「沒錯！就是要賣出國。」思宇在一旁補充著。

淮化是緋夏書界的分界線，淮化以北最大的書商就是韓家書局，淮化以南最大的書商就是仁智書局，而緋夏國的京城邶城與暮廖的江陰城僅一林之隔，因此將書賣出國，這下就有了可能性。

隨即，進來兩位姑娘，她們笑臉盈盈還不時偷看我，並殷勤地為我們斟酒上菜。

「這位就是雲先生的……」趙爺舉杯看著思宇、

「經紀人。」思宇補充了一聲，這裡的人對經紀人這個詞還很陌生。

「經紀人，對經紀人，讓趙某先敬寧公子一杯，以後可要寧公子多多照顧啊。」

「哪裡哪裡。」思宇舉杯飲下，我有點擔憂，思宇這酒量……

「對呀對呀，那劉某也要敬寧公子，以後還望寧公子多多關照。」

「自然自然。」思宇有點揚揚得意。再次飲下，臉上開始浮現紅暈，燦爛而笑，帶出了一絲嬌媚，頓時看傻了劉爺和趙爺。

韓子尤看著雙頰泛紅的思宇，眼中滑過一絲擔憂，但隨即換上笑顏，舉杯向趙爺和劉爺，引開他們對思宇的注意力。我心下鬆了口氣，好在我是文人，那趙爺和劉爺並不要求我喝酒。

外面的音樂不止，有點興奮的思宇翹首張望，如此這樣坐著也看不真切，思宇便起身朝外走去，韓子尤的目光隨思宇而去。我看著韓子尤有點擔憂的神情，揚起了一抹狡黠的笑。興許是韓子尤感覺到了我的目光，不自在地咳嗽兩聲朝我望來，我立刻收住奸笑改為微笑，朝他點了點頭，便道：「秋雨又亂跑了，我去看看。」

「呃……好。」韓子尤似乎有點尷尬，很不自然。

來到外面，原來外面站了許多男子，都手拿摺扇，風度翩翩。我也抽出腰間的鵝毛扇，慢步輕搖，看見我的男子都露出一縷奇怪的目光。思宇並未走遠，就站在門前，我走到她的身邊，輕聲道：「寧小朋友，妳上臉了哦。」

她慌忙捂住了自己的臉，秀目圓睜，我不由得翻了個白眼：「拜託，進去喝杯茶。」

「哦。」思宇依舊捂著自己的臉，彷彿怕被別人看到。不一會，她就拎了整個茶壺出來，我看得咋舌。

「妳整個拎出來幹嘛？」

「在裡面喝看不清表演。」

一道汗滑了下來，這個思宇，真是可愛得想掐死她。

思宇提著茶壺喝地正歡的時候，身邊的人一陣騷動。音樂在不知不覺中停止，我和思宇往下望去，一位女子輕提雲錦婀娜地走了上來。

隨著那女子的樣貌越來越清晰，我和思宇都控制不住地張大了嘴巴。

那女子緩緩坐在台中一個特製的蓮花椅上，宛如出塵的仙子，讓人驚豔。

蛾眉鳳眼，櫻唇桃腮，雲鬢霧鬢，肌膚勝雪。若說她撫媚，卻沒有那種俗豔，若說她恬靜，水波流轉的眸子卻帶出一分可愛，真是一個讓男人看了心癢，卻又不敢枉自摘取的美人。

「這便是茱顏了。」韓子尤不知何時走了出來，一旁是趙爺和劉爺，兩個色眼含笑。

「是啊，雲先生可要好好欣賞茱顏姑娘的琴技，說不定今日你還能與茱顏姑娘共度良宵。」趙爺胖胖的肚子彈跳著，掩蓋不住他的色欲熏心。

他們的眉眼間似乎在給我推薦，想讓我獨佔花魁嗎？

我淡淡地笑了：「在下恐怕無福消受美人恩寵。」

「那也要看你有沒有這個本事。」別處傳來一句揶揄的話，我側臉看去，都是一些公子哥，也不知是誰說的。我自然無法消受，因為我是個女人。

我再次看向茱顏，她眼中是不卑不亢，卻夾雜著一絲認命，面對男人時也沒有半絲羞澀，反而是異乎常人的冷靜，面無表情，卻讓人覺得她越加高不可攀。

「飛揚可喜歡？」思宇在一邊調笑著。我手搖鵝毛扇，淡淡地點了點頭：「嗯。」

「那過會兒叫她陪妳啊。」這死丫頭還來勁了。

「要這茱顏坐陪可不是件易事。」韓子尤笑著，我轉而看他：「哦？」

邊上的劉爺忽然冷哼一聲：「哼，這女人相當不識抬舉，要見她比登天還難！」

「老劉，你看你！」趙爺笑著推了一把劉爺，「這裡不同於其他青樓，別降低了自己身分。我說雲先生，這茱顏見客是有要求的。」

「什麼要求？」

「就是……」趙爺的話才說到一半，幽幽的琴聲就從下面傳來，不同於上官的優雅，是一份清靈，微閉雙眼，眼前漸漸浮現出一朵出淤泥而不染的銀蓮。

「遠看山有色，靜聽水無聲……」我忍不住輕吟，沒錯就是這種水墨畫的感覺，茱顏的琴聲猶如一支畫筆，將青山綠水展現在你的面前。

「碧雲天，黃葉地……」

我愣了一下，思宇也用胳膊撞了我一下，我們兩人同時朝茱顏望去，她的歌聲宛如鶯啼，曲調流轉，帶出一縷淡淡地哀傷，可是這歌詞……

「秋色連波，波上寒煙翠……山映斜陽天接水，芳草無情，更在斜陽外……」

「蘇暮遮！」我情不自禁驚呼出聲，茱顏居然會唱《蘇暮遮》！

「天哪！怎麼會是……」思宇也驚呼起來，手中的茶壺險些落到地上。

「黯鄉魂，追旅思，夜夜除非，好夢留人睡。明月樓高休獨倚，酒入愁腸，化作相思淚……」

我和思宇異口同聲輕喃，和那女子一起收尾，我們兩人驚訝得目瞪口呆。

一曲唱罷，茱顏微微頷首，掌聲漸漸從廂房中傳出，然後她盈盈一拜，再次彈琴。

「不可思議！真是不可思議！」思宇在邊上驚嘆，我看向思宇，無意中看見韓子尤疑惑地看著身旁的思宇，他會不會聽見我們剛才的說辭？趕緊撞了一下思宇，輕聲提醒：「韓子尤在看妳。」

思宇恍然，趕緊往我這邊靠了靠，和韓子尤他們拉開了距離。漸漸的，空位被從廂房裡出來的另外兩位公子佔據。

男人們齊刷刷地站在欄杆前，共同看著舞臺上的美人。

他們有的讚嘆，有的痴迷，但大多數的眼神都還很是清醒，看來此處的確不是一般場所。

「飛揚，這人莫非……」我抬手止住思宇的話，點了點頭。

但我懷疑此人並非和我們一個年代。試想我們那個年代的，誰會去唱唐詩宋詞？唱出來準被人取笑到趴下。所以此人應該是宋以後的古人，因為范仲淹是宋朝人，會唱他的這首《蘇暮遮》，必定是其年代之後的人。

琴聲再次悠然而起，此番換作琵琶，淡淡的一個剪音滑出，帶出了《漁樵問答》，這首曲子就在我收錄的古典音樂中。每次寫古代小說時，我都會聽中國古典音樂。因為我收錄的曲目也不多，所以很清楚。

「這是什麼？」思宇在一旁問著

「是《漁樵問答》。」我雙手緊緊抓住了金漆的欄杆，「真是沒想到，沒想到啊！」

「是啊，怎麼會這樣！」思宇的情緒也有點激動，說不定她就是我們那個世界的人，在這裡能相遇，如同遇到親人！

茱顏手勢一轉，一尾勾音結束前曲，五指滑落，此番是《琵琶行》。

「是琵琶行嗎？」

「嗯！」心情有點激動，忍不住吟道：「大弦嘈嘈如急雨，小弦切切如私語。嘈嘈切切錯雜彈，大珠小珠落玉盤。」

「好詩！」別上忽然傳來一聲讚嘆，收回神才發現因為激動而忘我地吟出了《琵琶行》中的經典段落，不過，我也只記得這四句。而稱讚我的正是後來出現的兩位公子，一位穿著墨綠的長袍，另一位穿著淡藍的長袍，兩人都是一表人才。

「這位公子好文采，在下姓日名本人，敢問公子名號。」那個淡藍色的公子翩翩作揖，另一位公子也含笑朝我望來。

日本人啊……我看了一眼思宇，她的臉可謂是呆如木雞，我努力忍住笑，作揖道：「在下雲飛揚。」

「雲飛揚？」那日公子疑惑地看著我，彷彿在說「新來的？怎麼沒聽過？」

他張開了嘴，似乎正準備下一個問題，迎面走來一個小廝，小廝似乎不是【天樂坊】的人，他朝思宇恭敬道：「寧公子，雲先生，我家主人有請。」

這倒有趣，邶城我們只認識韓子尤，這小廝口中的主人又是誰？怎會認識我們？看這小廝先是朝思宇而來，那人莫非認識思宇？思宇一臉迷茫地看著我，我聳聳肩，然後和她跟著那小廝朝東面走去。

到了那個房間，我才明白韓子尤的廂房並不是這裡最好的。而眼前這間才是貴賓席。此房雖然不是二樓正中，但卻是錯層結構。起先小廝將我們引入的，只是二樓的廂房門，進去後，才發現面前寬敞得足有韓子尤廂房的三倍大，面前往下的樓梯就占去了一個廂房的面積。

所以真正的房間是建在一樓與二樓之間，四扇窗一般大的窗臺上是一層晶瑩的珠簾，透過珠簾，便將舞臺盡收眼底。因為視線低，又離舞臺近，所以茱顏的樣貌變得更加清晰。

思宇走在我的前頭，小廝領著思宇到了另一道珠簾前，裡面坐著一個身穿黑色長袍的人，我一眼就看見了那頭金髮。是他，余田。

小廝將思宇和我引了進去，我這才將這名男子看了個真切。

寬額下，是一雙懾人心魄的藍眸，淡淡的笑意在那雙湛藍的眸子裡漾開，帶出一絲特殊的溫柔，我明白了，明白思宇情繫於他的原因，這個男人，有一雙清澈而迷人的眼睛。

思宇的臉立刻如盛開的芙蓉紅了起來：「怎麼是你？」

男子優雅地站起，一頭淡金的長髮在黑色袍衫的映襯下，越發顯眼，一個碧玉鑲金的髮箍將一頭的金髮束在腦後，幾縷長長的瀏海稍稍遮住了他鬢角下的面頰，讓他的臉顯得削尖了起來。

「是啊，寧公子，我們又見面了。」男子手微微揚起，請我們入座。

思宇激動地拉過我：「這是我大哥雲飛揚，寫書的，大家都叫她雲先生。」

「雲先生好。」

我也趕緊還禮：「余公子好。」

那男子微笑著，讓小廝為我們加上了茶盅。

「怎麼余公子也喜歡來這裡？」思宇好奇地問著。

余田微笑著說道：「應酬而已，只是沒想到在這裡會碰到寧公子。」

「嘿嘿，我是湊熱鬧。」思宇清澈的笑著，沒有絲毫做作，「大哥的書大賣，韓爺給我們慶功。」我喝了一口茶，這個思宇，對誰都掏心掏肺，還說要學城府，我看她是沒這個天分了。

「韓爺？莫非是韓家書局？」

「嗯。韓家書局，可惜大哥的書不適合余公子看，不然我一定介紹給你。」

「哦？雲先生寫什麼書？」

外面的琵琶似乎快要接近尾聲，不知後面還會有什麼節目。

正想著，思宇撞了我一下，我回過神，思宇給了我一個白眼：「人家余公子問妳話呢。」

「啊？」我愣愣地看著思宇，然後聽見余田的輕笑：「看來雲先生也是一位風流雅士啊。」

「哦，呵呵……呵呵……」我不好意思地笑了笑，思宇恨鐵不成鋼地看著我，然後對余田笑道：「我大哥寫的是《西廂記》，女孩子看的書。」

「《西廂記》？」余田的眼中帶過一絲驚訝，他彷彿知道這本書，「原來是這本，哈哈哈……」余田爽朗地笑了，帥氣的笑容讓整個房間變得明媚。

「這本書我的小妹可是頗為喜歡呢。」

「原來你的小妹喜歡，太好了，我大哥快出新書了，記得捧場。」思宇一臉的諂媚，這傢伙倒挺會抓住商機，「還有啊，讓她幫忙推薦一下，什麼名門小姐之類的，謝謝啊。」余田笑著點頭。

正說著，外面的琴聲停下，臺上的美人站了起來，全場一下子變得鴉雀無聲。

茱顏蓮步輕移，宛如淩波的仙子。她朝著全場盈盈道了一福，朱唇輕啟，嬌柔的聲音從她唇間傳出：「今日茱顏在出題之前，想請一位先生賜畫。」

「賜畫？」原本寂靜的場上傳來疑惑的聲音。

「茱姑娘，在下區區不才，願意為茱姑娘作畫。」有人開始自告奮勇。

茱顏緩緩抬首，目光在上面掃了一圈，似乎在尋人，她幽幽道：「請問雲飛揚雲先生可在。」

我愣了一下，思宇拍了我一下肩膀，笑道：「大哥，豔福不淺啊。」

我想我此刻的神情可以用呆若木雞來形容。

「是啊，沒想到雲先生才第一次來，便被茱顏姑娘選中。」余田的話語中帶出一絲調笑。

就在我不知如何的時候，只見余田揮了一下手，站在外面的小廝立刻走到窗臺邊，高聲喊道：

「雲先生正在此處，請姑娘稍候。」說著，那小廝走到窗臺邊，原來那裡還有一扇竹門。

他打開竹門，恭敬地站在一邊。我硬著頭皮走了出去，只見竹門外是一個竹子架起的平臺，臨空而立。幾乎是全場人都將視線朝這邊投來，我立刻有種萬眾矚目的感覺，冷汗不由得冒出。

「在下雲飛揚，見過茱顏姑娘。」我微笑著行禮，那茱顏姑娘也微笑還禮。

耳邊傳來樓上的驚嘆。

「他怎麼會在那裡？」

「沒想到他就是那個閨房讀物的雲飛揚。」

「簡直就是丟我們男人的臉，堂堂男子漢怎麼寫閨房書！」

「你別這麼說人家，你還羨慕不來呢，看，連茱顏姑娘都仰慕他。」

「就是就是啊，早知道我也該去寫了。」

「……………」

原來寫閨房小說是男人不恥的事。

茱顏對著我再次一拜：「茱顏唐突了，實則樓中姊妹都十分愛看雲先生所作的《西廂記》。」

心底驚了一下，不知真正那本《西廂記》是在宋前還是宋後出現，不過也沒關係，因為此本非彼本，內容更是南轅北轍。

「更喜歡先生所畫的封面，姊妹們都想收藏，故茱顏妄求先生作畫一副，留在【天樂坊】。」

茱顏的眼中雖然平靜如水，但我還是隱約感覺到了她的期盼。

「天哪，等他畫好要多久？」

「是啊是啊。」

上面傳來那些公子的抱怨。

我笑道：「這有何難？既然姑娘還要出題，雲某也不想浪費各位公子答題的時間，雲某畫好便會送下來。」

「多謝先生，那茱顏就靜候了。」隨即她再次面向上面：「茱顏出題了。」

見她出題，我便回到房間，見思宇已將文房四寶準備妥當。

外面傳來茱顏的題目：「日暮蒼山遠，天寒白屋貧。請各位續詩。」

我愣了一下，這詩聽著耳熟，卻又一時想不起來。乾脆還是專心作我的畫。

輕提衣袖，點墨沾水，寥寥數筆勾出了美人的輪廓，白紗縹緲，紫霧繚繞。淡淡的夕陽下，美人在半山凸出的平臺上撫琴，身後是一株豔麗的紅楓，橘色的楓葉在美人身邊飄蕩，一縷涓涓的細流，從山頂蜿蜒而下，山下水霧繚繞，一葉輕舟若有似無。

她是淩空的仙子，不染紅塵；

她是思鄉的孤魂，黯然傷神。

提筆題字，卻不知如何落筆。思宇走到我的身邊，輕聲道：「我來。」

「鴻雁南歸路，啾啾思鄉情。」外面的人紛紛續詩，不知今日誰能奪得花魁。

「紅梅映白雪，春風總有望。」

「………」

我站在思宇身邊，只見她行雲流水，中性但卻俊美的字出現在畫旁：

日暮蒼山遠，天寒白屋貧。柴門聞犬吠，風雪夜歸人。

余田站在一邊看著思宇的詩，忍不住輕喃：「好詩，好詩！哎……只是這詩和畫讓人悲傷啊……」他同樣淡金色的眉毛微微蹙起，湛藍的眸子帶著渾然天成的哀傷。

我正要拿起畫，思宇忽然朝我眨了眨眼睛。

思宇啊思宇，莫不是要讓我搶了那個花魁？

再次走出竹台，竹台邊上有一盤旋的樓梯，我順著樓梯走了下去，七姊迎了上來：「雲先生畫作好了？」我淡笑著點頭：「就連茱姑娘的詩也續好了。」

「是嗎？」七姊和我的對話引起了臺上茱顏的注意，我見她看我，便笑著點了點頭，然後將畫卷交給七姊。

畫卷由七姊傳遞到茱顏的手中，還在續詩的人立刻都安靜下來，好奇地張望著。

茱顏和另一個姑娘立刻將畫卷展開，我聽到了一聲聲抽氣聲，男人總是經不住美人的誘惑，更何況是茱顏。

沒錯，那畫上的美人正是茱顏，脫俗的氣質，莫名的哀傷，讓人又是揪心又是疼惜。

「柴門聞犬吠，風雪夜歸人！」茱顏先是輕喃，後面幾乎是驚呼出聲，她怔愣地看著我，我站在台下輕搖鵝毛扇微微而笑。

這是一個訊號，一個她知我知的訊號。

「好詩！」有人大喝一聲，隨即附和聲一片。

「沒想到這個閨房男居然有如此才情。」

「絕！絕啊！」

鄙視我吧，又多了一個抄襲的，還是反覆抄的。我占了思宇便宜。

茱顏久久凝視著我，忽然她似乎意識到什麼，臉一下子紅了起來，匆忙掩面而去。

怎麼回事？不公佈結果嗎？

只見七姊在臺上嬌笑道：「今日是雲先生勝了，請雲先生稍後赴約。」

啊？

糊裡糊塗回到余田的包廂，腦子一片空白，一時間也理不出個頭緒，過會兒怎麼發問？

這贏的，實在是突然。

思宇和余田正在包廂裡下棋，我湊過去一看，原來是五子連珠。這五子棋在這裡早就流傳百年，還作為圍棋的輔助訓練。

「秋雨，過會兒我就要去會茱顏。」

「不錯啊，去就去唄。」思宇將精力完全放在棋盤上，與余田殺得不可開交。

我訥訥地看了一眼棋盤，余田在一旁落子沉穩，胸有成竹，一看就知道是余田在讓著她。

既然如此，我也別做電燈泡了。

「先生要走嗎？」余田叫住了我，眼角含笑，「替我向茱顏姑娘問好。」

「好……」

門前已有兩個丫鬟，她們在前面引路。

身體忽然被撞了一下，我揉著肩膀看去，原來是那個日本人，看來是輸了不服氣，他身邊的公子朝我笑臉道歉。

我在眾人嫉妒的目光中離去。

紅燈照路，蟲鳴啾啾，芬芳撲鼻，庭院深深。

四處觀望，盡是小徑通幽，花燈連綿，這蘇州園林式的設計讓我湧起一股思鄉之情。走出小徑，眼前豁然開朗，在這庭院深深之處，居然有一處大型的人工湖，湖中荷花妖嬈，亭亭玉立，這【天樂坊】的設計也真是別具一格了。

天上的月亮正印在湖裡，我抬頭仰望，漆黑不見星光的天上，是一輪毛邊的月亮，彷彿月亮之外又有一個月亮，我忍不住輕吟：「夜來月外還有月……」

「先生有何吩咐？」前面引路的小丫鬟回首問道。

我笑了笑：「沒事，走吧。」

「姑娘的廂房就在此院內，先生請。」

我看了一下這個院子，除了假山這些平常的佈景之外，有一處葡萄架，葡萄架下是一張躺椅，可以觀星賞月，這設計不錯，改天回去也做一個。

房內傳來歡快的琴聲，看來這茱顏的心情相當之好。淡淡的檀香彌漫在空氣中，讓人神清氣爽。屋內，茱顏正對門而坐，面前便是她的古琴，見我到來，她欣喜地朝我望來。

她急急起身，竟被面前的矮桌絆倒，我慌忙扶住她，她落入我的懷中。這個茱顏約莫十四五歲的樣子，還比我矮上一個頭，估計也就一米五多點。

她扶住我的雙臂，臉撇過一邊，那可見的半邊臉已然紅透。

忽然，她拜了下來，我趕緊扶住她：「姑娘這是為何？」

「請先生帶我出【天樂坊】。」

我明白了，這【天樂坊】就算再高級，也是青樓。

我將她扶起，看著她：「妳是誰？」

茱顏咬著下唇，唇色在她的貝齒下越發殷紅，我看得出她的恐慌，忍不住撫上她的臉：「別咬了，會出血的。」

她渾身微微一顫，抬起頭看我，眼中是濃濃的依戀。不妙，一般這種女人特別容易一見鍾情，我忙放開聲音道：「茱顏，我跟妳一樣。」

她的眼睛在我說出這句話後，驀然瞪大。

「喂，沒事吧。」我拍著她發愣的臉，「哎，小姑娘就是小姑娘。」我轉身帶上了門，她從我身後拉住了我的袍子：「姊姊又是誰？」

我拉著她的手，她的臉不再發紅，神情也已經自若，只是多出來的，是更多的疑惑。

「妳呢？」

「小女子李師師，因落水到了這裡，並進入這名茱顏姑娘的身體。」

「李師師！」我驚叫起來，原來她是靈魂穿越？

「那個讓宋徽宗，還有很多男人愛戀的李師師？」

茱顏眨巴著她那雙水汪汪的大眼睛，似乎是沒明白我的話。

「妳……不認識高裘？」我試探地問道。

茱顏驚訝了一下：「高裘？那個皇上身邊的寵臣？」

我想我明白了，一想通前因後果，我忍不住開懷大笑：「有趣有趣！哈哈哈！難怪歷史上的李師師能叱吒風雲，將那些風雲人物都拿捏在手中，玩弄在裙下！敢情正牌的被擠出身體，跑到這兒來啦？哈哈哈，妳放心吧，妳的身體被另一個女人好好看著呢。」

「真的？」茱顏似乎鬆了口氣，「那姊姊妳呢？」

「嘻嘻，我來自妳的幾百年後，所以妳想不想知道歷史上的妳是怎樣的？」

茱顏連連點頭，我和她攜手坐在窗臺邊，開始給她敘述李師師的生平。

如此說來，這歷史上的李師師肯定是其他人穿越時空過去的，她的一切讓茱顏聽得目瞪口呆，小臉發紅，最後還訥訥地說道：「師師怎會那些承歡男人的招數……」

「呵呵，是啊，所以那師師便是我那個年代的人了。」我有些得意，是為那位穿過去的姊妹得意，做二奶都能做到名垂青史，也算厲害！

茱顏定定地看著我：「難道姊姊也知道如何承歡男人？」

我汗，所謂承歡，講得俗點就是床技。

黑線一條一條垂落，我的手重重落在茱顏的肩上：「茱顏，妳問這個做什麼！」

茱顏臉紅了紅：「只是好奇……」

原來是好奇，男生以為女生在一起聊的是八卦，其實女生也很色，聚在房間裡，就會聊這種。

「這有何好奇，莫非茱顏還是完璧之身？」

「嗯……」茱顏點了點頭，「【天樂坊】不同於別家青樓，如果技藝超群可以賣藝不賣身，只是茱顏終有一天會江郎才盡，到時……到時茱顏又該何去何從？」

心頭震了一下，不是每個人穿越時空都像我們這麼幸運的。

「【天樂坊】有個規矩，一旦技藝無法吸引客人，就要掛牌，競標標得的男人可以包下姑娘一個月，然後若覺得喜歡還可續包，若不喜歡，只有等著其他男人，這裡的姑娘都是如此……」茱顏說著說著顫抖起來。

「茱顏不想被很多男人包養，若只有一個，一個茱顏喜歡的就好，例如韓公子，余公子那樣的公子……茱顏在來到這裡前，還是師師的時候，第一次就被一個老頭買走，他……他綁住師師的雙手，師師好怕，師師真的好怕再遇到這樣的客人……」茱顏渾身顫抖不已，我心疼地擁住她，情不自禁罵道：「靠！死老頭，玩ＳＭ玩死你！」

「SM是什麼？」茱顏揚起迷茫的小臉，淚眼婆娑。

我擦去她眼角的淚痕：「妳放心吧，有姊姊在，不會讓妳技窮。」

「真的？」茱顏的眼中充滿希望，「姊姊會很多東西？」

我得意地笑了笑：「我可是來自未來，一些皮毛小招就夠妳用了。」

「那姊姊教茱顏討男人歡心吧。」

「啊？」

「茱顏只要學會如何討好男人，茱顏就可以只被一個男人包養，茱顏就可以……」

男人！男人！又是男人！太陽穴開始發緊，我已經聽不清茱顏的話，為什麼都要靠男人？難道沒有男人我們女人就不能生存？為什麼上官是這樣，茱顏又是這樣！

胸口開始發悶，莫名的怒火湧上心頭，大吼道：「別再說了！」我捂住了自己的臉，平穩自己的呼吸。

「茱顏……是不是說錯話了。」身邊傳來茱顏膽怯的聲音。

我無力地擺了擺手：「妳沒錯，是姊姊錯了。」我心痛地看著茱顏，她還只是個孩子，「妳也不想重生在青樓，妳也不想再次成為妓女，姊姊卻又沒辦法帶妳離開，妳只有靠男人……呵……妳沒錯，是天錯了，老天爺對妳太不公平……」

「姊姊……」茱顏雙眼發紅，一串晶瑩的淚水從眼角滾落。

鼻子開始發酸，我努力咽下淚水，擠出笑容：「妳放心吧，姊姊會教妳，什麼都教妳，讓妳可以找個好男人，讓他帶妳離開。」

茱顏拂去淚水，充滿希望笑著。

或許這就是她們青樓女子的願望，她們的願望是何其渺小，甚至會被我們這種21世紀的女性鄙夷，她們只是想離開這裡，哪怕只是做男人的妾，不，甚至是沒有名份的女人……

男人啊男人！我們女人同樣是人，為何活在這個世界會如此辛苦！

不知是如何離開茱顏的房間，只覺得頭暈目眩，腳下不穩。我不服，我真的不服！來到這個男尊女卑的世界，難道就要隨波逐流？成為一個相夫教子的安分女人，然後看著自己的相公娶進小妾，我還要笑臉相迎，去和別的女人分享同一個男人？

我開始明白上官的心，上官到底活在怎樣的痛苦中？幾度夢迴的時候，心愛的男人卻在別的女人的床上，而自己卻只有無奈哭泣。

朦朧中，撞上了一個人，有人狠狠地拽住了我的胳膊，大喝著：「大膽！」

大膽？

「哼！」我嗤笑起來，「壯士赴死可謂大膽，冒死進諫可謂大膽，謾罵老天可謂大膽，抗旨不尊可謂大膽！」我笑看著那個鉗住我手臂的黑衣人，「敢問你到底是君，還是天！我撞了你，怎能說我大膽？」

「瘋子！」那人將我扔到地上，我嗤笑起來：「別人笑我太瘋癲，我卻笑人看不穿，哈哈哈，有人跑妓院來稱皇帝，可笑可笑！」

「你！」那人似乎要抬手打我，突然被人嚇住：「住手！」

這聲音有點熟悉。

清涼的風吹過，吹散了我腦中的混沌，神志漸漸清醒，只見面前站著幾個人，都是黑衣打扮，正在說話。

「主子，此人是個瘋子！」

「退下！」

是他？我聽出了他的聲音，開始向後縮，抬手遮臉準備默默爬走。

「雲先生，你沒事吧。」他居然認出了我，將我緩緩扶起。

我放下袍袖朝他乾笑著，他霸氣的面容在月光下變得柔和，我當即抱拳笑道：「原來是大英雄，好巧，真是巧，哈哈哈……」然後我拍著他的前胸，「不知大英雄喜歡哪位姑娘？只可惜雲某也是第一次來，這裡的姑娘不熟悉，不然定然給英雄好好介紹介紹。」

「放肆！」他身邊的人又再次怒喝一聲，被眼前這名男子攔下，他出奇地縱容我，笑道：「那不如讓在下請雲先生賞花如何？」

「賞花？」我立刻抽回了手，這個賞花就是請我嫖妓，我趕緊說道：「小人的弟弟還在等小人，大英雄慢玩，小人先行一步。」

「怎麼雲先生要冷落那位茱顏姑娘嗎？」

他知道我贏了茱顏？對啊，他既然在【天樂坊】又怎會不知？

我立刻陰下臉，怒道：「這茱顏只能看不能吃，又有何樂趣，不如回去！」

看似侍衛的那幾個人立刻露出鄙夷之色。也好，就讓他們以為我是酒色之徒，省得麻煩。語畢，我轉身就跑。

突然，一隻手擋在我的面前，男子黑色的披風下，露出了深紫的袍衫。

他緩緩走到我的面前，看著我：「那不如讓在下陪雲先生換一個地方如何？」

我全身的細胞在他的注視下變得緊張，他老鷹一樣的眼睛彷彿要將我看穿，不知為何，我很怕他，這種害怕是潛意識的，其實他長得很好看，可我就是怕他。

「雲先生？」韓子尤出現在那男子的身後，身邊還跟著思宇，太好了，救星到了。

思宇疑惑地看著這些人，然後問我道：「妳不是在茱顏房裡嗎？」

我揚了揚眉，不滿道：「哦！那個茱顏只能看，這樣聊一個晚上有何樂趣？算了，我們回家。」然後我對著那男子道：「大英雄，在下先行告辭了。」

那男子並沒再攔我，而是給我讓了路。他轉身目送我，被思宇看個正著，思宇的臉上立刻出現驚訝的神色。

「雲先生。」那男子沉聲喚我，我停下腳步沒有回頭，只聽他說道：「在下北冥，改日定當登門拜訪。」

心底慌了起來，和思宇匆匆離去。

坐在車上的時候，我問韓子尤可認識那人，因為他走南闖北見識較廣，認識的人也比較多。

韓子尤茫然地搖了搖頭，隨即似乎又想起了什麼道：「北冥這個人沒聽說過，不過在暮廖，北冥卻是皇家的姓。」

我挑了挑眉，暮廖皇家。見他的裝扮的確不像是緋夏人，莫非真是暮廖皇家？

「那余田呢？」此番是幫思宇問的，思宇在一邊狠狠掐了我一下，我不理她。

韓子尤的臉卻變得凝重：「此人絕不簡單，你們還是少和他接觸的好。」韓子尤說這話時看著思宇，思宇不以為然地努了努嘴。

馬車不急不慢的行著，夜深人靜的路上，沒有半個人影，只聽見我們馬車轆轆轉動的吱嘎聲，和馬蹄的啼嗒聲。

「啊——」忽然，一聲慘叫劃破了夜的寂靜，兵器碰撞的聲音立刻隨之而來，車夫慌忙收住韁繩，我們往前看去，一堆黑影打在了一起，翻飛跳躍，寒光閃爍。

「繞道！」韓子尤下了命令。我也覺得還是別管閒事的好。

「懦夫！」卻沒想到思宇哼了一聲就衝了出去，我發急地大喊：「秋雨！回來！」她卻頭也不回地朝前奔去，這時我才看清，在那團黑霧中，隱現著一個金髮男子。在逃亡的途中，思宇跟隨風學了不少本事，她八成是要去救那個男人。

「我去找人幫忙！」韓子尤說了一聲，就跑了。暈死，看著他消失在黑夜中，我躲在馬車裡不知所措。

不行！我不能坐視不理，那裡有我的朋友，有思宇！

「快！衝進去！」我朝車夫大喊著，車夫驚恐地看著我，將韁繩一扔跑了。沒用的東西！我收起韁繩，抬腳踹了一腳馬屁股，黑馬一聲嘶鳴，就衝進了戰圈。雙方的人見馬車衝了進來，紛紛躍起閃避，我直衝到中心，余田被思宇扶著，似乎受了傷。

「快上來！」我大喊一聲，思宇將余田推向了馬車，我將他拽了上來，思宇也朝我奔來，她身後寒光一閃，我驚道：「小心！」

思宇一個迴旋踢，就將身後的人踢開，而她邊上又湧上了幾個人，這下真的玩完了。突然，我身邊寒光閃過，我下意識將身體往裡一縮，只見一把刀狠狠地砍在我原來坐的位置上。冷汗瞬即爬滿脊背，腿有點發軟。

與此同時，我瞟見思宇身邊不知何時多了一個黑衣人，那黑衣人似乎不是敵人，他正幫思宇脫困。而我這邊，原先砍我的那個刺客一下子就躍上馬車，還朝我劈來！我嚇壞了，下意識用雙手擋住頭。

「啊——」不是我喊的，是他喊的。他倒了下來，壓在我身上，黏乎乎、熱乎乎的東西流在我脖子裡，我嚇得渾身發抖，瞟眼間看見那人的後脖頸上，正插著一把飛刀！

有人幫我把身體上的屍體挪開，是余田。

「你沒事吧。」他扶起了我，他的手臂上正流著血。

我開始深呼吸：「沒事，沒事！」我再次拿住韁繩，拉住因為刀光劍影而驚嚇不定的馬兒。豁出去了，甩了一把韁繩，馬車再次衝進思宇的圈子，那黑衣人看見我衝進去，倏地攔腰抱住了思宇，將她扔上了馬車，然後甩出一道寒光，正中馬屁股。

馬兒吃痛，當即撒開四蹄就飛奔。那黑衣人再次沒入黑暗中。

我用力控制著韁繩，思宇在裡面為余田包紮。

「你沒事吧？」思宇焦急地問著。我有點嫉妒，好歹我也受到驚嚇，怎麼不問問我？

「沒……事……」

「他們是什麼人？」

「仇家。」

仇家倒是解決了一切問題，只怕不是仇家這麼簡單。

「沒想到秋雨還會武功。」

「呵呵……花拳繡腿而已。」

裡面傳來他們有一句沒一句的談話，而我卻在想那個突然出現的神祕黑衣人是誰？是他救了我們。

最先想到的是隨風，可看那身高和身形，立刻否定，難道是歐陽緡？也不像，歐陽緡不用飛刀。到底會是誰？

四、北冥

馬車一路奔跑，直到【無雪居】。思宇扶下了余田，而我拔出了釘在馬屁股上的暗器，原來是梅花釘。看來這個高手擅長暗器。

回到房間裡，思宇就拿走了我的「玉膚膏」，我心疼地看著她給那個余田上藥。

思宇小心翼翼地撕開了余田的袖子，錦繡的華袍成了一件爛布衫。在余田的右臂上，赫然一道紅通通的裂口，皮肉外翻，暗紅的血液正從裡面汨汨流出，裡面還混雜著一絲絲白色的液體。

「忍著點。」思宇柔聲說著，連聲音都忘記偽裝。

余田皺緊了眉，咬緊牙關，俊美的臉變得有點蒼白。思宇用水清洗了傷口，然後取出了琉璃瓶，余田在看見琉璃瓶的那一剎那，眼神閃爍了一下。

白色的乳膏塗抹在那傷口上，立竿見影，止住了鮮血，思宇用繃帶仔細地給余田包紮起來，那輕柔的動作宛如在進行一項精細的工程。

我盯著余田，這傢伙到底是誰？

余田感應到了我不善的目光，回應地看著我，裡面還夾雜著一絲挑釁，然後往思宇的髮髻靠了靠，輕輕嗅了一嗅，嘴角微勾地看著我。

暈！他該不會以為我喜歡思宇吧？他所有的動作都像在暗示我，思宇喜歡的是他而不是我。

我輕哼一聲，這個白痴男人！我實在看不下去了。

余田在看到我奇怪的笑容後，反而變得疑惑，直至我離開，估計他還沒想明白我的心思。

溫熱的水拍在自己的身上，脖子上的血水染紅了白色的布巾，我驚嚇地扔掉了布巾，渾身開始顫抖，那布巾上的血染紅了清水，如同墨跡一般，往下沉澱，慢慢散開。

我驚跳出了浴桶，心怦怦跳無法正常呼吸。第二次，這是我第二次看著人死在自己的面前。再一次，對方的血撒在了自己的身上，是那麼的真切。那滾燙黏滑的鮮血，帶著刺鼻的腥味。

「嘔！」我乾嘔起來，胃部翻滾的酸漿湧進了嘴裡，讓人難受。

「啪！啪！」「飛揚，開門，是我。」外面傳來思宇的聲音，我隨意用衣服裹住了自己的身體，躲到一邊給她開門。思宇閃身進來，臉上洋溢著興奮。

「妳在洗澡？」她發覺我的房間裡霧氣繚繞，再看見我只是隨意的穿著內單。

「非雪，妳的臉怎麼這麼白？」她捧住了我的臉，手上還拿著玉膚膏。

我擠出一絲微笑：「我沒事。」

「真的？」思宇不信地看著我，我點頭。

她放開了我，笑道：「謝謝妳的藥。」

「妳打算怎麼處理他？」我一直覺得這個余田不簡單，我們又是離開蒼泯不久，實在不宜跟太多人接觸。

思宇抿起了唇，用詢問的眼神看著我：「我……可不可以留他養傷？」

「那是妳的事。」我冷冷地回著，我明白她已經做了決定。

「非雪妳……不高興嗎？」

「沒什麼，只是覺得他很可疑。」

「哦……」思宇開始對戳她的手指。

我看了她一會，淡淡說道：「他說不定會發燒，妳好好照顧他。」

「哦……」思宇擔憂起來，轉而她眼珠轉了轉，帶出越加深的憂慮，「不知那位大俠可好，他會不會受傷？」她擰緊了雙眉，隨即朝我淡淡一笑，「那我出去了，非雪好好休息。」

在思宇離開後，我換了一桶清水，將自己整個人浸在水裡，我要洗乾淨，把一切洗乾淨。鮮血，回憶，全都洗掉，我恨這個世界。

後來韓子尤來了，他看見傷者只是皺了皺眉，沒說什麼。倒是被思宇取笑了一番，說他見死不救，臨陣脫逃。韓子尤倒也承認自己因為害怕而跑了，不過他的確去找幫手，只是找到的時候，我們已經不在了，只留下滿地的血跡。

這一夜，沒睡好，滿眼滿眼都是那個死人。早上的時候，我呆滯地坐在銅鏡前，看著銅鏡裡那張有點扭曲的臉傻笑。鏡子裡的人眼窩深陷，面容憔悴，頭髮散亂地披著，長長的瀏海遮住了一隻眼睛，另一隻眼睛在銅鏡裡說不出地詭異。

我拿起梳子，梳著梳著，陰風陣陣，彷彿鬼魂在用她柔弱無骨的冰涼的手，撫摸我的脖頸，她順著我的脖頸滑入我的衣襟，順著我的背線，用指尖輕輕勾畫。

我不能這樣下去，我得見活物，哪怕是條狗！

我必須要找個帶氣的人說說話，否則我會以為自己已經死掉！

學著緋夏人將辮子斜梳在耳邊，然後轉身出門。

明媚的陽光撒在身上，暖洋洋。一聲鳥鳴掠過上空，讓我有了一種活的感覺。

「飛揚要出門？」是思宇，她站在房前正在鍛鍊身體，打著她的太極。

我點了點頭。

「去哪兒？」她來了興趣，跑到我的身邊，對著我撒嬌，「我也要去。」

我笑道：「好好照顧那個人，還有，接下去幾天會下暴雨，叫韓子尤做好防潮措施。」古代防潮很落後，書局最怕的就是雨天。

思宇疑惑地看著我：「妳怎麼知道？」

我抽出鵝毛扇，臭屁地邊走邊搖：「白日豸蟲飛滿天，日落西山紅似血。夜來月外還有月，暴雨連綿下邶城。」頗為自己仙風道骨的感覺而得意。其實自己心裡明白，這是韓信的才能。

在韓信帶著劉邦出蜀的時候，曾念這首詩，講的是暴雨來的前兆，最後，他用這連日暴雨淹了廢丘，大勝三秦。而前幾日的天象正好應了這幾句詩，可謂是巧合。越來越覺得看電視是學習知識的王道！

「妳還沒跟我說茱顏的事呢。」思宇在我身後喊著。

「回來再說……」我喊著出了門。

清晨的街道是來來往往的挑夫，薄薄的晨霧帶著露水的清香，我穿梭於大街小巷，坐在集市口的石階上看人趕集，人越來越多，聲音越來越嘈雜，身邊不停地擦過男男女女，和貓貓狗狗。

身邊坐下了一個乞丐，拿出了他的碗，然後睨了我一眼，躺下要飯。

跟著又跑來幾個孩子用石頭扔那乞丐。

前面的賭坊推出了一個男人，將他暴打了一頓，男人抹著嘴裡的鮮血罵罵咧咧地走了。

那邊一個婦人拐進了小巷，後面跟進了一個鬼鬼祟祟用手遮臉的壯漢。

心頭一震，將我茫然的神志喚回，我趕緊跟了進去。

小巷裡鴉雀無聲，渺無人跡，難道我看錯了？

「打劫！快把錢拿出來！」

原來才剛剛開始。我順手拿起巷邊的一塊磚頭，往裡靠近。

「大爺，你行行好。」

「我……我也是走投無路才打劫的，妳……妳識相點。」

呵，這個打劫的明顯是新手，說話都哆嗦。我探出了頭，只見那個壯漢七尺開外，臉上蒙著布。他打劫的正是那個少婦，少婦看見我，眼神一飄，那壯漢立刻意識到身後有人，他立刻轉過了身，那少婦拔腿就跑。這女人也太機靈了吧！

壯漢的手中拿著小刀，我手裡拿著磚，從武器上來說，我的略遜一籌。好在我的氣勢勝過他。我不慌不忙，氣定神閒地喝道：「年紀輕輕何苦走上這條路？」

「你以為我想啊。」這人倒也老實。

「原來是江湖救濟。」我掏出了銀子，「這些夠不夠？」

壯漢愣住了，他呆呆地看著我，突然朝我跪了下來：「恩人！」

「喂！你這是幹嘛？我還沒問你要銀子幹嘛呢？若是欠了賭債，我非但不會給你，還會拿你去見官。」

「不是不是。」壯漢急了，還一把摘掉了蒙臉布，當布巾被取下的那一刻，我立刻愣得目瞪口呆，我救的，居然是如花！

「恩公！」如花朝我跪行而近，「小人名喚李散，因家中老母病重，無錢醫治，所以才迫不得已。」

我全身僵硬得無法動彈，愣愣問道：「你五大三粗，怎麼會沒錢？」自己聽見自己的聲音都覺得不對。

「哎……都怪小人這張臉……哎……」李散垂著臉，嘆著氣，臉上的一字眉皺成一個倒的人字，看得我差點忍不住噴笑出來。醜星就是醜星，光看這張臉就那麼好笑。忽然覺得自己這種行為很是可恥，趕緊調整好心態將他扶起。

「銀子你先拿去看病，下午到東廣茶樓來找我，我要你做一件事情。」

「好！」李散興高采烈地走了。

小橋流水，綠柳垂蔭，卻見一曼妙女子斜靠橋邊，幽幽掩面哭泣。

一翩翩公子色眼迷離，輕手撫摸，巧言安慰，那女子帕巾拿下，那公子當即嚇得面如死灰，跑得無影無蹤。

「哈哈哈……」我坐在船頭笑得直拍桌子，男人啊男人，還不好好捉弄一下你們的色心。

這就是我讓李散做的事，再現電影《唐伯虎點秋香》之經典段落：如花打劫。

撐船的大爺也笑得直不起腰，這裡是我精心挑選的場景，不是鬧市，免得到時引來衙役，也不是渺無人跡，不然就沒人可耍。

此處宛如西塘古鎮，也是邶城那些文人墨客常來之地，在這裡惡整這些假清高的男子，再適合不過。

「如花加油！」我在下面為如花鼓勁，到現在還沒一個嚇落河。

身邊幽幽擦過一隻紅漆的畫舫，撞了一下我的小舟，小舟輕搖，我隨著小舟晃了晃，這本是常有的事，我依舊輕搖鵝毛扇看如花的戰況。

原本在橋下有一女子正在綰紗，她此刻卻愣住了，目光朝我這邊射來，手中的白紗隨波而去。

「姑娘，妳的紗！」我情不自禁站起身提醒道，那女子這才羞紅了臉追逐她的紗，有點奇怪，莫不是看我看得臉紅？

哈哈，我也是風流倜儻。

船身又被撞了一下，我險些站不穩，就在我差點撲出去的時候，忽然身體被人扶住，溫熱的氣息從後背傳來。

「先生沒事吧。」

我站穩了身體，他放開了我，我笑著搖頭，這世界還真小。

我轉身行禮：「北冥公子，別來無恙吧。」

一身緋夏男裝的北冥站在我的面前，靛青的長袍，風捲雲起的暗紋，黑金滾邊，V字的立領，露出胸前一片白色卻帶著淡淡古銅的肌膚，隱隱看見胸肌的紋理。

他就在我面前，我的個子只到他的下巴，所以我看得非常清晰真切，不禁心跳有點紊亂。

我往後退了一步，他拉住了我的胳膊，微笑道：「雲先生好像很怕在下。」

我乾笑：「微寒之人懾於英雄氣魄。」

「呵呵呵，既然有緣相遇，不如到在下的船上喝杯薄酒如何？」他笑著，口氣很真誠，我看了看橋頭，就在這時，只聽「啊」一聲，一位公子哥被如花成功嚇落了河，濺起丈餘水花。

說時遲那時快，北冥忽然一把攬住我的腰，護在懷中，一個迴旋，再次站定，我和他的身上滴水未沾。

「好功夫。」我忍不住驚嘆。他放開我幽幽地笑著，緩緩抬起了手，似乎要發號施令。

我慌忙拉住他的手：「你要幹什麼？」

「抓人啊？」他很疑惑。

我立刻道：「別！橋上是我的人。」

「哦？」他疑惑地朝橋上望去，如花正朝我豎大拇指，我開心地回應：「加油！」

如花再次將面容藏起，我開始呵呵呵地笑，完全沒發覺身邊的人已經僵硬石化。

「雲先生這又是在玩什麼？」北冥將我帶到畫舫上看著橋頭問著。

我自然不能說是對男人的報復，於是我笑道：「人都是視覺動物，他們只相信眼睛看到的。你看，如花這嬌滴滴女子形態，是利用了男人的色心，而那楚楚可憐的樣子，便是利用了人的善心，而他們卻沒想到這曼妙佳人的真面目卻是如此不堪，一個個都嚇得面如死灰，晚上恐怕都要惡夢連連。」

「那又如何？原來雲先生不過是找一個醜人來娛樂自己，雲先生這樣的做法是否不妥？」我沒想到北冥會為如花說話，他淡笑的神情帶起了我的罪惡感，同時我對他的好感上升，因為他為如花說話。

「當然……」一陣沉寂後北冥再次開口，他看向如花，「北冥是否可以認為雲先生是在玩一種謀略呢？」

「啊？」

北冥將視線落到我的身上，深深的眸子裡看不出任何心思，他低沉道：「若橋頭站著的不是如花，而是刺客，恐怕事主早就遭到暗算了吧……」

「啊？」我心驚了一下，昨夜遭遇刺客的情形再次浮現眼前。那殷紅灼熱的鮮血，噴灑在我的脖頸。

「抑或是美人計呢？」北冥富有磁性的聲音迴盪在耳邊，我陷入他幽深的雙眼，那裡彷彿有一個漩渦，將我深深吸入。

「美人一笑可傾城，二笑可傾國，多少梟雄卻是死在美人計下。」他緩緩靠近我的臉，依舊牢牢吸住我的視線，「雲先生是否在說不要小看美人的力量呢？」他的臉靠在我的耳邊，用只有我們兩人才能聽到的聲音說著。

「雲先生的臉色怎麼這麼白？」他的聲音忽然變得清晰，一陣涼風吹過，渾身打了一個寒顫。

我這是怎麼了？莫非這人的眼睛能懾人？該不會中懾魂術了吧？眼前一片鮮紅，就像昨日的鮮血，慌張地擦了擦汗，尷尬地笑著。

跑到船頭通知李散收工。

「雲先生，怎樣？」如花也樂在其中。

我將銀子拿出：「等你母親病好了來無雪居吧，我那裡需要一個護院。」

如花感激地收下銀子，跪在我的面前：「李散一定好好守護雲先生。」說罷轉身離去。

「看來雲先生很會收買人心。」北冥的聲音突然出現在身後，心驚了一下，只聽他繼續說道：「你愚弄了他，他卻對你死心塌地。不知雲先生是怎樣得了人心？」

這人怎麼這麼奇怪，什麼事都要掘地三尺，反覆推敲呢？

我好好的惡作劇變成了美人計，李散的感恩變成了收買人心。

我不免冷笑：「只是真心而已，真心對真心，就都是肝膽相照的朋友，沒有幾多猜測，卻肯兩肋插刀，是北冥兄想多了。」

北冥見我生氣，只是保持他一貫的淡笑：「或許的確是在下想多了。看來在下讓雲先生不暢快，不如讓在下做東，請雲先生吃飯如何？」

現在哪有心情和他吃飯？我以秋雨在家等候的原因推拖了他，他也不強留我，只道過幾日有觀星會可否邀我同往。我一聽觀星會在天女峰便頭也不回的走人。半夜爬山，我才不要呢。

走了很長一段路後背依舊毛毛的，回頭偷瞟，果然那北冥還在看我，他挺拔得站在船頭，不作任何動作渾身上下就是一股威嚴的王者之氣，我懾服於他這種氣質下，才會懼怕他。

這天忽然刮起了大風，風冷刺骨，大街上的人都抱著自己的身體匆匆回家。都說這天大熱大冷，陰邪異常，而我知道，暴雨快來了。

「真被孤老先生說準了，這天哪，要下雨。」身邊擦過兩個文人打扮的公子，原來知道要下暴雨的不止我一人。

「是啊，要不是這場突然的雨，觀星會也不會延遲。」

「就是就是，害我又要再多逗留幾日啦。」

從他們的對話裡聽出這觀星會似乎還是件大事，各方能人都會趕來，那麼北冥的這次出現是不是也是為了觀星？

這孤老先生又是誰？

天色一下子暗了下來，頭頂一片濃濃的黑雲壓得人透不過氣，那翻騰的黑雲猶如千軍萬馬，來勢兇猛，我前腳踏進院門，後腳就下起了大雨。

大雨宛如傾盆，豆大的雨點砸在身上，生生地疼，隱約還夾雜著碎冰，劈裡啪啦的落在地上，不一會，院中的池塘就滿了出來，地上開始積水。

思宇正在給那個余田餵飯，瑩瑩的燭光下，余田一把長髮高高束起，更是清爽英俊，額前幾縷劉海，臉旁各留有兩縷長髮，乍一看，就像是浪蕩江湖的劍俠，英姿勃勃。他靠在床邊，注視著思宇微微泛紅的臉，思宇完全淪陷在他那柔情似水的目光中，一動不動。

余田輕輕勾起思宇的下巴，緩緩靠近思宇那嬌豔欲滴，散發著少女清香的紅唇，思宇水眸一般的眼睛漸漸閉起。

「咳！」我狠狠咳嗽了一聲，破壞了這曖昧的氛圍。

思宇猛然驚醒，臉炸了個緋紅，我看著余田，將他昨日挑釁的目光還給他，這麼容易讓他得到思宇，也太便宜他了。

思宇丟下碗就跑出房間，狠狠撞了我一下，將我撞出門廊，然後惱羞地看著我，憤憤道：「我去找子尤談論妳的下一本書，妳好好看著他！」

她粗粗的聲音根本就是在命令我，我笑著聳了聳肩，一副紈絝公子哥的樣子，然後輕聲道：「祝妳事業感情兩不誤。」

思宇拿起了傘，咬著下唇瞪著我，忽然，她甩起了傘，將傘上的雨水全振在我的身上，才滿意而去。這個思宇，肯定恨我恨得要死。

房內燭光淡淡，給思宇的房間帶來一層暖色。床上躺著那個傷患，他正對著我揮發他可怕的殺氣，湛藍的眸子一下子變成了憤怒的大海，裡面捲起一陣又一陣的狂風暴雨。

我可沒思宇那麼溫柔，拿過碗狠狠瞪著他，舀了一勺飯放到他嘴邊。

他盯著我，張開了嘴，房間裡充滿了他的殺氣，我甚至可以幻想若他此刻手裡有柄劍，他一定會抽劍剁我。現在這情形就像是我這個情敵在給他餵飯。

我猛然抽回手，他吃了個空，就在他要發怒時，我雲淡風輕道：「你到底是誰？」

一絲寒光滑過他的眼，他揚起一抹淡淡的笑容，將表情全部掩藏。

「聽著，秋雨是我的妹妹。」就在我說完這句話後，他原本因為充滿戒備而緊繃的臉立刻鬆了下來，帥氣的臉上帶出一圈柔和的光暈。

「她很單純，我不能將她交給一個甚至連名字都不知道的男人手裡。」

余田笑意漸濃，可他的笑裡，我總覺得帶有一絲邪惡。

「沒想到你是她大哥，我叫余田，秋雨沒告訴你嗎？」

「呵……這恐怕不是你的真名吧。」我緩緩站起身，看著他再次陰沉的臉，「如果你的身分會給秋雨帶來危險，我會全力破壞你們！」我認真地說著，余田的眼中再次揚起挑釁，彷彿在說：你行嗎？

外面嘈雜的雨聲中傳來急切的腳步聲，黑夜裡急急走來兩個人，兩個人在同一把傘下，相互依偎。兩人到了近前，收了傘，原來是思宇和韓子尤。

思宇拍著肩頭淋濕的衣衫，又幫韓子尤拍了拍，就走進了屋，看見桌上的飯菜就是一臉不滿：「我就知道妳不會好好餵他。」

「呵呵……這活兒男人做不來。」我調笑著坐到飯桌邊。思宇斜睨了我一眼就去餵飯，把我和韓子尤晾在一邊。

韓子尤輕笑著搖了搖頭，和我坐在一起。講起來，我也還沒吃飯呢。

拿起碗筷瞅準了自己愛吃的，剛要下筷，就被思宇搶去：「不行不行！現在病人最大！」

然後又傳來韓子尤的輕笑，他給自己倒了一杯茶，隨口說道：「雲先生還真料事如神，說下雨就下雨。」我含著飯菜回道：「路上聽來的，聽說是一個叫孤什麼的老先生說的。」現在還不知道余田的身分，還是小心為妙。

「孤崖子老先生？」韓子尤顯然有點驚訝。

「怎麼，韓爺你認識？」

「孤崖子老先生誰人不知誰人不曉？他是隱世高人，天文地理無一不通，可以神機妙算，決勝千里。」

「這麼厲害？」

「嗯！」韓子尤笑著點頭，「每年每度的觀星評天下大會，就是他主持的。」

觀星會？我剛想問，那邊就傳來思宇的聲音：「觀星會是什麼？」思宇好奇地眨巴著她的眼睛，她那可愛的模樣讓對面男人的臉上揚起寵溺的笑，只聽余田道：「觀星會就是在天女峰觀星臺上觀星測天機，各方謀士都會參加一起評斷天下。」

思宇認真地看著余田，我邊吃邊聽，抬眸間看見韓子尤一臉深沉地一杯又一杯喝茶。

「觀星盛會漸漸受到朝廷重視，於是便派人修路上山，在峰頂建造觀星台，設觀星宴，屆時皇室成員也會參加，重兵把守，一般人是進不去的；能進去的，就都是謀士中的謀士，能人中的能人！」

「啊？好可惜哦……」思宇拉下了腦袋，失望地看著手中的飯碗。

余田看著思宇，眼角含笑：「怎麼？秋雨想去？」

「當然！」思宇倏地揚起臉，春光明媚地笑著，一下子看痴了余田，他訥訥道：「我……可以帶妳去。」說完，他神色一緊，估計是自己一個衝動說錯了話，帶思宇去，無疑暴露了他的身分，哈哈，余田，我看你還能堅持多久。

「飛揚也一起去啊。」思宇的邀請讓余田的臉一下子變成菜色，他立刻道：「我只能帶一人。」

果然，這傢伙擺明不想讓我去破壞，我只有道：「不打緊不打緊，我本就看不懂星相。」

「那真是可惜了。」沒想到韓子尤突然說了一句，「能聽孤崖子評天下是難得的機會啊。」

我聽了心裡有點不爽，既然是個隱士就不該到處賣弄！忍不住道：「那老頭幾歲？」

韓子尤愣了一下，手中的茶杯立刻頓住，顯然沒想到我會稱孤崖子老先生為老頭，他停了一會幽幽地笑了：「若讓孤老先生聽見，他非氣得冒煙不可。」

「哈！」我笑了，「我明白了，孤崖子根本不是什麼隱士，也不過是個沽名釣譽的老頭。」

「哈哈哈……」此番不僅是韓子尤，就連余田都笑了。韓子尤還提醒我道：「別讓人聽見，否則你會引起公憤。」

天哪，這老頭粉絲這麼多？

「對了，韓爺，你怎麼來了西廂？」我問道，韓子尤很少踏入西廂。

韓子尤輕嘆著搖頭，一臉地無奈：「還不是你這個好兄弟，又要照顧傷者，又要顧及你的書，沒辦法，只有將辦公場所搬到此地。」

「什麼事非要今天定下？」

「你的下一本書。」思宇忽然變得正經，言辭間不容許我說一個不字。

韓子尤同情地看了我一眼，我只有臉朝窗外看天。黑漆漆的夜裡只有嘩啦啦的雨聲，說實話，沒什麼好看的。

「飛揚妳別逃，我那天跟小露商量過了，子尤也同意了，我決定兵行險招，我們寫耽美。」

我怔了怔，耽美？我沒聽錯吧？僵硬地轉過頭，看著正經八百的思宇，這丫頭還鄭重其事地點了點頭。

「耽美？喜愛美人？」余田只是解釋了字面上的意思，他哪知此耽美非彼耽美。

「不，是男愛。」思宇補充了一句，余田的臉立刻下沉，他不解地看著思宇：「女子會喜歡看這種？」思宇咧著嘴，露出一口白牙，看得屋內所有人都一個哆嗦。

「只要是飛揚寫的，她們就愛看。」

我渾身一陣惡寒，趕緊給自己倒了一杯茶。

這下可麻煩了。

由於連日暴雨，路面積水嚴重，行人匆匆來去，店鋪門口也是門可羅雀，集市更是人跡罕見，自然而然，賣菜的就越來越少，飲食問題受到直接影響。

余田在【無雪居】待了兩天，第三天一早，便有一輛華麗的馬車接走了他，思宇站在門口目送了好久才離開，然後就去找韓子尤。

其實在家裡的時候，她很少和我在一起，因為她說韓子尤比我更有趣，跟著他也可以學到不少東西。我不免猜想思宇心裡到底喜歡的是誰？在我眼裡她跟韓子尤更和諧。有時和妳一起並肩作戰的人容易被忽視，而突然出現的就讓人悸動。韓子尤是前者，余田就是後者。

當然這裡還有一個讓思宇掛念的男人，就是那個神祕的黑衣人。思宇在說起他的時候總會臉紅，在我一再逼問下，才知道那日那人將她抱起扔車上的時候，無意間碰觸到了她的胸部，所以那位神祕人，應該知道了她是女人。

暴雨連綿，日子越發無聊，只有選擇在家寫書。寫得正起勁的時候，一雙柔荑忽然捏住了我的肩胛，開始輕輕按摩，我轉身看了看，居然是小露。

「妳什麼時候來的？」我問她，她微微泛紅的臉上帶著嬌嗔：「雲先生就知道寫書。」

我看著她泛紅的臉，心裡就發寒，不會真被思宇說中了吧？想到小露喜歡我，我就一陣戰慄，一陣涼風從窗戶裡吹進，帶出了我一個噴嚏：「哈啾！」

「先生莫不是涼了，小露給你拿衣服去。」還沒來得及阻止，她就跑出了書房。

怎麼辦？心裡慌慌的，想起她之前的表現，和我去【天樂坊】時她無故生氣，以及現在無微不至的照顧，莫非……難道？真的中招了！天哪！這該如何是好！

等了許久都未見小露回來，我的房間就在書房邊上，她該不會在欣賞我的房間吧？眼前浮現一幕痴情女子抱住心愛男人的衣物，輕輕嗅聞，心底就開始發寒，汗毛爬上了背。趕緊跑入房間，床上沒人，還好，沒看見花痴女，不過……這個屋子裡怎麼充滿了殺氣？

我定睛觀瞧，只見小露站在我的床邊，正端詳著牆面上的美人圖，她定定地看著隨風那張女子肖像，面無血色，嘴唇還在微微顫抖。

好機會！

我立刻換上一副哀傷的表情，輕輕走到她的身邊，含情脈脈地看著畫中的隨風：「她是我心愛的女子。」

感覺到身邊的小露氣息開始紊亂，心底滑過一絲痛意……對不起了，小露。

「那她……喜歡先生嗎？」

「嗯……」

「那……你們……」

「失散了……」這個原因太棒了，我開始佩服自己。

房間裡是一片沉寂，身邊的人開始努力穩定自己的呼吸，半晌才幽幽地道：「沒想到世上居然有如此美的女子，也只有她才能配得上雲先生了……」說完，她跑出了房間。

我對著隨風開始嘆氣：「哎……還好你不是女的，不然就成為希臘神話的海倫了。」

從那天起，我每晚都會去【天樂坊】看茱顏，一來是讓小露以為我是花心男人，二來讓外人覺得我是酒色男子，免得那個北冥老把我當高人來拜，還有就是教茱顏一些特殊的技巧，既可以吸引男人，又可以巧妙地保護自己。

而思宇也大部分時間和韓子尤在一起，那余田也再未出現過。倒是韓子尤，每晚都會將已經熟睡的思宇揹回來，然後交給我就默不作聲地離開。

這雨一連下了七天才漸止，陽光一撒下來，整個北城變得鮮亮欲滴。這場雨將暑意徹底消除，涼爽爽的氣候預示著秋天的來臨。小露從那天起再未踏進園子，換了一個老奴為我們送飯，這樣也好。至少比讓她知道我是女人而發瘋來得好。

除此之外，很想念斐崳他們。

就在這晚，出了意外，是誰都沒想到的意外。

我正和思宇在池塘邊探討著耽美劇情的時候，突然一道寒光閃過，掠下一個人影。思宇立刻護在我的面前，我大聲喊著：「你們要找的人早就已經走了！」

那黑衣人並不言語，眼中是懾人的殺氣，我定睛觀瞧，應該是個女人！她二話不說提劍就朝我刺來，她的目標居然是我！思宇徒手跟她周旋，可我怎能放任思宇不管？

我開始大喊：「有刺客！有刺客！」這時才後悔應該聽斐崳的，乖乖學武功就好了。

思宇明顯不是那女人的對手，很快就被那女人一腳踢飛，撞在樹上，還咳出一口血！我慌了，扶住思宇，那女人的劍直刺我的眉心。

「鏘！」一聲，有人擋住了她，我愣住了，思宇也愣住了，是另一個黑衣人。

黑衣人跟那女人纏鬥在一起，寒光四起，刀光劍影，幾道銀線滑過，女人翻身躍出牆外，黑衣人轉身看了我們一眼，便躍上房檐。

思宇張大著眼睛看著那神祕人，大聲喊著：「你到底是誰？」

她的話沒有得到任何回應，黑衣人只是頃刻間，就消失在夜幕中。

「他到底是誰？」思宇不解地輕喃著，我扶起她回到座位上，尋著剛才那幾道銀光，找到了釘在牆上的暗器：梅花釘。一樣的手法，一樣的暗器。我將梅花釘拔出放到思宇面前，思宇的臉有點白，對於她來說，是第一次經歷這生死一線的驚心。

「誰要殺妳！到底誰要殺妳！」她捉住我的手，焦慮地大喊著。

這個問題正是我想問的，到底誰要殺我！

來到這裡，我從沒結過仇，難道是沐陽那批人？想到這裡，手不自主地哆嗦起來，我不要，決不要再回到那裡！這個女刺客的到來，是不是說明【無雪居】已不再安全呢？

就在這遇刺的第二天，如花來了，思宇看見如花的時候激動了好久，還拉著如花簽名，我告訴如花，他只要白天當班即可，他憨憨地笑了。

天氣一放晴，觀星會就變成了街頭巷尾的主要話題，茶樓裡的文人墨客們就開始大談天下，城裡還來了不少其他國家的人，邶城一下子熱鬧起來，就連【天樂坊】也是應接不暇。

我整理一下衣衫，再次踏進【天樂坊】。

經過那次搶花魁，奪得花魁後又瀟灑離去，然後成為花魁的詞曲老師，這【天樂坊】上上下下都把我當成了柳下惠，是憐惜美人的正人君子，外加風流才子，反正我雲飛揚三個字在邶城妓院，算是打響了。

時值午後，姑娘們剛起床，門口的小廝將我迎了進去，還不停地說著：「雲先生您能白天來太好了，晚上姑娘們忙，都見不到你，就連……嘿嘿……小倌也都想一睹你的風采呢。」

「小倌？」渾身一陣雞皮，敢情我還挺受這裡男伶的歡迎？

「雲先生來啦……」另一個小廝一嗓子喊了進去，我渾身發寒。

本想找茱顏聊天，這下可好，姑娘們全都出來了，有的不知是不是故意的，居然抹胸外面只披了一件輕紗，將我擠在她們的乳峰之間，嬌聲連連。

「雲先生～～奴家也要畫～～」

「嗯～～雲先生～～奴家也要～～」

我乾笑，摸著頭上的汗：「好，好，都有，都有。」

「呀！雲先生真好！」一個女人撲了上來，我閃。

「雲先生好溫柔。」又一個撲上來，我再閃。

「妳們這群小騷貨還不給我退下！」一聲怒喝，立刻將我從脂粉堆裡救出，好險。

我感激地看了一眼七姊，七姊責備地看著我：「雲先生也是，不知道現在不開門迎客嗎？你此時來不是等於羊入虎口？」

「噗哧！」我忍不住笑了，還以為七姊怪我勾搭她的姑娘，沒想到是怪我來的不是時候。

七姊拉住了我的胳膊：「茱顏正等著你呢。」

她此話一出，後面就嘆聲連連：「哎……雲先生就想著茱顏。」

「誰說的，若雲先生對茱顏動心，那日就不會匆匆離去了。」

「是啊，不知念雪能不能留住雲先生。」

「念雪？那傢伙美得不像人！」這句話立刻飄入我的耳朵，我好奇問七姊：「念雪是誰？」

七姊停下腳步，鳳眼滴溜溜地將我從上到下看了一遍，嬌媚地用手指戳了一下我的額頭：「怎麼雲先生喜歡美人？」

「是啊！」我對美人向來好奇，不管男人還是女人。

「咯咯咯咯……」七姊立刻諂笑起來，香帕甩過我的臉，「她是新來的，還沒受教，若雲先生喜歡，可以給你嚐個鮮。不過……」七姊靠了過來，紅唇靠在我的耳邊，「她是個新倌，雲先生可別碰她啊。」

「不會不會，雲某只是好奇，決不碰她。」

「哈哈哈……」七姊笑得越加歡暢，「知道雲先生不會，所以正好請雲先生為她畫副肖像，也好掛在門口吸引顧客。」

原來是畫宣傳畫。

走過假山，穿過花園，面前出現一片茂盛的藤蔓，由藤蔓而成的林蔭道別緻而神祕，上面掛下一竄竄紫色的水晶花，讓人如同來到仙境。陣陣芳香彌漫在這神奇的綠色通道裡，沁人心脾，只是這香味，妖冶異常。

走出林蔭道，感覺豁然開朗，映入眼簾的是一片人工湖。奇妙的是，人工湖上，搭有一個舞臺，舞臺宛如漂浮在水面之上，讓人驚嘆。

「前幾日下雨下得厲害，這舞臺都被淹了，這幾日才重新露了出來。」七姊在一邊解釋著，「爺們很喜歡看姑娘在這舞臺上表演，大部分姑娘的競價也是在這裡完成，雲先生您看，對面的桌椅就是為爺們設計的。」

我遙遙望去，果然在人工湖的另一邊，擺放著許多石桌石椅，這【天樂坊】果然不同反響。不時有姑娘經過身邊，她們都會用香帕輕輕掩面諂笑，然後我傻傻地笑著，看著她們一步三扭。而小倌們，都穿著豔麗的袍衫，見我來了，便頗為恭敬地站在一邊，不敢抬頭看我。我不禁好奇：「七姊，你們這裡也收男伶？」

「咯咯咯，這開門做生意的，自然要迎合客人的口味，只要是美人，我們全收。」然後她用她的犀利地目光將我掃描了一遍，彷彿在估價，「雲先生這身子骨，樣貌、才學，定能在我們這裡掛個頭牌。」

「別了……」汗毛直豎。

「噗哧！」七姊打了我一拳，「開玩笑呢，雲先生太正經，不合客人胃口，若再媚點就成。」

「呵呵呵呵……」我乾笑。

那位念雪姑娘住的還真不是一般僻靜，我幾乎把【天樂坊】都走遍了，才到了她的院子。

這是一個很簡潔的院子，只有一席花圃，連像樣的假山都沒有，不過正因為簡潔，才讓這個院子看起來尤為清新，花圃裡種的是各色鮮花，現在正是夏末初秋，一些時令的鮮花開了個姹紫嫣紅。花叢間彩蝶紛飛，別樣美麗。

「畫室已經準備妥當，先生進去就是了。」七姊為我打開門，明媚的陽光洩入書房，一塊整潔的畫板就在眼前，七姊再次附到我的耳邊，「千萬別碰她。」

一陣惡寒，七姊，我到底該怎麼說，妳才能相信我！

房間裡飄散著淡淡的麝香，我敏感的鼻子還嗅到了一個熟悉的味道，這味道讓我安心。古色古香的房間簡單而清爽，只見一美人正憑欄外眺。

她側著臉，如瀑的長髮將另半邊臉遮起，讓我看不清她的容貌。一席淡雅的華袍拖地，將她的身段藏起。我坐到畫板邊，開始調墨：「姑娘就這麼畫嗎？」

那美人依舊撐著臉看著外面，一副懶洋洋的樣子，也不答我。

我只好再問：「念雪姑娘，七姊讓在下來為妳作畫。」

「是嗎？」她淡淡地應了我一聲，溫溫諾諾的聲音有點耳熟。

手中的畫筆顫了一下，感覺到了一絲殺氣，頭皮有點發麻，這詭異的殺氣從何而來？

「怎麼雲先生好像在害怕？」念雪緩緩換了個姿勢，將臉對準了我，單手撐在憑欄上，然後朝我揮了揮手，「好久不見，雲非雪！」

「噹啷！」手中的筆掉落在地，拔腿就跑。

一陣強風刮過，「喀！」一聲，面前的門就被關上，隨風充滿殺氣的身影就站在我的面前。我和隨風對峙著，一個月不見，他長高了，圓圓的臉開始拉長，原本秀美的五官漸漸張開，一股霸氣渾然天成。

「雲非雪啊雲非雪，妳好逍遙啊。」隨風緩緩向我靠近，我慢慢後退，自己都不知道自己在怕他什麼？

「啊！隨風啊！」關鍵時刻我揚起了笑容，一把抱住他，「好久不見，好久不見，你怎麼又被人扔到青樓裡了啊。」

「離我遠點！」隨風將我一把推開，雙手環胸，「這次是我自願的！」他丹鳳的眼睛圓睜著，變得一點都不漂亮。

我木訥地看著他：「為什麼？」

「還不是為了妳！」他眼神閃爍了一下，不再看我的臉。

「我？」

「嗯，叫妳好好待在竹舍裡卻不待，害我撲了個空，結果又連著下雨，我就……懶得找。」

無語，原來是懶得找……

「後來聽說有個雲飛揚整日去妓院，一猜就是妳！」

「嘿嘿……」我用我最可愛的一面笑著，希望隨風能放過我。

「本來不想扮的，結果，我看見了這個！」說著，隨風從身後抽出了一張紙，甩在我的面前，我一看，頓時嚇得不敢亂動，隨風拿的正是我畫的那副隨風女裝版。

「雲非雪妳膽子可真大啊。」隨風戳著畫紙，把畫紙戳的沙沙響，「居然敢把本尊畫成……畫成這樣！」他壓低聲音怒吼著，努力控制著他滿腔的憤怒。

「隨風！」情急之下，我撲到他身上，他被我撲得往後退了好幾步，直到撞上房門，我抱緊他，不讓他再推開我，男人都是吃軟不吃硬的。

「隨風……」我決定放下尊嚴撒嬌，「我想你嘛～」隨風推我的手放了下來，ＹＥＳ！起作用了，我繼續我的美人計，「你也看見了，我把你的畫像掛在床邊的……」

「好像不止我一副吧……」

「呃……你是最靠近我的。」

「那請問雲非雪小姐為何要把我畫成女裝呢？」

「小露！」沒錯，就是小露！「韓子尤的妹妹，她喜歡我，我沒辦法，只好把你畫成女裝說是我的心上人，讓她死心。」

「呵……妳還真會惹情非。」

「所以……」我放開隨風，改為扣住他的雙肩，他此刻眼底沒了殺氣，完全處於安全狀態，我笑道：「所以你就別怪我了，嘿嘿……」

「是嗎？」隨風忽然抬手勾住了我的下巴，原本洋溢著笑容的臉猛然變成兇神惡煞，「妳把我的話都當耳邊風嗎？」

「什麼話？」我覺得我很無辜。

「我叫妳別招惹麻煩，妳又去招惹畲諾雷和北冥軒武幹嘛？」他忽然扣住了我的腰，一下子將我鎖在胸前。我茫然，我看著他燃起怒火的雙眼，都不知道他說的是什麼？

「他們是誰？我沒見過？」

「沒見過妳會畫他們的畫像？」隨風勾住我下巴的手捏住了我的鼻子。

「原來……是……他們……」我被隨風捏著鼻子，吐字帶著濃濃的鼻音。

興許我現在的樣子很好笑，隨風眼中的怒火漸漸散開，充滿了盈盈的笑意，放開我的鼻子，將我輕輕擁入懷中，下巴枕在我的肩膀上，輕聲道：「這下妳可麻煩了。」

我回抱住他，畢竟他也是我的親人，除了斐崳，我最親的就是他了，所以他這樣抱著我，我沒覺得不妥，而且還很高興。

我們的隨風，又回來了。

五、千金良宵

「他們是誰？」我好奇地問著，隨風放開我，帶著我坐到窗邊，一臉肅穆：「雲非雪，妳這次招惹了兩個最不該招惹的男人。」

「不是我，是思宇。」我解釋著：「慢著，你剛才說那兩個人是誰？」

「畬諾雷。」隨風頓了頓，「和北冥軒武。」

我驚訝地捂住嘴巴，余田為畬，我怎麼沒想到！

「天哪！思宇喜歡的居然是畬諾雷！」

隨風的視線滑過我，瞟向窗外，淡然道：「不是妳嗎？」

「怎麼是我，我又不是萬人迷。」

「那北冥呢？」

「他只是見過幾面而已。」於是我將和北冥幾次相遇以及思宇與畬諾雷的相遇講給了隨風聽，然後怪道：「還以為你的竹舍有多麼偏遠，看，還不是認識了這些響噹噹的人物？對了，這北冥究竟什麼來頭，讓你這麼在意？」

隨風依舊看著窗外，可嘴角卻漸漸上揚：「想知道？」

又來了……不祥的預感，這次我可沒什麼可作交換的了。

他幽幽地轉過臉，給我一個悽楚的笑：「晚上買我。」

「什麼！」我從廊椅上跳了起來，俯視這張此刻邪惡滿面但卻英俊得讓人心動的臉，他慵懶地撐在憑欄上，修長的手指放在唇下，一臉邪魅的笑：「這就是妳不聽話的代價！」

「我沒……這……這怎麼能算……你……」

他忽然撫上我的面頰，手心裡傳來屬於他的味道，就是這個味道，剛才進來時聞到的味道。

「乖。」他用他充滿磁性的聲音蠱惑著我的心智，「晚上買我，不敲妳一筆，我心裡不爽。」

他黝黑的眸子裡形成一股暗暗的吸力，將我的視線帶入，漸漸迷失在裡面，我在裡面看到了他奸詐的笑容。頓時一個激靈，讓我清醒起來。我立刻揪住他的華袍：「你有毛病啊！」我怒了，距離較遠，我只有單膝跪在廊椅上才能靠近他，「你自己進來，就自己想辦法出去！」他依舊笑著，笑得很是囂張。

「我管你被誰買呢，都是你自找的，關我屁事！一切都是你活該！」我貼近了他的臉，真恨不得把自己的唾沫都噴他臉上，「想讓我出錢，做夢！」

「喲！這是怎麼了？」七姊的聲音忽然傳了進來，我側臉看去，七姊不知何時進了屋子，她看見了我，立刻一臉怒意，「雲先生！請你放開念雪，他若是被人碰了，就賣不了好價錢。」

「我？」我一下子變得百口莫辯。只見自己抓著隨風華袍的衣領，單膝跪在他的身邊，他的雙腿在我的身下，這姿勢……怎麼看……怎麼像……我是……

「禽獸！」隨風突然嬌滴滴地罵了一聲，將我推開，跑到七姊的身邊，掩面而泣，我鬱悶得只想撞牆。

「七姊！他是個男人！」我決定揭穿他，哪知七姊聽了卻更是大怒：「正因為是男人，清白才更重要！」

吐血，七姊原來知道他是男的！

我氣得渾身冰涼，只有瞪著隨風，他站在七姊身後笑意更勝。

「你有種！」我甩袖離開。

算計好的，肯定是他算計好的！說不定他跟七姊串通好要誆我！氣死我了！氣死我了！氣得我抓狂！我胡亂跑著，躲到假山後面大叫了幾聲，依舊消不去那心頭的怒火。最後，我跑到茱顏的房裡，喝了她的降暑茶才有所好轉。

「姊姊怎麼氣成這樣？」

「可惡的隨……念雪！要我買他！我瞎了眼才會買他！」一掌拍在桌子上，茶杯都跳了起來，手心麻麻的。

「念雪真是好本領……」茱顏幽幽地轉身替我重新上茶，她這句話讓我哭笑不得。就在她轉身的一瞬間，窗外突然飛進一個紙卷，落在我的衣袍上。我起先嚇了一跳，然後打開一看，冷汗立刻爬上了背：「如果妳不買，我很樂意成全妳瞎眼的願望。」

這下真是騎虎難下了。收起紙條，弱弱地問茱顏：「一般……那個第一次……都賣多少？」

「念雪那樣的絕世容貌，應該可以賣到五千兩……」

我石化，直接走人。

「飛揚——飛揚——妳不喝茶了嗎？」

還喝啥，五千兩哪！【虞美人】做了那麼久也才二千兩而已，加上不動資產和流動資金，湊一下也不過三千兩左右。五千兩！我直接買麵條上吊算了！

五千兩！想我們從沐陽逃出來，身上只帶了一千兩，還有思宇的首飾，再加上兩本書賺的，頂多湊個二千兩，這還是主要靠思宇那些首飾。隨風，你還是直接殺了我算了！

五千兩！都可以雇殺手殺兩個隨風了……掰掰手指，好像這個方案比較便宜！

回到家關起門開始數銀子。

「一兩……三兩……十兩……五十兩……兩百兩……」

「非雪，非雪。」感覺有人晃我，「妳是不是中邪了，一回來就數錢？我跟妳說，隨風那張畫不見了。」

「被他拿走了。」我頭也不抬的回答，思宇一下子捧住我的臉，然後掐了起來，硬是將我掐醒：「妳見鬼啦！隨風又不在。」

「不！那臭小子回來了，他還要我買他……嗚……我的錢哪……思宇……妳替我殺了他吧……」

「到底怎麼回事？」思宇急了。

於是我一邊抽泣一邊把事情的原委滴水不漏地告訴了思宇，除去了畬諾雷和北冥軒武，我覺得如果畬諾雷真心喜歡思宇，應該自己來告訴思宇他的身分。

「思宇……怎麼辦哪……五千兩啊……臭小子壞到骨子裡去了……」

「好了好了，沒想到妳這個老菜皮遇上錢的事就會哭得像個孩子。」

「當然啦……這錢都是我一個字一個字賺回來的……給那小子，太不甘心了……」

「好了好了，我來想辦法。」思宇抱住我，我在她懷裡放聲大哭，我的錢哪！

失魂落魄地吃了晚飯，失魂落魄地看著思宇問韓子尤借錢，失魂落魄地跟著思宇，失魂落魄地到了早上的湖邊，失魂落魄地看著隨風上臺，失魂落魄地聽著別人的驚嘆。

朦朧中還看見了北冥，反正我整個人跟死了差不多，私房錢被抽空，我就像被挖空了一般沒有安全感，心是空的，身體也是空的，飄飄渺渺，好像幽魂一樣。

我無力地趴在桌子上，思宇幾度將我扶起，我又再次趴下，韓子尤問起是不是我不舒服，思宇只說我是被那美人勾去了心魂，我呸！

【天樂坊】有著自己的一套規矩，競標成功的，可以將「貨」帶回家包養一個月，不過第一晚要在「娘家」過，還要在眾人面前喝交杯酒。

由於我過於萎靡，那交杯酒還是思宇扶我上去喝的。此刻隨風的臉上遮著紅色的帕巾，我一看到他，就氣得想吐，連交杯的時候我都在發抖，別人還以為我是被這美人迷得腿軟！

喝完之後，隨風就會被帶回所謂的「洞房」。沒走幾步，胃部一陣翻滾，扶住假山就吐了起來，卻是清水，思宇急道：「妳沒事吧？」

「秋雨……」我抓住思宇的胳膊，苦苦哀求：「我不要去，我不要見他！」

「雲飛揚！」思宇當著韓子尤的面朝我怒喝一聲，「妳好好想想，這一晚可花了五千兩！妳不好好虐他怎麼出這口惡氣！拿去！」說著，思宇不知從哪兒掏出了一捆繩子給我，我訕訕地接過：

「這是要幹什麼？」

「虐他！狠狠地虐他！」思宇的臉開始變得猙獰，看得我汗毛直豎，就連她身邊的韓子尤也冷不防打了個哆嗦。

「妳要把他綁起來，然後ＳＭ他，狠狠地ＳＭ他，ＳＭ到他爬不起來！」思宇說完猙獰地冷笑起來：「呵呵呵呵……」

空氣驟冷，我和韓子尤一起僵化。

「好了，去吧。」方才還是惡魔般的思宇忽然揚起了一個天使般的笑容：「春宵一刻值千金哪。」說著，將我一把推進了新房。過了許久，我一直望著房門沒能從思宇的冷笑中回神，原來她好黑暗！

新房裡燭光搖曳，幽香陣陣，佳人坐在床邊，只是這佳人絲毫沒有羞怯，而是蹺著二郎腿，雙手撐在床上，正有一下沒一下地吹著蒙在頭上的紅蓋頭。

我做了幾個深呼吸，告訴自己：他是惡魔，他是惡魔！好！虐他！

恨意昇華為殺氣，我拖著繩子慢慢向他靠近，一步，一步，向他緩緩靠近。拖在地上的繩子與地面發出「嚓嚓」的摩擦聲。

經過桌子的時候，我喝光了壺裡的酒壯膽！這可是我第一次殺人！從現在開始，我要將自己想像成殺人不眨眼的殺手，還是變態殺手！

隨風一身淡紫色的華袍，華袍微微敞開，中間由編織的絲條扣起，露出裡面淡藍色綢製的內單，晶瑩剔透，在燭光下閃爍著誘人的光，一寸肌膚從領口露出，挑逗著視覺。

他交疊的腿忽然不動了，整個人坐正，彷彿在等我。

「雲非雪，妳不會是想要殺我吧。」他悠閒的聲音從喜帕下傳出：「不過是五千兩，妳犯得著嗎？」

「犯得著！」我當即繃緊繩子就撲倒了隨風，隨風扣住了我的手腕，我跪坐在他身上，我要勒死他，這個壞蛋！為我的五千兩報仇！

隨風畢竟是會武功的，他只是一個翻身就將我壓在身下，他頭上的喜帕緩緩飄落，蓋在了我的臉上，眼前一片鮮紅。

「真沒想到我在妳心裡都不值五千兩。」他扣住我的手腕，按在床上。

「就是就是！」我甩著頭，卻怎麼也甩不掉臉上的喜帕，「你還我五千兩，還我！」

「妳鐵公雞啊！就為了五千兩要殺我！」隨風生氣了，大聲喝斥我。呼一下，從窗口刮進了一陣陰風，吹滅了滿屋的火燭，屋裡立刻變得漆黑一片。

「五千兩啊！我還是跟韓子尤借的呢！」我踹他，踹死他！他用他的腿輕鬆壓住了我的腿，我恨得牙癢癢。

「氣死我了，妳這個沒良心的……女人……」忽然，隨風好像變得有氣無力，他扣住我右手的手軟了一下，我立刻掙脫開始打他。

「該死，別亂動！」隨風再次扣住了我打他的手，不過顯然好像力不從心，他忽然趴了下來，是的，他一下子趴到了我的身上，壓得我咳嗽。他的臉落在我的臉邊，隔著喜帕我甚至感覺到了他臉上的熱燙。

「混蛋！居然下藥！」我聽見隨風低罵著，他灼熱的氣息透過喜帕迅速染紅了我的臉，我的心瞬間停止跳動。我不再動彈，他就壓在我的身上，他急促的呼吸，劇烈的心跳，熾熱的身體，熟悉的味道，一切的一切都在刺激著我每一根神經。

「隨風？」我輕聲喚他，他動了動，再次緩緩撐起身體，放開了我：「非雪……」他低啞的聲音裡夾雜著一絲隱忍，「快綁住我……」

「啊？」

他緩緩掀開我臉上的喜帕，我的眼前一片昏暗，寂靜的房間裡，是他越來越粗的喘息。

「你被下藥了？」我抬手撫上他的臉，燙地縮回了手。

他慌忙退到床腳，隱入黑暗，撫著胸口盤腿而坐。

「應該……是交杯酒……」他艱難地說著，沙啞的聲音裡帶著他的痛苦。

我立刻下床：「我去給你找個姑娘。」

他忽然一把捉住了我的手，手心的熱度點燃了我的全身，渾身不自主地燒了起來，心開始急速收縮。

「我……不想……碰別的女人……」他緩緩鬆開手，我依舊迷失在自己的心跳中。

「我現在試試運功，如果我發狂，記得打暈我。聽見沒！雲非雪！」他大喊了一聲，喚回了我的神志，我慌忙找了一個花瓶，抱在懷裡盤腿坐在床上，看著床腳運功的隨風。

黑漆漆的房間裡，灑進淡淡的月光，銀霜一般的月光鋪滿了窗邊的地。眼睛漸漸適應，我看清了床腳的隨風，他正閉著眼睛，眉峰緊擰，汨汨的汗珠潤濕了他額前的瀏海，緊緊貼在他帥氣的臉上，長長的睫毛在淡淡的月光下不停地顫動。那性感的薄唇正微微開合，粗粗的喘息聲正從那鮮紅的唇中漾出。鬆垮垮的長袍此刻已經散開，估計是剛才制伏我的時候散開的，內單徹底露了出來，因為汗水的原因，絲綢緊緊貼在了他的身上，貼出了他線條分明的肌理。

柔軟的長髮束成一束，隨意地搭在右邊的肩膀上，長髮自然下垂，遮住了他半邊的胸膛，那胸膛正快速起伏著，我彷彿還聽見了他劇烈的心跳聲。

「隨風。」我喚了他一聲，他疲憊地睜開眼睛看我，然後將視線鎖在了我的身上，我抱著花瓶問道：「我也喝了，我怎麼沒事？」

「不知道……」隨風皺緊了眉，我擔心地靠前，他忽然揚起手，將我拒之千里：「別靠近我，我不想做讓自己後悔的事。」

心沒來由的一滯，他說不想後悔？難道他碰了我會後悔？心一下子沉到腳底，原來我這麼差勁，居然讓男人產生欲望的本事都沒有，甚至覺得要了我是一件噁心的事。

鼻子酸酸的，腦袋有點沉，都說哀傷酒醉深，我的眼前再次浮現那五千兩的銀票，我的五千兩啊！我抬眼看著隨風，這個我用五千兩買來的晚上，我不能傻傻地坐著，什麼都不能做！

五千兩啊！換成銀子砸都砸死隨風了！而他卻吞了我的五千兩，想想上海那些做鴨的也不過幾千塊，而他！居然要了我五千兩！

我的五千兩……我緩緩靠近他……我的五千兩……爬到他的身邊……我的五千兩……我雙手撐在他的身旁，看著他英俊的臉。

五千兩……一個吻……真貴……

我吻上了他的唇，那火熱的唇，輕輕貼著，我舔了一下，很甜，還帶著酒味。我雙手環住他的脖子，窩在他的身前，輕喃：「我的……」他的身體怔了怔，「五千兩……」我開始靠在他的肩頭哭泣：「嗚……我的五千兩……」

「雲非雪！妳把我當元寶了嗎？」一聲怒喝震在我的耳邊，漸漸飄散在風裡，我的眼前，只有我的銀票，我開始抽泣：「我的元寶……」

「呼……該死，妳的酒香……」只覺得一雙大手環抱住了我，身體貼在了一團火焰上，好熱，熱得無法喘息，意識開始渙散。

「非雪……」我聽見了一聲呼喚，我輕輕回應：「嗯……」

一個火熱的，突然的吻鋪天蓋地而來，視線開始迷離，大腦一片空白，沒有心跳，只聽見彼此的喘息，那急促、火熱的喘息。

細胞一個接一個被火焰點燃，憑本能去回應對方的索求，那唇齒間的共舞。我攀上他的胸膛，薄薄的內衫帶著他的熱汗，扯住了他的衣襟，卻被他用手按住。

「呼……」他低吼一聲，「我明白了……」朦朧中聽見他沙啞的聲音，「妳就是解藥，非雪……再一會……」指尖輕輕滑過我已經麻木的唇，他再次覆了上來，纏綿的，溫柔的汲取我嘴裡的芬芳。

呼吸開始困難，我發出了呼救，可這呼救最後變成了無力的囈語：「嗯……」

感覺到我的抗拒，身上的人終於離開，用手輕輕撫摸著我的唇，我的臉，我的脖頸，滑入我的衣領，輕輕撩撥著我的鎖骨。

「咳……咳……」我咳嗽著，肺裡的空氣開始充裕，冰涼的空氣灌入肺部，腦子漸漸清醒，我在幹什麼？我剛剛到底在做什麼？

一回想起來，大腦瞬即炸開，僵硬地變成了一具死屍。

「雲非雪，謝謝。」

「嗯？」我漸漸看清上方的人，他單手撐在我的臉邊，斜靠在我的身邊，一臉狡詐的笑，眼睛還不老實地在我身上遊移。

渾身一陣惡寒，感覺他在用視線撫摸我。

「沒想到妳是一個很好的解藥，才避免了悲劇的發生。」

「啊？」

「小妖當初是用內丹給妳吸毒，我們都不知道妳的身體究竟會發生怎樣的變化，現在看來……妳的吻……能解毒。」他的指尖滑過我的唇，帶出一竄電流，充斥著我全身，引起我一陣戰慄。

剛才是糊裡糊塗，現在清醒了，沒想到每一下碰觸都那麼刻骨銘心。

思路漸漸清晰，我看著他依舊熾熱的眼睛，冷冷道：「我想你說的是我的口水吧。」

隨風的臉立刻畫滿黑線，床上的曖昧程度銳減。

「那我的血呢？」

「別做傻事！妳的血沒絲毫用處！」

「我明白了，唾液屬於腺體分泌物，也就是我的汗水也可以？」隨風看過電腦，應該聽得懂我說的話。

「呃……理論上成立。」隨風掬起我的一束長髮放在鼻尖，我拿過他手中的長髮，迫使他面對我的嚴肅發問。

「那麼也就是我的洗臉水，洗腳水，乃至洗澡水都可以？」

隨風的臉越發掛不住了，眼中的火焰瞬即熄滅，變得木訥。

「很好，我清楚了，下次你中毒，我會用洗腳水。」我鄭重其事宣佈著，然後看他徹底暈倒在了床上。

掩不住的笑意，我翻身朝著外面竊笑。忽然一隻手掌放在我的腰上，熟悉的氣息緩緩靠近，我的身體再次緊繃。

「雲非雪……」他的唇靠近我的耳邊，灼熱的氣息吐在我的頸項，我的意志開始變得薄弱，渾身再次熱了起來。

「五千兩一個吻好像太虧了點，要不要其他的服務，例如……」耳垂忽然被人含住，我慌亂地用胳膊往後一頂，他立刻倒回原來的位置，大笑起來：「哈哈哈……雲非雪啊雲非雪，剛才明明是妳強吻我哦。」

「你去死吧！」我坐起身想打他，卻未想肩膀一涼，衣衫滑落，我整個人僵在那裡，什麼時候？究竟什麼時候？

隨風緩緩坐起身，同樣是衣衫淩亂，好好的內衣被扯開，露出他誘人的身體。他笑著幫我拉好衣服，然後拍了拍我的臉：「別傻坐著了，乖，我們睡覺。」

他輕輕將我放倒，為我蓋好被子，將我捲得像條毛蟲，然後雙手枕在腦後躺在另一邊，閉上了雙眼。

天哪！我真想找個洞！

我鑽進了被子，自己居然為了五千兩喪失了心智，現在終於明白何以那些老人都要死守著自己的棺材本。

來到這個世界，我害怕過，恐慌過，以為自己的快樂靠的是朋友，卻未想原來那些負面的因素全都寄託在了金錢上。我自命清高地視錢財為糞土，其實三人當中最看中錢的，反而是我！只是先前錢都夠用，而今一下子被掏空，心底的灰暗徹底爆發，才會變成這樣一個瘋子！

瘋了！真是瘋了！我居然吻了隨風！悔恨得連腸子都打結了！

不行，反正親都親了，五千兩只親一下怎麼夠？怎麼說這個隨風在我那個世界也是明星級人物，乾脆再親一下！

我掀開被子，惡狠狠地瞪著身旁已經入睡的隨風，太過分了！他居然像個沒事人！好歹我現在和他睡在一起，我是個女人，他應該……他應該……

算了吧，雲非雪，妳是老菜皮，又不漂亮，又沒好身材，人家又把妳當男人，還說和妳上床是件後悔的事情，妳連人家那未婚妻的一個腳趾頭都比不上，別胡思亂想了，倒不如安心睡妳的覺，然後想想怎麼再把那五千兩討回來。

端正了自己的心態，我踹開了被子，因為實在好熱。

幽幽的夜風吹了進來，驅散了床上的熱意，翻身看著窗外，窗外月光明媚，蟲鳴啾啾，秋天終於來了，我抱著被子安心入睡……

怎麼天還沒亮？

朦朦朧朧的幾次睜眼，眼前依舊是一片昏暗，幾番掙扎終於醒來，奇怪？帳幔怎麼放下了？難怪總覺得天黑呼呼的。

既然如此就再睡會……不對！警鐘在耳邊敲響，我現在不是睡在家裡！

昨晚亂七八糟的片段閃過眼前，冷汗涔涔！

身體收了收，大腦瞬即空白，怎麼回事？太多太多不對勁了。

我現在側身朝右對著帳幔，左邊的腋下有一條比我略粗的，可疑的，赤裸的，光潔的手臂耷拉在我的胸前。脖頸下，也有一條可疑的手臂，那穿過我脖頸下的手臂，五根修長的手指扣住了我隨意放在臉邊的手。

那兩條顯然不是我的手臂，那我的手臂呢？天哪，怎麼也是沒有衣物遮蔽！我昨晚睡著時穿的裏衣呢！往下一看，腦子瞬即炸開了花，上身只穿著抹胸！

「爺，讓小人再陪你睡會兒！」胸前的手忽然收緊，很自然地按住了我的胸部，而他這一貼，隱隱的熱度直接映在了我後背的皮膚上，而下面，正有一樣物體詭異的膨脹！

時間瞬間靜止，空氣驟然凝固，我和他如同相斥的磁石，彼此跳開。我冷冷地瞪著他，他尷尬地看著我。整個房間在我的憤怒下，溫度降至零點。

「我的外衣呢？」

「意外……」

「你的衣服呢？」
「意外……」
「那你的手怎麼回事？」
「應該是意外……」
「那你下面又是怎麼回事？」
「還是意外……」
「很好！」我冷笑，「你給了我四個意外，我回你一個應該不過分吧！」
「非雪……我……」
「磅！」扎扎實實一拳。
「啊——」

怒氣衝衝地踹開門，怒氣衝衝地撞倒七姊，怒氣衝衝地回到【無雪居】。

「喂喂！非雪！昨天怎樣？怎麼只有妳一個人回來了，隨風呢？」思宇從門口一直跟在我屁股後面，我直接踹開自己的房門，狠狠對思宇說道：「從此以後，別跟我提這個人！」然後重重甩上了門，將自己反鎖在房間裡。

氣死我了！真想閹了他！讓他做太監！這混蛋到底在我睡著的時候做了什麼？

我仔細翻看著手臂，沒有任何可疑痕跡。

呼……還好……

我告訴自己，衣服可能是自己脫的……

這個……明顯不成立，我沒有夢遊的習慣。

那麼依此類推，應該是隨風夢遊脫的……

我再告訴自己，他年輕氣盛，早上升旗也是正常生理現象……

依此類推，我只是很尷尬地正好撞到……

可惡！我好想死……

「喂！隨風！你到底做了什麼！」外面傳來思宇的怒喝。

「我……其實……哎……」

「你怎麼成了熊貓眼？莫非……是被非雪打的？哈！打得好，誰叫你詐她銀子，快，把分來的交出來！」

「交什麼？」

「你別以為我不知道，七姊都跟我說了，你們串通好的，事成一人一半！」

「妳別跟我提那個女人，要不是她，非雪能生我的氣？」

「到底怎麼回事？我去問七姊的時候七姊踟踟的，說你不肯六四，就給你點教訓嘗嘗，到底是什麼？」

「果然是她，我去滅了她！」

「喂！隨風！到底怎麼回事？非雪非雪！隨風要去殺人，妳快阻止他！」思宇焦急地拍著門。

原來是七姊！可惡！是該滅了她！我一把拉開了門，露出森然的笑：「好，滅得好！」

「非雪……妳沒事吧。」思宇膽怯地看著我，「妳這個樣子……好可怕……」

「是嗎？」我冷冷地看著思宇，「我要洗澡。」

思宇打著冷顫離去，還不停地回頭看我，我朝她陰森森地笑著。

浸在澡盆裡，身體紅得像個熟透的番茄，怎麼會發生這樣的意外？都怪自己太疏忽，以為跟隨風那小子睡一張床上很安全，因為上次就是如此。卻沒想到，這混蛋夢遊啊！他該不會夢遊的時候把我當青煙了吧？

胸口一緊，難受得想吐。想到自己被當成別的女人，還被抱了一個晚上，頭就硬生生發疼。

他經常抱著女人睡覺嗎？一定是的，否則怎會這麼自然，他和她，就是那樣的姿勢嗎？

右手忽然熱了起來，彷彿正有一隻熱掌牢牢扣住它。渾身一陣戰慄，我居然在留戀，我到底在留戀什麼？好亂，腦子好亂，亂得腦袋抽筋。我癱軟在浴桶裡，胸口隱隱作痛。

「隨風，你回來了？」是他回來了，他還回來幹嘛！

「嗯……非雪她……」

「正洗澡呢。」思宇看樣子並不生氣，「你們……昨晚不會是……」

靠！幸災樂禍也就罷了，居然還想賣了我。

「沒有！我們什麼都沒有！」隨風焦急的解釋讓我心口一澀，忍不住冒了身冷汗，我居然還隱約期盼什麼……瘋了，我一定是中暑了，熱糊塗了。

雲非雪妳這個白痴！

我爬了起來，穿衣服。看著鏡中的自己，臉上紅暈始終不退，怎麼辦？我轉身將臉埋進冷水裡，冷靜，冷靜！雲非雪！這只是個意外！我在水盆裡吹著泡泡，整個世界靜得只有我的泡泡聲。心漸漸平靜下來，人也舒暢了許多，過幾天這件事淡了，就會忘卻，畢竟只是一個意外。

揚起臉，此刻我只穿著寬鬆的裏衣，所以可以在水盆裡看見自己的頸窩，被我攪亂的水漸漸平靜下來，變成一面平靜的鏡子，我隱隱看見自己的頸側好像有什麼東西，好像一塊紅斑。

我拉開了衣領，徹底看清了那個小小的，藏在衣領下紅斑，頓時氣得眼前一片空白。

迅速穿好外衣，我拉開了房門。

思宇和隨風正聊著天，見我出來，都齊刷刷地朝我看來，隨風眼神閃爍了一下，不敢看我。

我雙拳握緊，一下子衝到隨風的面前，把思宇和隨風都嚇了一跳。我一把拉開自己的衣領，讓他看著我肩胛的紅印，大聲吼著：「說！昨晚你在我睡著後到底做了什麼？」

我緊緊盯著隨風的眼睛，他的眼睛裡正有一團可疑的火焰，他痛苦地看著我：「非……飛揚我……我真的不知道……」

「你去死吧！」我狠狠推了他一把，揚起了我的手，他就那樣站著，垂下眼，長長的睫毛顫動著，輕輕的風帶起他的瀏海，無力地擺了擺。

「飛揚。」思宇握住了我揚起的手，「冷靜，冷靜！」

「不，秋雨，讓她打！」隨風抬眼看著我，黑色的眸子裡帶出了他的深情，我渾身一怔，心跳驟停，他那是什麼眼神？他那是什麼眼神！他為什麼要用這種眼神看我！

「我不想再看見你……」我無力地揮著手，整個人如同虛脫一般疲憊，他為什麼要用那種眼神看我？那深深的眸子差點讓我的心淪陷。

再次反手關上門，將自己藏在被窩裡，彷彿這裡才是最安全，最舒心的地方。

「二少爺……大少爺和那位小哥……」是如花的聲音，他也在關心我。

「他們兩個的事你最好少問，否則我不保你的性命。」

「嘶——」聽見如花倒抽了一口冷氣。

「喂！隨風！你說！到底怎麼回事！」思宇在外面怒吼著，我用力捂住了耳朵，但卻又忍不住想偷聽。

絲絲的風裡，沒傳來隨風任何回答。

「你們！你們！好！我不管你們了！」思宇扔下一句話重重甩了院門。這樣的事，誰還想去提起。這麼尷尬，這麼窘迫，這麼……讓人鬱悶的事……

不知過了多久，思宇又來敲門，是喚我去吃午飯。我躺在床上看著床頂發呆，沒應聲。她嘆了口氣再次離開。

「子尤？你怎麼來了？」

「哦，我是來看看雲先生帶回來……唔！唔！」韓子尤好像被人捂上了嘴巴。

「噓……你可千萬別提起，飛揚要殺人的。來，到書房說去。」

「哦……」

我坐了起來，因為我覺得肚子餓了。

「二少爺！門外有位余公子，說是來接你的。」聽這聲音是如花，難道是余田來接她去參加觀星會？

「是嗎？可是……飛揚這個樣子……」

「你去吧，我幫你看著他。」韓子尤溫柔地說著。

「不行！她這樣就算我去心裡也不安。」

肚子越叫越厲害，我捂著胃打開了門，低頭看著地面，希望不要看到某人。

「飛揚！」韓子尤驚喚著我的名字，思宇一下子跑到我的身邊：「妳臉色怎麼這麼差？」

「我……餓了……」

「噗哧！」思宇笑了，我不好意思地看著她，用餘光偷瞟著院子，思宇看出了端倪，笑道：「他不在。」

「呼……」一下子鬆了口氣，笑道：「妳去吧，我去吃飯。」

「太好了，能吃飯就說明沒事了。」思宇有點激動地抱住我。

韓子尤拍著思宇的肩，笑道：「現在可以放心了，去吧，我帶飛揚去吃飯。」

思宇在我和韓子尤的哄騙下出了門，韓子尤在思宇走後，笑容漸漸收起，蒙上了一層陰霾。

「飛揚，小露給你帶來了困擾，真是不好意思。」

「子尤毋需如此，子尤讓自己的妹妹照顧我們，我們應該感謝才是。」

韓子尤有點驚訝地看著我：「原來你們早知道……」

我點了點頭：「只怕飛揚要辜負小露了。」

「感情的事不可勉強，子尤知道。」

我很欣賞這個韓子尤，深明大義，大氣凜然。

「那子尤你呢?」

「我?」韓子尤愣了一下。

我笑道:「你真的就如此默默地站在她的身後?」

他一下子怔住,雙眉微擰地看著某處,那憂傷的表情,讓我驀然想起了水無恨,同樣讓人心疼,同樣讓人心酸。

空氣中帶入一絲熟悉的味道,我反身進入房間,對著還是發愣的韓子尤道:「感情是不可以勉強,但不去爭取又怎知會是勉強?」

他茫然看向我,我緩緩關上房門。我還是無法去面對那個小子啊……

我到底在怕什麼?他不過是個孩子,為何我會如此難堪?難道是他的成熟,讓他在我潛意識裡成了一個不折不扣的男人?心口好悶,就像有隻大手不停地擠壓著,將我肺裡的空氣全部擠出。

「你是……」門外傳來韓子尤疑惑的聲音。

靜靜的院子裡是隨風淡淡的聲音:「是被屋子裡那位買來又拋棄的人……」

鬱悶,這怎麼算得上拋棄?說得自己像個棄婦。

「原來如此……」韓子尤的聲音裡沒有任何情緒,「那不妨礙你們……對了,下次請走正門,別再翻牆了。」韓子尤走了,他離開了院子,離開了我的門前。

門外出現了一個人影,他靠在了門上,熟悉好聞的味道從門縫裡傳來。

「非雪……妳聽得見嗎……」

我緩緩靠著門坐下。

「妳不聽我的解釋嗎？我不知道昨晚發生了什麼，但妳一定要相信，那些都是我一直想做的……妳明白我的話嗎？」

心好似被什麼撞了一下，耳朵裡嗡嗡作響，他這話到底什麼意思？一直想做的事？想做什麼事？不明白啊？好亂，想不通啊，到底什麼意思？不能直說嗎？為什麼一定要讓我想？好痛苦，我的小腦袋快要爆炸了。

「呵……或許是太想妳了，才會夢遊吧，呵……」他輕描淡寫的笑聲在空氣中飄蕩……

轟！一聲轟鳴，頭暈目眩，所有散亂的片段被徹底炸出腦外，一片空白，只剩下兩個字：念雪……

「雲先生！雲先生！」是如花，我慌忙開門，靠在門上的隨風一下子跌坐在地上。

如花看見了隨風，怒道：「你怎麼還在？」說著就要來驅趕隨風。

我冷冷說道：「如花，把這個人當作不存在好了。」我沒去看隨風的表情，他也放棄站立，就那樣坐在我的衣擺下。我看著如花，「你叫我這麼急什麼事？」

「哦，外面有位叫北冥的公子叫我把這個給你。」如花遞給我一張請柬。我拿過打開一看，立刻喜上眉梢：「太好了，如花，你去告訴那位公子，就說我馬上出來。」

「是！」如花見我笑了，也放心地展開笑顏，原本平平的一字眉彎成了半圓。

回到房裡，我將頭髮按照緋夏的髮型斜梳到一邊，用翠玉帶束緊。

「他約妳去哪兒？」隨風站在我的身後，漂亮的臉蛋上一個大大的黑圈。

我淡淡道：「觀星會。」

「不許去！」

我回過身平靜地看著他：「親愛的隨風小朋友，你來緋夏難道不是為了這個觀星會？」他帶著怒意的眼睛瞇了瞇。

我繼續道：「你每次離家不都有任務在身？呵！你以為我會相信你是因為想我而離家的嗎？」心被利刃滑過，痛得滴血，為什麼說這句話自己會心痛？

「雲非雪！」隨風忽然上前扣住了我的手腕，我冷冷地說道：「怎麼？這次又是要找什麼書還是什麼星？」

他整個人怔住了，神情複雜地看著我，眼中帶出一絲痛苦，扣住我的手開始顫抖。忍著心中的痛，我抽手離去。再看著他，我只會窒息而死。

為什麼？明明是想氣他，卻是傷了自己……

六、觀星會

北冥嘴角微揚地站在門前，深褐的頭髮在陽光下，染上了一層好看的淡金，明明他這個人是那麼的冷，可笑起來卻又是如此溫和。

逐雲依舊在他的身邊，這匹美得不像凡獸的白馬倒像天界的獨角獸，只有這樣的神馬，才能配這樣的主人。北冥的身邊，依舊是他的幾個侍衛，此外他還牽來了一匹黑馬，應該是給我準備的。

「雲先生似乎不開心？」北冥將黑馬牽到了我的面前，逐雲跟了過來，用牠的馬臉蹭著我的身體，表示著友好。

「還好……逐雲……」我皺起了眉，這馬不讓我好好說話。

「哈哈哈……」北冥朗聲笑了起來：「看來逐雲喜歡你勝過我，今日牠就屬於雲先生了。」

「啊？」還沒反應過來，北冥就翻身上了身邊的黑馬，笑看著我。

逐雲聽懂了主人的話，很是開心，還前蹄下蹲，等著我上馬。這馬可真通人性哪！既然逐雲如此盛情，怎能怠慢了牠？

我翻身上馬，逐雲站起了身。我摸著牠柔軟細長的鬃毛，真是一匹神馬。再這樣下去，我真怕自己會愛上一匹馬。

一行人走在街上，北冥的俊朗，黑馬的神武，很快引起了路人的注意。逐雲的馬鞍邊，是北冥的佩劍，刀鞘上，鑲著七色寶石，在陽光下璀璨生輝。

北冥走在我的身邊，看著逐雲道：「逐雲啊逐雲，莫非你喜歡雲先生？」逐雲點了點頭，引來大家的輕笑，我也忍不住笑了，心口的窒悶一掃而空。

「雲先生，這可怎麼辦才好？」北冥愁眉苦臉地看著我，「上次與先生一別，逐雲可是絕食了多日。」

「什麼？」我有點心疼地看著逐雲。

「若不是在下對牠說會將雲先生帶回，牠才肯進食，所以此番，在下想請雲先生隨北冥回家如何？」我神經立刻繃緊，原來這才是他的目的。

北冥微笑著看著我，彷彿只是隨意地邀請，我露出羞澀的笑容，道：「飛揚心繫茱顏姑娘，怕是要辜負逐雲一片深情了。」再用玩笑擋回去。

「茱顏？不是昨晚那個美人嗎？」

「他？呵呵……他是飛揚同鄉的兒子，飛揚出手相救而已。」

「原來如此……北冥還以為雲先生喜歡……呃……呵呵……不提啦，不提啦，哈哈哈……」

北冥歡暢地笑著，他應該原本以為我是男愛一列。

耳邊無意間聽到有人談論自己的名字，最近聽力也變得越來越好。

「看見沒，那就是雲先生。」是一個女人的聲音。

「呀，好一個儒雅的公子。」還是一個女人的聲音。

「聽說還是柳下惠呢，從不輕薄美人。」依舊是個女人。暈，一群女人在談論我。

「真的？」

「當然，我家妹子就是【天樂坊】的丫鬟，她告訴我的。雖然雲先生總是找茱顏，但都是教她詞曲，門也是開著的，光明磊落。」

「那他怎麼還標了那個念雪？」

「這……不是很明白，聽七姊說念雪好像是雲先生原本就認識的，自己送上門逼著雲先生買，結果雲先生氣得都不肯進他房間。」

「天哪，怎麼會有這麼無恥的男人！」

心裡沒來由地開心了一把，聽她們罵隨風我好像很開心，不過轉而想想，便覺得奇怪。神祕的隨風一定有顯赫的家世，何苦為了誆我五千兩而甘願入青樓扮小倌呢？

「今天一早雲先生也是怒氣衝衝地離開房間，把念雪扔在【天樂坊】，我家妹子進去整理房間的時候，床上乾乾淨淨，可見昨晚雲先生根本就沒碰那個念雪。」

「天哪，世上怎會有如此君子，為何我就碰不到。」

「哈哈，現在碰到了也晚了，妳已經是別人的老婆了。」

「討厭~~」

心裡甜滋滋的，人都愛聽好話。不過謠言的力量的確不可小覷，經過她們嘴裡出來，完全成了另一個版本。

無意間瞟見北冥，他臉上也掛著笑，然後在一旁看著我，碰觸到我的視線，他的笑容就越發明媚，眼睛半瞇著，所以我也不知他這笑容的深意，總覺得毛毛的。

忍不住抽出隨身的鵝毛扇，擋住當頭的烈日。

一行人並沒上山，時候還早，先去了天女峰下的峽谷，轉乘畫舫順水漂流，欣賞天女峰山脈的秀美景色。畫舫上已經準備了精美佳餚，我正饑腸轆轆，早飯、午飯和下午茶一起下肚。和北冥一起盤腿坐在船頭，迎著峽谷清爽的風，兩個人的身體隨著不怎麼湍急的河流隨波搖擺。

風一陣又一陣地掀起我的髮絲，將我所有的愁緒帶走。都說人有三千煩惱絲，就讓這風將它們帶走。腦子裡空空蕩蕩，什麼也不想，只是拿著鵝毛扇有一下沒一下地扇著。身邊的北冥也輕搖摺扇，和我談論眼前的大好風光。

兩旁的山嶺層巒疊嶂，地勢險要，據北冥說，這峽谷就是緋夏和暮廖的國界，兩邊的山巒便成了兩國的天然屏障。前些日子下了連日暴雨，這水勢有點急，我看著清澈見底的河水，沉靜在其中，想想在自己的世界，想看這種碧綠的河水還得付錢。寂靜的山嶺間是嘩嘩的水聲和啾啾的鳥鳴，他們共同譜寫著大自然的音樂。

忽然一道清明的笛聲悠悠揚揚地飄蕩在峽谷的上方，那若有若無的笛聲讓人神往。遠遠看見前面有一艘龍舟，船尾站有一人，青衫藍袍，手拿玉笛，憑欄而立，山谷的陣陣清風將她長長的髮絲揚起。

是思宇……

笛聲帶著她的煩悶和掙扎，她的煩惱隨著笛聲，順著山風飄蕩。而她的身後，孤立著一名男子，他臉上帶著淡淡的哀愁，猶如思宇的笛聲，讓人心疼。兩船靠近的時候，我和北冥上了那艘船，思宇看見我，眼中帶著憂慮。

「秋雨在煩惱什麼？」我淡笑著問著，她卻直直地凝視著我，輕喃一聲：「妳……」

「呵呵，看來他們兄弟有話要說，不如我們裡面談啊。」北冥對我淡淡一笑，便將畲諾雷拉進了船艙。

思宇拉住了我的袖子，眼眶有點紅：「非雪，我們到底是不是朋友？」

「是啊。怎麼不是？我們更是親人啊……」我抬手順了順她被山風吹亂的頭髮。

「那為什麼妳有煩惱從不跟我說？」思宇緊緊抓住了我的手，「我知道我自己沒用，不能幫妳，可是我真的…真的很想為妳排除煩惱，非雪，為什麼？為什麼妳都不肯說出來？」

我沉默，正因為把思宇當作親人，所以才不想讓她操心。因為愛而說謊，因為愛而隱瞞。我想，我可能錯了，不說出來，才讓她更擔心。

「我知道妳過得很不開心，但我卻不知道怎麼幫妳。所以我讓妳寫書，讓妳分散注意力，我遇到很多很多困難，但我卻告訴自己，非雪已經夠煩了，我自己做得到，能解決！可是……我根本不行，若不是有子尤……」思宇的聲音開始顫抖，她深吸了一口氣，看著我。

「我知道自己這種做法很任性，自作主張，從不跟妳商量，可每次看見妳一個人躺在躺椅上，對著天空發呆，我就告訴自己要心狠，就算逼也要把妳逼出自己的世界。非雪，讓我進入妳的世界好嗎？不要這樣，不要總是一個人……」思宇輕輕環抱住我，眼淚滴落在我的肩頭。

鼻子裡酸酸的，有什麼東西在眼眶中打轉，「呵……讓妳操心了……我明白了，我只是還沒能從以前緩過勁來，而且，看著妳也要嫁人，心裡難免有點失落。」

「什麼呀！」思宇捶了我一拳，擦了擦眼淚，「非雪妳瞎說什麼？我要跟非雪在一起，就算嫁人也要帶著非雪！」思宇朝我做了個鬼臉。

「啊？」我附到她的耳邊：「幹嘛，做妳老公的妾啊？」

「也不錯啊，我們就可以繼續當姊妹。」思宇笑得越發開心了。

我扣住了思宇的肩：「那以後妳再有什麼決定要事先通知我哦。」

「沒問題！」忽然思宇臉紅起來，不好意思看我，「這個……非雪，我有件事騙了妳……」

「什麼事？」

她開始戳著自己的手指，然後輕聲道：「其實……叫妳寫耽美……是我和小露想看，不是要賣的……」

「啊？」我大呼出聲。

思宇僵硬地笑著：「呵呵……妳也知道妳有多懶，如果沒有金錢的誘惑，妳肯定不寫，嘿嘿……」

我背過身，不看她。這丫頭倒真了解我，笑容終於忍不住綻開……

思宇輕輕挽住了我的胳膊，我們兩人相互依偎地看著遠遠而去的景色。

「妳現在知道了余田的身分，打算怎麼樣？」

思宇驚訝地側臉看我，我狡猾地笑了笑，她噘起了嘴：「討厭，原來妳早就知道！又不告訴我！」

「我只是想他若對妳真心，自然會告訴妳。那現在妳做何打算？」

「不知道！」思宇擰緊了眉峰，望著船下碧綠的湖水，似乎下了很大的決心，「我不能再留戀他！」

「為什麼？如果你們真心相愛，何必在意他的身分？」

「不知道！」思宇忽然露出一個輕鬆的笑容，看了看左右，此刻左右無人，她依舊輕聲道：「非雪，跟妳待久了，怎麼說我也該學聰明了。他是緋夏的皇帝，如果他真的喜歡我，肯定要對我作詳細的調查，那麼不用多久，他就會知道我的身分，也就會知道了妳的身分，到時他會怎麼做？」我沉默地低下頭，他會把我交給拓羽吧。

「我保護不了妳，非雪。」思宇嘆了口氣，「我也不想進入後宮那種是非之地。呵呵，男人嘛！還不好找，舊的不去，新的不來是吧。」思宇無賴地笑了笑，眼中卻滑過一絲苦楚，她將手掛在我的肩膀上，又開始摸她的下巴，「或許那個大俠不錯，嘻嘻……」

思宇是為了保護我而放棄和這個夢中情人在一起……

「非雪，我想過了，【無雪居】不安全，既然余田是畲諾雷，那我們的身分早晚會被揭穿，而且那晚的女刺客很明顯是衝著妳來，所以……我們還是跟隨風回家吧。」

我再次陷入沉默，思宇說得對，【無雪居】不能住了，可是真的只有跟著隨風回家一條路嗎？隨風……你究竟是誰……

「我不想去……」

「非雪……你跟隨風吵架又不是一天兩天了，想開點，怎麼？那小子占妳便宜了？」

「……」

「他只是小孩子嘛，妳說的呀，而且妳也一直這麼看他的啊，我就說那小子是個正常的男人。」思宇雙手交叉在腦後，嘟囔著：「是妳自己太不小心了，而且……五千兩，妳不吃了他，太可惜了……」

太陽穴有點發緊，思宇居然在灌輸我去犯罪？如果推倒他，我會覺得自己是個變態，強姦高中小男生，我又不是十七八歲的小姑娘，而是年過二十五，坐二望三的老菜皮了！

「哎哎！反正妳買了他一個月，不如好好享受。我給妳的繩子妳不用嗎？今晚還要嗎？」

「寧秋雨！」我大喊一聲，她大眼閃閃地看著我，然後咧嘴笑了：「好了好了，我不說了，要把他怎樣，妳自己看著辦，記住，五千兩啊五千兩，那裡面可還有我的一千兩啊。」

我感覺我的太陽穴都快爆裂了，立刻喝道：「好！今晚我就把他推倒！狠狠虐他！把妳的一千兩賺回來，滿意了吧！」

思宇抿著嘴，眨巴著眼睛，尷尬地看了看周圍，感覺到身邊投來不少視線，我皺緊了眉，轉身擦過北冥和畲諾雷，逕自離去……真是糗大了！

船到岸後，改為騎馬，而思宇就被畲諾雷帶上了早先準備的華麗馬車。一隊侍衛將他們護送上山。我和北冥他們就騎著馬，一路緩行。

天女峰是邶城南面山群中最高的山峰，上設觀星台，擺下觀星宴，煮酒論英雄，算是緋夏國的一次謀士盛會。

身邊馬蹄聲起，有不少人趕著上山，看他們的衣著不凡，想必應該都是王孫公子，或是厲害的謀士。

「咦？這不是雲公子？昨日美人在懷，今日還有力氣上山？」有幾人忽然在我身邊放下了速度，和我並行。那人用極為下流的眼光看著我，然後邊上的人都笑了。

我不理他，依舊走自己的路。

「我可是聽說雲公子今日一早就怒氣衝衝地離開了【天樂坊】，連美人都不要了呢。」又是一個無聊之人。

北冥策馬走到我的身邊，和我並肩前行，輕聲道：「雲先生別在意。」

「哼。」我冷哼一聲，「他們不過是嫉妒我罷了。」可惡，這是我跟隨風兩個人的事，要他們雞婆什麼！

我的話刺激了那些人。

「哎，我說，其實你們仔細看看，這雲先生的模樣和身段也很是撩人啊，不知他和那位美人究竟誰上誰下呢？」

「哈哈哈……」

忍無可忍，毋需再忍，我當即抽出了馬鞍邊北冥的劍，劍尖直指那人的喉間，劍身透著特殊的寒氣，將周邊的空氣凝結成了一層薄薄的水霧，籠罩在劍身周圍。

山道上瞬即變得鴉雀無聲，只聽見那人「咕嚕」咽口水的聲音。

「啪沙啪沙」一群飛鳥忽然驚起，環繞在我們的頭頂，開始投放特殊「炸彈」，而奇怪的是，這些炸彈全數落在那些人身上，我和北冥這邊，毫髮無傷。

「想知道？」我衝著那人嬌媚一笑，看痴了所有人，「不如晚上一起試試？」

那人先是愣住，但立刻擺手：「不用了不用了！」

「很好！」我冷下臉，收回劍，一揚鞭，策馬而去。

逐雲的速度很快，又靈巧，崎嶇的山路如履平地。

前方的小溪邊，出現一塊平整的草坪，半畝左右的草坪上只有零星的幾株紅楓，紅色的楓葉被偶爾的山風卷起，洋洋灑灑地落在了草坪上，猶如一朵朵紅花，點綴在草坪之上。

逐雲走到溪邊飲水，我用溪水洗了把臉，坐在一邊。逐雲四膝彎曲，也伏了下來。

我靠在牠的身上，撫摸著牠的長長鬃毛。

「逐雲啊逐雲，是不是因為我是女子，你才那麼喜歡我？」

逐雲甩了甩鬃毛，白色的鬃毛在陽光下閃閃發亮，就像天間的獨角獸。

「哎……還有你喜歡我，真好。」我開始將牠的鬃毛辮成麻花。

飛葉飄零，隨水沉浮，斜陽映彩霞，飛揚戀逐雲，說人間幾多風流快活，卻不及乃翁臨江釣雪。

「飛揚。」有人喚我，抬眸間，原來是北冥，夕陽將他的身體勾畫出一個金色的輪廓。他看見我手中正宗的馬辮，皺了皺眉，卻又無奈地笑了笑。

「從這裡我們要改為步行。」

「哦……」我拍拍身後的殘葉，隨他上山。兩個侍衛留下來照顧馬匹。

月出東山，星辰伴月，今晚萬里無雲，夜空更是晴朗明媚，的確是觀星的好天氣。不過此刻星辰尚未全數出現，只有寥寥幾顆而已。空氣中，我聞到了食物的味道。納悶了一下，我怎麼越來越像狗……

觀星會尚未開始，觀星宴卻已擺上，只見朝西而坐的正座上，正是畬諾雷，思宇坐在一邊的矮几上，倒也不是十分顯眼。坐在畬諾雷右邊的是一位老頭，仙風道骨，白鬚飄然，一派長者風範，正在閉目養神。

「那就是孤崖子老先生。」北冥給我介紹著：「這孤崖子老先生師承玄虛老人，傳說玄虛老人是一仙人，所以孤崖子老先生才能如此神機妙算。」

我模棱兩可地聽著，嘴裡不停地吃著。怪事年年有，今年不算多，我都穿越時空了，出來個神仙又有何稀奇。

正說著，那孤崖子忽然站了起來，拄著拐棍情緒有點激動，所有人立刻安靜下來，看著他一步一步走向觀星台，觀星台是臨崖而建的一個高臺。

畬諾雷一揮手，燈火驟息，山頂的星空立刻燦爛耀眼。方才只顧著吃，也沒注意頭頂，此番仰頭一看，我頓時忍不住發出一聲輕嘆：「哇……」

只見滿天繁星燦燦生輝，一條寬闊的銀河掠過我們的頭頂，橫跨在夜空，第一次如此接近它們，觸手可及。之前也有過上山觀星的想法，可一直由於自己懶惰而一拖再拖，今晚不虛此行啊。

「變了！變了！」只聽孤崖子老先生驚嘆著，他手指顫抖著指著天空，我已經很仔細地順著他指的方向望去，無奈看到的還是一片繁星，倒是機緣巧合地看見了自己的星座：天平。

於是我索性找起十二星座來。

「什麼變了，老先生？」邊上的人紛紛問道。

「三星！三星又變了！」

「孤老先生說的可是那三顆天機星？」

天機星？我不由得緊張起來，斐崳就是為了找天機星而出山。奇怪，以往小說裡天機星都只有一顆，怎麼這次有三顆？

我不免輕聲問身邊的北冥：「什麼天機星？為何有三顆？」

北冥此刻也是一臉凝重，見我問他，便用手指沾酒，邊說邊寫：「天機星，一統天下；天擊星，傭兵天下；天璣星，富甲天下；若此三星為男子，則左天擊為刃，右天璣為金，便是協助天機得天下的元帥和富豪。」

「胡說什麼？」身旁忽然傳來一個聲音，把我嚇一跳，卻是思宇。

我怪道：「妳怎麼突然跑我邊上來嚇我。」

思宇一臉的無辜：「我早來了，只是妳在聽北冥公子說故事，所以沒注意到我。」她的臉鼓鼓的，我不好意思地笑笑。

而另外一邊，人們依舊在發問。

「孤老先生，您上次說三星是一起降世，可如今卻分道揚鑣，究竟是哪顆離開了他們？」

孤崖子手捻白鬚，擔憂地看著那滿天的繁星：「是那能破軍的天擊星，怪！怪！天意何為，天機到底是什麼！」孤崖子激動起來，他這個樣子像極了項羽身邊的范增。

「飛揚，我覺得很奇怪。」思宇在我身邊小聲說著：「我記得妳說過，天璣星是北斗七星中的老三，怎麼這裡又冒出了一顆天璣星？」

「這有何奇怪，每個地方對星相的命名皆不同，北斗七星在我們那裡叫北斗七星，在西方就是大熊座的一部分。」

「可這裡北斗七星還是叫北斗七星啊，而且七顆星依舊是天樞、天璿、天璣、天權、玉衡、開陽和搖光，這又怎麼回事？」

「是啊……分不清啊，而且三顆星讀音又一樣，真是拗口。」

「二位說的沒錯。」北冥忽然插了進來，原來他一直在聽我們的討論，「其實那三顆星是半年前突然出現的，當時沒人能定下它們的名字，於是便引用了七星中的一個名字。」

我和思宇聽完茅塞頓開，這裡的人也挺懶。

不過……半年前？不是我們正好到這個世界嗎？好巧啊……

原來三星的名字一直是一個爭議，只因為當初不能定下，而變成現在如此繞口令般的名字。

北冥深思了一會道：「這三個名字的確不好唸，一直以來大家也沒更好的提議，既然提出來了，不如問問孤崖子老先生。」說著，他站起身朝孤崖子老先生一邊作揖一邊高喊：「孤老先生。」我和思宇愣了一下，不過是戲說，北冥還當真了。

「原來是北冥殿下。」孤崖子稱呼北冥為殿下，看來他知道北冥的身分，那麼他九成就是暮廖皇族。

「孤老先生，關於三星的名字先前就已經提出爭議，今日在下的兩位朋友也對三星的名字很是疑惑，因此不如就在今天定下三星的名字如何？」
孤崖子的眼中閃現著精光，頻頻點頭，一邊的人也同聲附和。
「嗯……有理，三星讀音相同，又借用了七星的名字，的確不妥，容易讓人混淆。」
「孤老先生德高望重，不如就請老先生為這三星取名如何？」
孤崖子的臉上立刻出現驚喜的神色，這是何等榮耀！但隨即他沉下了臉，微微擺手推託：「給三星取名非同兒戲，還是由陛下決定。」
孤崖子朝遠處的畲諾雷一拜，畲諾雷笑道：「孤老先生就不要推辭了，相信由孤老先生為三星取名，大家絕無異議。」
「是啊是啊，孤老先生請吧。」
「請吧……」
下面附和連連，看來大家的確都很尊重這個孤崖子。
「那老夫就卻之不恭了。」孤崖子的神色開始變得肅穆。
北冥緩緩坐下，看著我和思宇笑道：「今日定下名字，就不會再與七星搞混了。」
思宇立刻笑道：「飛揚妳猜，他會取怎樣的名字？」
我看著孤崖子在觀星臺上徘徊，拿起一個橘子開始剝皮：「天機星估計是不變了，也就另兩顆星星。」「哪兩顆？」「就是什麼左刃右金的，其實到現在我都沒找到那三顆星星。」
「我也是……」思宇低下頭開始戳手指，真是有點丟臉，估計整個會場就我們兩個找不到那三顆星星。

「我猜那顆傭兵天下的可能會叫天將，富甲天下的可能會叫天粟。」

「天粟？」

「嗯。」我吃著橘子，現在的橘子正甜，「掌管天下糧倉還不富啊，哈哈哈……」

「這倒是。三星真厲害！」

「厲害什麼？還不都是無稽之談，哪有三個人就能改變天下的？而且，萬一這三個人不是男人而是女人呢？」

「那就娶了她們。」北冥忽然冷不防插了一句話進來，這句話讓我和思宇都大吃一驚。

北冥淡淡地說道：「當初三星降世，就有人提出三星並不一定是男人，當時孤崖子老先生就斷言，只要帝王得到她們就可一統天下！」

我和思宇驚愕地瞪大眼睛，思宇小心問道：「那如果三個分別嫁給三個國主呢？」

北冥的視線漸漸落到遠方山巒，沉聲道：「那就三分天下！」

我暈，變成三國了，不知當年的三國是不是也因為分別得到了三顆決勝天下的星星呢。

抬眸間，身邊的北冥遙遙遠眺，不帶任何表情的臉在黑夜下肅穆而威嚴，一絲霸氣夾雜著不易察覺的野心，從他的視線中射出。

他感覺到我在看他，側過臉對著我露出宛然的笑，一層汗毛在他溫柔的目光下漸漸爬上背。

「真是荒唐。」思宇在一邊冷言道：「為了利益卻要得到這三個人，他們真可悲。若是女人，更可悲。」

「寧公子也不必太擔心，他們三人現在只是孩子，未來到底如何還尚未分曉。」北冥淡淡地說著，然後再次將注意力放在孤崖子身上。

「孩子？」思宇疑惑地看著我，我想了想道：「星相的出現代表著人的出生，既然他們說這三星是半年前突然出現，那麼就是三個孩子在半年前一起出生，沒有錯。」

「哦……」思宇點著頭。

此刻眾人的視線都落在孤崖子身上，不停地有侍女為我們添加酒菜，就像面前這個，頗為積極地給我倒茶，我輕輕吹了吹，飲下，無意間想起了隨風，原來飲茶觀星，的確別有樂趣。

是啊，他只是個孩子，我也犯不著生這麼久的氣，原本就是自己昨天發瘋的時候主動勾引人家，與他何干？他又不是沉穩的柳下惠，又喝了被下藥的酒。想著想著忍不住苦笑，原來一切都是自己活該。

孤崖子白色的長袍和銀白的鬍鬚在風中飄揚，他站在觀星臺上，宛如九天老君下凡，透出一股仙氣。

「陛下，老夫想好了。」孤崖子朝畬諾雷恭敬地一拜。

畬諾雷做了一個請的姿勢道：「孤老先生請說。」

「天機依舊不變。」他沉聲說著，思宇嘻嘻一笑，輕聲道：「果然。」

「其餘兩顆分別為天將和天粟！得天將，統帥天下奇兵；得天粟，掌管天下糧倉。」

手中的茶杯頓了頓，身邊的思宇撞了我一下：「中獎！」

是啊，中獎了！怎麼以前買彩票沒一次中？天意啊，我忍不住抬頭望天乾笑。身邊的北冥笑著端起酒杯敬我：「恭喜先生測中。」我僵硬地和他撞了撞杯，嘴角抽筋地喝下。這真是命運在跟我開玩笑？

「好！好！」眾人齊聲應和。

孤崖子拄著龍頭杖緩緩走下觀星台，神氣凜然，侍女們再次點亮燈火。

「老夫觀察此三星已有數月，老夫有一個大膽推測！」孤崖子大聲說著，讓筵席上的人立刻都正襟危坐，包括身邊的北冥。

畲諾雷揚了揚手：「孤老先生但說無妨。」

「老夫猜測，此三星不是呱呱落地的嬰兒，而是成人！」

「什麼！」眾人驚呼起來，就連北冥放在膝蓋上的手，也緊緊捏起。

「此話怎講？」畲諾雷疑惑地問著孤崖子。

孤崖子扶住身邊的龍頭杖，身體在風中微微顫抖，彷彿要說什麼重要的天機，他仰望天空道：「三星對蒼泯的帝星已經產生了影響，這影響究竟是福是禍尚不可知，試問，若是嬰兒又怎會已經影響到帝星？定是蒼泯的帝星已與三星接觸。」

「什麼！」眾人還未等孤崖子說完，便開始騷動起來。

「難道說三星在蒼泯？」

「不過的確可疑，當初我等得知三星降世，便四處尋訪三胞胎，卻一無所獲，莫非真如孤老先生所說？」

「三星降世，天下大亂。」

「是啊……看來要提前啦……」

「咳！」孤崖子重重咳嗽了一聲，大家漸漸收聲，「大家請稍安勿躁，這不過是老夫個人的揣測，但這實在匪夷所思，人究竟怎樣能突然出現在這個世界？並且影響這個世界！而且三星已經分開，大家也不用過於擔心。但老夫可以斷定有三星的地方，必有特殊事件發生！」

聽著孤崖子的話，我不覺冷汗涔涔，再看身邊的思宇，也是一臉驚恐，她望向我，我僵硬地笑笑，她迅速低下頭開始吃桌上的東西。

我和她都已經知道謎底……這孤崖子所說的三星的謎底。

孤崖子繼續沉聲道：「而且，老夫的師父其實早已預言今日的天象，只是老夫愚鈍，不久之前才領悟他的畫。」說著，他揮了揮手，兩名白衣小童手執卷軸走到中央，卷軸打開，一副圖立刻展現在眾人面前。

只見畫上是三個青衣藍衫的俊秀佳人，雌雄莫辨，三人圍坐在一個石桌邊，石桌上擺著一個棋盤，一人手執書卷，但卻看著棋盤，手指棋盤，彷彿在指點江山。

其餘兩人一人執黑一人執白，喜笑顏開。棋盤上的黑子和白子也是亂七八糟，不成章法，就連我這個外行都覺得他們下的不像是圍棋。

「大家可看出此畫的蹊蹺？」孤崖子捻鬚，神祕而笑。

「畫上三人莫非就是三星？」

「沒錯沒錯，應該是的，可沒體現誰是誰啊。」

眾人從畫中只看出是三個人，其他的都一無所獲。

我看著那畫開始納悶，這玄虛老人莫不是畫推背圖出生的袁天罡？

對於畫的敏感度，我發現那手執書卷的人，手上的書無字，一條訊息閃過，我驚訝的輕喃出聲：「無字天書！」而我對圍棋本就不懂，一時間，黑白子在眼中立刻成了以前每次體檢必看的色差圖，只見黑子連成一把利刃，白子連成一碗白米飯，而利刃上的部分黑子成了盛飯的碗，最奇妙的就是除卻白子黑子，剩下的空格，居然連成一個「亂」字。而就在我歪頭看的時候，也就是將整副畫倒著看，黑子和白子，卻隱隱顯出了一個「和」字。

沒想到這玄虛老人還是畫抽象派的高手！

而將這三人畫的雌雄莫辨，但卻青衣藍衫男子裝扮，怕是在說女扮男裝，不知那孤崖子是否會猜到。不然這畫倒是間接的保護了我們，想必眾人定會認為三星是男子。

「飛揚！妳怎麼了，臉色好差！」思宇搖著我，將我搖醒，我用袍袖擦了擦額頭的汗，笑道：「看來我真應該跟這個玄虛老人好好學畫，他畫得真是……」

「怎樣？」身邊的北冥湊過了身子，低聲問道，口氣有點緊張。

我淡然地回道：「真是好啊……好得……讓人看不懂……呵呵……」

北冥眼神閃爍了一下，幽幽地笑了。

眾人依舊不解地看著畫，這也難怪，他們都被圍棋的表面現象而蒙蔽，自然一時看不出其實玄虛只是用棋子作畫。反而讓我這圍棋白痴看了個透徹。

孤崖子緩緩走到畫邊，朗聲道：「師傅的畫，老夫概括為十六個字。」

「何字？」眾人好奇地問道。

孤崖子用手指了指三人：「三星降世！」然後他指向了那本書，「無字天書！」接著他又指出了黑子和白子：「刀劍米糧！」最後他指出了「亂」字：「大亂天下！」

「噗哧！」思宇忽然笑出聲，眾人立刻朝這邊望來。

由於方才眾人都聚精會神地聽孤崖子老先生講解，所以整個山頂異常靜謐，思宇這聲笑便顯得突兀。

「妳笑什麼？」我輕聲問她，一邊朝眾人不好意思地笑笑。

思宇趴到我肩膀上，輕聲道：「刀劍米糧，真像毛嗲嗲（毛主席；嗲嗲：爺爺，地方方言。）說的小米加步槍。」

「這位小公子有何異議？」沒想到思宇還是引起了孤崖子的注意，他佇立在畫邊，凝視著思宇。

思宇有點驚慌地擺了擺手：「沒有！沒有，老先生說的很好。」

「那小公子笑什麼？」

「我……我……」思宇變得不知所措，總不能說小米加步槍吧。

我笑著朝孤崖子老先生行了行禮：「小弟只是因為看出了畫中的米糧利刃，在為自己高興。」

「嗯……」孤崖子讚賞地點了點頭，「小公子能看出這棋盤上的玄機的確是可喜之事。」

「馬後炮……」有人輕聲不滿：「正是，若早看出，方才為何不說？」

我笑道：「這若是說錯了豈不讓大家恥笑？這本不是什麼可值得驕傲和炫耀之事。」

眾人面色各異地看著思宇，思宇大眼瞪著我，輕聲道：「妳可真是越來越會扯謊了，吹牛都不打草稿。」

我得意地笑著：「過獎過獎。」然後我站起身對著孤崖子行禮道：「老先生，晚生有一事不解。」

「何事？」孤崖子微笑著，其實這老頭不錯嘛。

「就是為何棋盤上還有一個『和』字？」

孤崖子立刻作驚訝狀，再次看了看圖，似乎依舊看不出那個「和」字。

於是我提醒道：「請將圖倒過來。」兩個小童將圖翻轉，一個「和」字清晰地呈現在眾人面前，孤崖子頓時怔愣在一旁。

我笑道：「晚生是否可以這樣理解，玄虛老人其實想說凡事都有兩面性，三星帶著天書來到人間，可能會給人間帶來戰亂，但也可能是給即將紛亂的世界帶來和平，福澤蒼生，所以三星究竟是推動了大亂，還是阻止了大亂，一切都還未知。」

「說的是！說的是！原來玄機就在此處，師傅！徒兒愚鈍啊！」孤崖子激動地撐開雙臂，仰望蒼天，「天意難測！天意難測啊！」然後，他放下了手看著我，臉上帶著欣喜：「你是……」

「哦，晚生只是個寫書的，方才經老先生提點後，無意中發現原來倒著看可以看出另一個字，所以才斗膽討教。」

孤崖子讚賞地點了點頭，我再次坐回原位，圖畫收起，眾人開始對那畫唏噓不已。

思宇兩隻眼睛始終大睜著，裡面是對我的不滿，我笑道：「幹嘛，不滿意啊，那換妳說小米加步槍啊。」

「哼！妳最壞！」說著，思宇皺了皺鼻子，然後笑了起來，「風光了一把啊。」

「嗯，只是不想看著天下大亂，雖然這樣說的威力不大，但至少可以讓他們再深思幾年。」

「是啊，本來若說是孩子，肯定要等上十來年，現在卻突然說是成人，一下子就給現在那些國主有了期盼。妳想啊，五個國主，其中三個都是年輕人，另外兩個又即將退位，到時五個年輕人，總有幾個野心勃勃，開戰是遲早的事。」

「看來是有人等不及了。」

「飛揚何意？」

「呵……世界分久必合，合久必分，這是自然定律，五國建立已經兩百多年，之間大大小小戰事若干，天下大統是遲早的趨勢。之所以現在表面上相安無事，是因為缺少一個好的契機。」

「我明白了。」思宇雙眼發亮，「他們需要導火線！」

「沒錯，就像所有戰爭一樣，需要一個理由，就算這個理由再無聊，再荒唐，甚至都不像理由的理由，還是可以引發戰事。」

「哈哈，所以就用三星和天書，得三星者得天下，隨便造一個謠言，說某星在誰的手上，就可以興風作浪。」思宇忍不住笑了起來，「原來國家大事都這麼兒戲。」

「別說這裡，我們那裡也一樣……」正說得起勁，難得和思宇能這樣瞎扯閒聊，忽然胃部一陣翻攪，冷汗禁不住冒了出來，我慌忙離席，感覺陣陣反胃想吐。

我捂著嘴跑著，隱忍了許久，直到無人之處，我才狠狠吐了出來，心底納悶，我這身子怎麼了？好端端怎麼會吐？鼻尖充斥著一種惡臭，讓我的胃不禁再次翻滾起來，此番只吐出了清水。

我用絹帕擦了擦，看見了絹帕上的殘跡，汗毛頓時豎起。只見白色的絹帕上，沾著黑色的液體，一股腥臭迎面撲來。想起昨晚在【天樂坊】我也是這般嘔吐，不過沒今天這麼厲害。原來我的身體對毒素排斥！隨風說小妖是用內丹為我吸毒，難道小妖真是狐妖？

「非雪！」有人搭住了我的肩膀，我驚了一跳，原來是思宇。

「非雪，妳沒事吧？」思宇擔憂地輕聲問著。我搖了搖頭，看著絹帕心底發寒：「思宇，有人要殺我。」

「什麼？」思宇驚呼起來。

「是的，這次目標很明顯，別人都沒事，就只有我的食物有毒，看來上次的刺客根本就是衝著我而來。」

耳邊傳來輕微的腳步聲，我緊張地看著周圍。幽暗詭異的樹林深處，飄來可疑的味道，死亡一般的寂靜讓人窒息。

「怎麼了，非雪？」

我拉住了思宇的手，緊張道：「他們在這裡！」

「誰？」

「快跑！」我拉起思宇飛奔，可是晚了，沒有輕功的我們根本無法逃離他們的追蹤。

沙沙沙，腳步聲越來越近，黑影一條接著一條從我們身邊掠過，將我們包圍在他們的中間，思宇立刻抽出隨身的匕首，將我護在身後。

黑衣人抽出了一把又一把寒光閃閃的利劍，在蒼白的月光下帶出一道道殺氣。

「你們為什麼要殺我？」

沒有人回答我的問題，下一刻，他們就衝了上來，思宇迎了上去。不行！思宇根本就不是他們的對手。眼看著思宇就要陷入重圍，忽然，一個黑衣人躍入戰圈，寒光如同夜半的細雨，漫天灑了下來，將刺客擋住，他低沉地說了一聲：「快走！」

我拉著思宇就飛奔，我們不能做他的包袱，我們只有去找人幫忙。

思宇跟著我跑了一段，忽然抽回了手，她咬了咬下唇：「非雪，妳去找人幫忙，我去接應他。」

「思宇！」思宇沒有理睬我，就往回跑。思宇是個一往勇往直前的人，她做出的決定，十頭牛都拉不回。我只有去搬救兵。

絲絲的風裡，帶著淡淡的血腥，我停下腳步，站在林間。一縷淡淡的香氣夾雜在血腥裡，在我鼻尖遊走。我緊張地看著周圍，萬籟寂靜的夜裡，只聽見自己的心跳和呼吸。

「怦！怦！怦！」

「呼！呼！呼！」

「出來！」我大吼著：「我知道你在！你快出來！」

「唰！」我聽見了劍的悲鳴，黑暗的世界裡，正有一雙仇恨的眼睛盯著我，在哪兒？在哪兒？到底在哪兒！眼前的每一棵樹後，都可能藏著她的身影。

身後忽然捲起一陣寒風，電光火石間，我被人環住，護在懷裡。

一絲血腥在空氣裡慢慢漾開，有人受傷了。是我嗎？我慌亂地看著自己，毫髮無傷，抬眼間，正看見那雙憤恨的雙眼。

是她！還是她！她舉著劍，陰森森的劍在慘白的月光下散發著詭異的光。我順著劍，看見了捉住劍尖的手，鮮血，正順著劍身蔓延，一滴又一滴地落下。

是隨風！他握住了劍身，鋒利的劍嵌入他的手心，鮮血正從他的五指之間溢出。環住我身體的手緩緩放開，隨風嚴肅的臉上沒有任何表情，只聽他沉聲道：「站遠點。」

我慌忙逃離，躲在遠處的樹後。那女人一抽手，寒光一閃，朝隨風刺去，隨風一個翻身躲過，隨手帶出了自己的劍，與那女人戰在一處。

隨風受傷了！怎麼辦？若不是為了救我，他一定不會受傷，從我認識他到現在，從未見他受傷，而這次，他卻受傷了。

對於隨風的武功，我向來不擔心，很快，那女人就被隨風狠狠打了一掌，我正以為隨風要殺了她的時候，隨風卻躍到我的身邊，順手撈起我，就將我扛在身上飛躍。

怎麼回事？不做掉那個女的嗎？寒了一下，我居然如此心狠手辣！

隨風還在流血，我聞得出來，而那血似乎還帶著腥臭味，渾身一陣戰慄，這腥臭味和我吐出來的是一個味道。他中毒了，一定中毒了，否則他不會在重創那女刺客之後，選擇帶著我撤退。

「隨風！你是不是中毒了！」我在他身後大喊著。

「別吵！」

「你快下去，聽見沒！快下去！」

「這裡不安全！」

「你白痴啊！」我開始打他，「中毒還運功，你想死啊！」

忽然，隨風的手一鬆，我當即掉了下去，好在他是平地飛躍，我掉在地上，滾了滾，手落到一邊的溪水裡，沒什麼大礙。

我趕緊站起，搜索著四周。很快就看見前面單膝跪地，用劍支撐自己身體的隨風。

我跑了過去，他粗重地喘息著，扶住劍身的手正不停地流出黑血，那腥臭腐敗的黑血。

這女人是鐵了心要置我於死地！

我從隨風的身後架起了他，將他拖到小溪邊，將他中毒的手浸到水裡，然後放到嘴裡開始吸毒。他的手縮了縮，我瞪了他一眼，他滿是汗珠的臉幽幽地笑了。

「原來妳還關心我。」

「白痴！人命關天，就算現在是別人，我也會這麼做！」我罵完繼續吸，他這道傷口有點深，我感覺我的舌尖都可以塞到那裂縫裡。直到從裡面流出的是正常的血色，我才將他的手放在溪水裡清洗，然後撕了袍子給他包紮。

擦了擦滿頭的汗，我安心地放下了他的手，看著他，他臉上掛著笑，依舊靠扶著劍來保持自己的坐姿，他緩緩抬起手，撫上我的臉，可我卻發現他的眼神開始渙散，眼睛閉起的那一刻，他倒了下去，他在我眼前往後倒去。

我一下子傻住了！

他碰觸到我臉的手無力地垂落，重重地摔落在草地上，發出了一聲碰撞的聲音，這聲音彷彿成了巨響，在我耳邊迴盪。

這到底是怎麼回事！

不是把毒血吸出來了嗎？我的唾液不是能解毒嗎？為什麼沒效果？難道我的唾液不能解百毒？

我慌了，冷汗一層又一層地冒了出來，心跳得彷彿要破出胸膛。我拍著隨風蒼白又毫無表情的臉，看著他原本橘紅色的唇變得暗紫，他此刻是那麼安靜，靜得讓我害怕。不要！我不要看見這樣的隨風！我不要！

「隨風！你起來！我命令你給我睜眼！」我坐在他身上，拉住他的衣領，將他拉起，他坐了起來，他坐了起來！可是我一鬆手，他又再次無力地倒下。

為什麼？為什麼會這樣！我不要他死！不要他死！他不會死的！他這麼厲害一定不會死的！

「隨風，你醒醒，我原諒你了，我全部原諒你，我不怪你了，你跟我抬槓也好，拌嘴也好，把我當作你未婚妻抱著睡也好，什麼都好，只求你快醒來！」

眼淚毫無預警地嘩啦啦流出，落在他的身上，我該怎麼辦？我該怎麼辦？為什麼沒有斐崳和隨風，我就什麼都不會！我真是笨！真是笨！

心跳……對，他的身體還很溫熱，聽聽他的心跳！我手撫在他的胸上，手心忽然一片濕黏！我愣住了，慌亂地擦了擦眼淚，驚愕地看向自己的手心，手心上，正是一攤黑血！

原來如此！

我狠狠撕開隨風胸口的衣衫，一片黑色赫然映入眼簾，黑色的中央，正是一條細細的，不易察覺的傷口。原來隨風沒有完全擋住女刺客的劍，她還是刺到了他！

我埋下頭去，就像沉睡了一千年，剛剛甦醒的吸血鬼，貪婪瘋狂地吸下生人的熱血。

我環住隨風的脖子，在胸前的傷口處狠狠吮吸，生怕吐毒血都會浪費時間，讓隨風的生命因此流逝，我咽了下去，全部都咽了下去，一開始的苦澀，到後面的麻木，最後只是機械般的重複自己的動作。

他緩緩坐了起來，一手撫住了我的後腦，我依舊不停地吮吸，吸著那依舊酸澀的液體。淚水順著臉滴落在他的肩上，我無助地將他抱得更緊。

「夠了……非雪……」

我搖頭，一口咬住了他的皮膚，他吃痛地驚呼一聲，唇下的血開始變成腥甜。

他似乎用盡了全身的力氣，將我拉離他的身體，生氣地看著我：「妳真當自己是吸血鬼！」

「哇……」我哭了，大哭出聲，撲在他的身上，他虛弱的身體被我再次撲倒，輕咳著：「咳……咳……」

「我以為你死了……哇……斐崳又不在……我不知道該怎麼辦？真的不知道該怎麼辦……嗚嗚……」

「好了好了，我沒事了……」他捧住我的臉，為我擦去淚水，擔憂的眼神裡，我感覺到了他的心疼，「非雪……」他虛弱地喚著我的名字，「為了能清除餘毒，只有再犧牲妳一下了……」

「嗯？」我淚眼迷濛地看著他，他忽然翻身將我壓在身下，唇覆了上來。

他沒有經過我的同意，沒有問我的意見，就再次將我當作他的解藥！他肆虐地掠奪我唇裡的全部，彷彿一個饑渴的殭屍，要將我所有的水分吸乾。

他死死扣住了我的手，讓我連掙扎的機會都沒有，只有讓他壓在身下肆意掠奪。

空氣變得稀薄，我肺裡的空氣被他抽乾，我開始反抗，我要呼吸！

「嗯……嗯……」我抗議著，可明顯沒有效果，他反而探入得更深。他的手扣住我的後腦，讓他更方便纏繞我的舌頭，不肯退出。

好熱，渾身就像被火焰包裹，我被他挑起了欲望。不行，不可以被他發現，不可以！

我弓起膝蓋，奮力頂了一下他，他終於離開我的唇，我借機翻身，趴在溪邊拚命喘息：「咳……咳……」氧氣，我需要氧氣！手浸在溪水裡，冰涼的溪水順著我的手指，將我渾身的火焰澆滅。

我想我會是世界上第一個因為接吻導致窒息而死的人。

柔美的月光撒了下來，撒在溪水上，讓溪水變成一面流動的鏡子。鏡子裡，我看到了自己，不由得驚呆了。兩腮桃紅，鮮紅而微腫的唇，帶淚的雙眼迷濛中帶出了媚態，細細的髮絲在汗水的浸潤下隨意貼在臉邊，嬌豔撩人。

這是我嗎？這還是我嗎？這個讓人看了口乾舌燥的小妖精是誰？

我驚慌地倒退，卻撞到了隨風，隨風一把將我攬入懷中，就深深抱緊。

「對不起，讓妳擔心了……」他在我耳邊輕喃，沙啞的聲音蠱惑著我的心智。

我如觸電一般將他推開，掙脫了他的懷抱，狼狽的從地上爬起，跑了幾步又摔倒在地，吃力的和他保持距離。

「非雪，我……對不起，我要太多了……」他蒼白的臉上有了一絲血色，原本深紫的唇也變得泛紅，我下意識地捂上自己的唇，似乎還在渴望著那兩片柔軟，彼此的唇在遙相輝映。

「你……你沒事了吧。」我捂住唇問著。他笑著點了點頭，眼中滑過一絲愧疚：「我……」

「別說了！讓我冷靜一下，讓我冷靜一下。」我抱住自己的腦袋，蹲在地上。我不敢看他，不想回憶，但我必須面對現實：我被他帶出了欲望！我到底是一個什麼樣的女人？我開始不了解自己，人的本能讓我害怕。枉我還取笑別的女人都是悶騷，原來自己也是食色女人！

「非雪……」他緩緩起身。我揚起了手，無力地哀求：「別靠近我，求你別靠近我……」

一切，再次安靜下來，清涼的溪水帶來絲絲涼風，嘩啦啦地哼唱著山林的歌，它在我身邊跳躍，調皮地將水珠灑在我的手上。

「非雪……」他坐在那裡輕聲說著：「妳……」他忽然收了聲，低咒了一聲：「該死！」

寂靜再次被打破，幾條黑影圍住了隨風，隨風撫著肩膀單手提劍，嘴角含笑地站在那裡。

「飛揚！」思宇跑到我的身邊，「妳沒事吧？別嚇我啊。」我胡亂地擦了擦臉，對著思宇笑道：「我沒事。」思宇在看見我的臉的時候，變得越發擔憂。

「抓住他！」沉悶的空氣裡傳來一聲冷冷的命令，是北冥。

「慢著！」思宇喊道：「他救了飛揚，不是刺客。」然後她跑到隨風的身邊，擔憂道：「你受傷了！」

「我沒事。」隨風淡淡地笑著，讓思宇放下了心。

與此同時，從一邊射來一道犀利的目光，是畲諾雷，他們都來了。

他緊緊盯著隨風，忽然，他驚訝地瞪大了眼睛，道：「你不就是那個念雪！穿上男裝居然完全不同！」經畲諾雷這麼一提醒，大家紛紛將目光投向隨風，一個個驚訝地瞠目結舌。

「沒想到昨日柔媚的念雪，今日卻成了英武的劍俠，奇！真奇！」眾人感慨著。

站在溪邊的隨風冷冷笑了一聲：「過獎！」隨即將劍放好朝我走來，攔在他面前的那些侍衛都懾於他的寒氣而後退。

看著隨風的靠近，我不由自主地後退了幾步，眼前人影一晃，北冥擋在了我的身前。隨風的眼底立刻揚起一抹殺氣。

「這位少俠，雲先生既然喜愛女子，你就別再痴纏了。」

「哼！」隨風好笑地將雙手環抱在胸前，嘴角帶著富有玩意的笑，但話語卻冷若冰霜：「你怎麼知道他不喜歡男人？」

北冥站在我的身前，我看不到他的表情，但從他的背影裡，我卻感到了一股殺氣，打了一個寒顫，我又後退了幾步。只聽北冥冷聲道：「在下認為，即使雲先生喜歡男人，也不會喜歡閣下吧……」

一道寒光滑過隨風的眼底，他冷哼了兩聲：「哼。那更不可能是你！」

「你！」北冥一時語塞，刀光劍影在他們兩人眼神之間傳遞，殺氣四起，平地揚起陣陣寒風，掀起一陣又一陣的草浪。

胃部開始翻滾，渾身冷汗直冒，是隨風的毒血。我捂住了胃部，一口血突然從嘴裡噴出，灑在了草坪上，鮮綠的小草瞬即染上一層黑色，並迅速枯萎。

「雲先生！」北冥轉身欲前來扶我，一個黑影瞬即擦過他，將我攬在身邊。

我又噴出了一口。

「感覺怎麼樣？」隨風焦急地問著。

我用袍袖擦了擦唇，擺了擺手。雖然我想跟隨風保持距離，但那個北冥更危險。所以我靠在隨風身邊，任由他攬著。

隨風在我的耳邊鬆了口氣，然後對著一臉惱怒的北冥道：「北冥，我知道你為什麼要她，但她絕對不是你要的人，她只是個文人，喜歡睡覺吹牛，胸無大志，眼界平平，琴棋書畫一竅不通，天文地理更是一知半解，最重要的是，她的字實在不堪入目。這樣一個一無是處的娘娘腔，怎能做你麾下謀士？」

娘娘腔！一無是處！靠！我有這麼差嗎？不過細細回想，隨風說的好像一點都不錯……我無語反駁……

「這種終日只知美人，只會畫美人畫的人，若進了你的營帳，怕是要被對方恥笑你沒有人才，不具慧眼，這樣會直接影響到其他能人前來投靠你！所以，你還是放棄她吧。」隨風在一邊說得振振有詞，北冥原本惱怒的臉上卻揚起淡淡的笑意。

「秋雨，我們先走一步！」隨風跟一邊還在發愣的思宇打了個招呼，然後揹起我，平地而起，踏風而去。

我趴在隨風的背上，胃部還是有點不適，一陣翻滾，我將手放在唇邊，接住了一口黑血，看樣子越吐越少。黑血在手心裡漾開，忽然，奇蹟出現了，我的皮膚如同海綿一般迅速將黑色吸收，掌心只留下了一灘正常顏色的血。

心慌起來，渾身開始顫抖，我的皮膚居然吸收了毒素，我是怪物！我一定是怪物！

「隨風隨風！」我將自己的手心放到他的眼前，慌亂地說道：「吸收了，被吸收了！」

「什麼被吸收了？」他依舊不停前行。

「毒素……是毒素！剛剛明明是黑的，現在紅了……紅了……黑色一下子被吸進了皮膚，就像水一樣……太可怕了，太可怕了！」

隨風停了下來，不知不覺地居然已經到了家裡，我癱軟在自己的床下，隨風點亮了燈。

我看到他就揪住他的下擺，慌亂地問著：「我到底是什麼？會不會是怪物！會不會變成狐狸？我到底是什麼？」我下意識摸著自己的屁股，心底好怕。

他蹲下身體拿起我的手，我害怕地抽回手，看著他：「我是怪物，身上可能都是毒，你別碰我，會中毒的。」

隨風只是看了我一眼，再次捉住了我吸收了毒素的手，我拚命抽，他變得更加用力。

他將我的手，放到唇邊，他要幹什麼？他要幹什麼？我被他的舉動弄懵了，一時無法動彈。

他看著我，將唇貼在了我手心上，然後閉上了眼睛，輕輕落下了一吻。

我懵了，愣愣地看著他親吻我的手心，手心裡一陣又一陣的輕癢，他的溫柔從手心傳遞到我的心口，心底彷彿吹起了暖人的春風。

「看，我還活著。」他笑著將我的手握緊，放在自己的臉邊。

腦子變得混亂，一團亂麻在身體裡蔓延著，在不知如何回應他這突如其來的溫柔舉動下，我推開了他，爬到床上躲進被子裡，身體熱熱的，好似有什麼在悸動。

「別靠近我！」我在被子裡喊著，開始害怕見他。

「非雪！」

「別碰我！我好亂，讓我想清楚，讓我想清楚……」這到底怎麼回事，太突然了，突然地讓我不知如何應對！我的隨機應變在此刻完全失靈。

「我……明白了……可是，我不會離開妳，就算妳趕我走！我也不會離開！」隨風說得義正嚴詞，不容我拒絕。

我伸出了一隻手，將五個手指岔開：「五步！」

「什麼？」

「你不許靠近我五步之內，沒我的同意不許說話，不許看我！記住！五步！」

「好！五步！」

「等等！」

「什麼事？」

我從被子裡鑽出來，視線忽略他，下床找出了玉膚膏，一把伸到他的面前，依舊不敢看他：

「給你治傷。」

我舉著瓶子，靜靜的房間裡聽見他忽然變得有點沉重的呼吸聲，突然，他抬手就打在了我的手上，琉璃瓶脫手而出，在空中劃出一個美麗的拋物線，然後重重摔在了地上，發出一聲清脆的「啪！」，結束了它美麗的生命。

我的琉璃瓶！

我當即愣住了，只聽他冷冷說道：「我不用拓羽的東西！」

臭小子，居然摔了我的玉膚膏。

我當即瞪著他，他一張酷臉跩得要死，都不知道他在生什麼氣。

我終於忍不住了，大怒道：「臭小子我忍你很久了，你剛才在北冥面前那樣糗我到底什麼意思！糗我你很開心嗎！」

隨風雙手環抱在胸前，怒道：「我有說錯嗎？我那是為妳好，難道妳想跟著北冥軒武？做他麾下的謀臣？」

「好！就算你糗我是為了讓北冥放棄我，那玉膚膏又哪裡惹到你了？我好心好意給你治傷，你居然把瓶子摔了，你什麼意思啊！」

他把臉甩向一邊：「我看拓羽不爽！」

「你有毛病啊！玉膚膏是玉膚膏，拓羽是拓羽，真是幼稚，討厭拓羽就拿玉膚膏出氣。」

「我幼稚！你居然說我幼稚！」隨風惱怒地看著我，怒不可遏，「那請問雲非雪小姐，何以妳每次惹了麻煩都要我這個幼稚的小孩來幫妳善後？我們到底誰在照顧誰？」

「你！你！」我氣得鼓起了臉，死隨風！我轉身就走。

「去哪兒？」

「給你準備洗澡水，隨風先生！」

氣死我了！氣死我了！我居然說不過隨風！這個死垃圾，早知道當初就不該救他，就該讓他爛在【梨花月】。

等我準備好熱水的時候，思宇回來了，她正坐在我房間詢問著隨風的傷勢。

「你還好吧。」

「嗯。不過思宇，我看這裡妳和非雪不能再待下去了。」

思宇的神色也變得凝重，兩人神情嚴肅，就像在商討非常重要的事，讓杵在門口拎著熱水的我看上去更像個傻子。

「非雪。」思宇看見了我，幫我一起拎熱水，「今晚妳的床給隨風睡。」

「憑什麼！」我兩個眼珠子瞪得比牛眼還大。

「隨風來了，而且受了傷，應該好好休息，妳要好好照顧他，以防他發燒。」這話怎麼這麼耳熟？對了，當初余田受傷我也這麼跟思宇說過。

我瞇眼看著隨風，他嘴角微揚，還故作無奈道：「看看誰才更像個孩子，不過就打破了她的玉膚膏，還記恨在心裡，哎……」

「嗯，我很小氣，所以你今晚完蛋了。」我陰森森地笑著，床上的隨風打了一個寒顫，還往思宇身邊靠了靠。

我和思宇各自躺在一個浴桶裡，一起瞪著屋頂發呆。

「畲諾雷是皇帝，妳還喜不喜歡他……」我淡淡地問著，靜靜的房間裡，聽見思宇一聲長長的嘆息。

「誰知道啊……好煩哪……我忽然發覺自己好像又喜歡上那個大俠了……他好帥，暗器一甩，就解決所有問題，呵呵，我是不是很花心？」

「還好啦……妳有沒有考慮過韓子尤？」

「他啊，我們只是普通朋友……」思宇雖然這麼說，臉上卻漾開了笑容，「子尤好厲害，什麼都懂，什麼都知道，一開始我還以為他和其他生意人一樣庸俗，卻沒想到他如此博學，或許是因為他開書局的原因吧。」

我看著思宇滔滔不絕，一副心花朵朵開的模樣。

「還有啊，他人很好，對下面的人很關心，如果員工病了，他會給他們找大夫，非雪妳知道嗎？書場裡不少女工都喜歡他，尤其是一個叫陸雅雅的，她專門負責替小露的書校對，每次子尤去，她猛獻殷勤啊，真是讓人看了不爽。」思宇下意識地噘起了嘴，「哼，不就是長得漂亮點嘛……」

「是嗎？奇怪，我怎麼聞到一股酸味？」我裝模作樣地嗅著空氣，邊上忽然潑來一捧水：「非雪妳說什麼，我怎麼會……」忽然，思宇頓住了，雙眼驚訝地大睜著，「我居然在……在吃醋……」

思宇一下子怔愣在那裡，一直嘟囔著：「怎麼會……怎麼可能……到底怎麼回事……」然後，她將腦袋埋進了水裡，開始吐泡泡。

嘩啦啦，一陣水聲，我和思宇始終沒有看著對方，只是木訥地躺在浴桶裡，將自己掛在桶沿。

「妳跟隨風……昨晚……睡了吧……」此番是思宇先發問。

「別說得這麼曖昧……只是同一張床……就跟上次一樣……」

「只有這樣啊……那五千兩不是太虧了？」

「沒辦法，我實在無法突破心理障礙對個孩子下手啊……」

「呵……」思宇一下子笑了出來，而且笑了很長一段時間。

「難道妳就能？」我有點不服氣，感覺她是在取笑我。

「或許吧，畢竟隨風不像個孩子，更像個男人，而且是個好看的正常男人……妳不覺得他這次回來不一樣了嗎？」

「是啊……所以才覺得煩……都不知道他為什麼會突然改變，真是搞不懂啊……」

嘩啦啦，又是一陣水聲。然後是我們的嘆息聲。

「他那個樣子，不會是愛上妳了吧……」

一個激靈，我跳坐起來，發出很大的水聲，把一邊的思宇嚇了一跳。

「胡說什麼？他連碰我一下都覺得後悔，怎麼可能？」

「非雪妳這麼激動幹嘛，我只是感覺而已。妳說他碰妳都覺得後悔，那妳那個草莓印又是怎麼回事？」

「我怎麼知道！昨晚他喝的酒裡被七姊下了藥，他死撐著，說怕做出讓自己後悔的事，雖然我也不希望有什麼事發生，可這句話充分說明他心裡沒有我，就連覺得碰我都會後悔！肯定是他夢遊的時候把我當成他那個什麼青煙了。」心裡滑過一絲痛意，自己愣了一下，覺得有點莫名其妙。

思宇充滿水霧的眼睛眨了眨：「這也是有可能的哦？那後來呢？他的藥怎麼解的？」她雙眼充滿期待，雙頰開始微微泛紅，我從她不善的眼神裡嘗到了色情的味道。

我脫口道：「他自己用內功逼出來的。」心裡虛了一把，臉不由自主地紅了起來，幸好現在是在沐浴，臉色原本就比較紅潤。

思宇紅撲撲的臉立刻垮了下來，失望地嘆了口氣：「五千兩沒占到便宜反而還倒貼，雲非雪妳真是狗屎。」她再次躺回浴桶，仰頭看著屋頂。

「其實……」思宇將下巴放在浴桶邊沿看著我，「妳有沒有想過隨風說後悔，可能是怕自己受藥物控制傷害了妳而後悔？」

我看著思宇認真的表情，愣了一下，如果真按照思宇所說，那隨風豈不是……怎麼可能？分開以前還只是把我當朋友，分開一個多月後卻愛上我了，這……於理不合啊。

如果他真的喜歡我，那昨晚的事……汗毛根根豎起，雞皮層層掉落，那昨晚他會不會……摸了我？一想到自己在熟睡的情況下，被隨風徹徹底底愛撫了身體，心底就發寒。

不會的，不會的。一定不是這樣的。

那他親吻我的手心又是怎麼回事？他是那麼溫柔，那麼仔細地親吻，我甚至感覺到他雙唇的火熱，他到底怎麼回事！

煩！一定找個機會問清楚，不然我鐵定會抓狂。

「煩死啦——」思宇在一旁大吼一聲，「我到底該喜歡誰——你到底是誰——」

沒想到思宇先我一步爆發了，呵！

「if you wander off too far，my love will get you home……」我開始輕輕吟唱，這首歌能讓人前往精靈的世界，平靜的湖邊，和獨角獸一起，仰望星空，那片純淨的星空。

「是那首《my love can get you home》。」我微笑著點頭，繼續哼唱：「if you follow the alone star……my love will get you home……if you ever find yourself losing long alone……」

思宇在一邊微笑著閉上了眼睛……

靜靜地站在自己房門前，第一次，敲響自己的房門。涼風徐徐，輕揚我的髮絲，他打開了門，靜靜地站著凝視我，橘黃的燈光在風中搖曳，給這一切蒙上了一層秋季的金黃，四目相對的時候，帶出了許多回憶，那遙遠溫馨的回憶，讓我再次想起了方才的歌。

「對……對不起……」他的眼角落在一邊，我笑了，有一股細細的暖流在心底湧起。我輕輕說道：「讓我給你上藥吧……」

是啊，他只是個孩子……

他左側的胸前只有一條細細的傷痕，而這傷痕的周圍，便是我的牙印，那紅紅的牙印反而比那道傷痕更加明顯。臉止不住紅了起來。

「呃……這個。」他遞給我一個小瓶子，是一個綠色的陶瓷瓶。

將瓶子打開，陣陣輕香飄了出來，這個香味讓我想起了斐崳，想起他身上那淡淡的藥香……

「你……是不是在想斐崳他們？」

我一邊給隨風包紮一邊點頭。

「妳每次想他都是這樣的笑容……」

「是嗎？」我看著他，他微笑著點頭，他的笑容在我的眼底漾開。平靜純淨的眼睛讓人迷戀。

他緩緩靠近，神情漸漸認真：「妳知道嗎？我想，我開始妒忌斐崳了……」他低沉的聲音輕輕迴盪在耳邊，我低下頭，掩飾著自己的心慌，開始給他的手上藥。

隨風手上的傷較重，他集中力量阻止劍刺入自己的身體，深深的傷口讓我心痛，將翠綠的粉末撒在隨風的手上，他吃痛地縮了縮手，我取笑道：「怎麼？怕痛？」

「妳給我唱那首歌，我就不痛了。」他孩子氣般說著，下巴枕在我的肩上，用祈求的眼神看著我。我笑了，開始輕輕哼唱：「if you follow the alone star……my love will get you home……if you ever find yourself losing long alone……」

粉末輕輕散開，紗布一層又一層裹起。身邊的人漸漸入睡，他累了……

躺在地鋪上，我望著黑漆漆的屋頂，輕輕吟唱：「if you follow the alone star……my love will get you home……」

「這首歌什麼意思……」靜靜的房間裡傳來他淡淡的聲音。

「如果你在遠方彷徨不定，我的愛會帶你回家，如果你追隨錯誤的星星，我的愛會帶你回家；如你曾經發現你自己迷失了，總感到孤獨，回頭吧，心中有我，我的愛會帶你回家；男孩，我的愛會帶你回家……如果明亮的光蒙蔽你的眼睛，我的愛將帶你回家，如果回家的路上遇上什麼困難，我的愛會帶你回家；如你曾經發現你自己迷失了，總感到孤獨，回頭吧，心中有我，我的愛會帶你回家……」

「我的愛……會帶你回家……」隨風感嘆般說了一句。

「隨風？」我決定問他，不然心裡的疙瘩不解開我會睡不著

「嗯？」

「青煙……和我這個樣子同歲嗎？」

「差不多。」

「那以後……別把我當作她了，晚安。」閉上眼睛，步入那浩瀚的宇宙。現在的我彷徨不定，現在的我追隨錯誤的星星，現在的我迷失了方向，現在的我蒙蔽了眼睛，那麼誰的愛……可以帶我回家……

「非雪……」

「嗯？」

「昨晚……我沒把妳當作青煙，沒把妳當作任何女人，妳明白嗎……」

一滴水，滴落在平靜的湖面，那聲音如此清晰，「滴答！」一聲，如此的空靈，一層又一層的漣漪慢慢蕩開。夜是那麼沉靜，靜得只聽見隨風淡淡的呼吸聲。

有件事不想承認，但必須得承認，這小子讓我動心……

「隨風？」

「嗯……」

「我買了你，你是不是就是我的人？」

「這……是，我是妳的人。」

「那好，是不是我讓你做任何事你都會做？」

「是的。」

「好，我知道了，你睡吧，晚上有事叫我。」

「嗯……」

隨風，我需要你，因為有很多事，我做不了……一個月，只要一個月就好……

七、定情

經過昨天的交心，我和思宇的感情更近了一步，她出門不再像以前不打招呼，而是和我擁別，還詳細地告訴我將要做什麼，到哪裡去，末了還說只有用繁忙來逃避畲諾雷。

倒是北冥在這天早上突然來了，他帶來了畲諾雷的御醫，御醫要給我把脈，我說什麼都不肯，這若被診，鐵定暴露我的性別。御醫見我氣色紅潤也很是疑惑，對著北冥道：「北冥殿下，這位公子一點都不像中毒啊。」

「中毒？」我笑了，「我幾曾中毒？倒是北冥兄身分很是奇怪，為何大家都叫北冥兄為殿下呢？」

北冥淡淡地笑了，看了一眼靠在門外的隨風，他身上穿的是我的白色長衫，乍看之下，多了幾分冷漠。

只聽北冥隨意道：「先生沒有中毒最好，因為昨日在先生的酒菜裡發現了毒藥，而先生吐在地上的血也含有毒物，北冥不放心，因此才借來了御醫，現在看來，是北冥多慮了。北冥明日便會離開邶城，希望下次來看先生的時候，能得到一個可喜的答案。」

我淡淡地笑著，笑容一直撐到北冥離開。我擰緊了眉，這個北冥還真是有點難纏。

「隨風。」

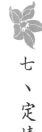

「什麼事？」他的傷尚未復原，臉色還有點蒼白。

「昨晚跟你交手的刺客知道是什麼來歷嗎？」

隨風垂了垂眼瞼，低沉道：「知道，但我怕說出來妳會傷心。」

「怎麼會？」我疑惑：「你快說，這是命令！」

隨風嘆了口氣，那神情彷彿是拿我沒轍：「好吧，他們是紅門的人。」

「紅門！」我驚了一下，只聽隨風冷哼道：「沒想到水無恨居然想殺妳。」

「不是他。」我很肯定地說著，隨風臉上掛著嘲笑：「看來妳對水無恨很信任啊，他要殺妳，妳卻還在幫他說話。」

我看著有點生氣的隨風，正色道：「有些事你並不知道……夜叉喜歡水無恨。」

隨風有點驚訝地看著我：「難道是她？」

「嗯，應該就是她！」如果這個女刺客是紅門的人，那必定就是夜叉，也只有她，完全有理由殺我，這女人守護自己的男人的方法還真是有點極端。難道殺了我，水無恨就會徹底忘記我而愛上她？哎，可悲的女人。

既然知道是她，我反而不怕了，心情立刻輕鬆不少，整理一下東西，準備出門，然後對著門外的隨風道：「今天給你的命令，就是好好休息。」

「那妳去哪兒？」他擔憂地看著我，我笑道：「去書場，放心吧，昨晚你重創了她，她一時半刻也不會再來殺我，我會帶著如花。」我露出一個讓他放心的笑容。

他皺著眉看了我好久，才首肯一般地點了點頭。

帶著如花去書場。我聽思宇說過，書場在郊外，而且規模相當大。說思宇不關心我的感受，其實我何曾關心她在做什麼？整天只知道躲在自己的世界裡，貪戀平靜，現在想想其實自己跟幽閉青年有什麼兩樣？蒼泯對我的打擊的確不小，朋友的利用，身邊人的欺騙，還有一大堆人的居心叵測，讓我應付得疲憊不堪。現在是時候忘記他們，做回快樂的自己，至少別讓思宇的心思白費，也該為她做點事情。

如花護在我身後，只是那樣站著，就已經「威風八面」，再加上他板起臉，還真有保鏢的樣子，其實如花平時是一個很愛笑，很憨厚的人。

到了書場，門口的侍衛攔住了我們，說要看通行證，應該就是工作證一類的東西。我說我是雲飛揚，他們將我左看右看了一番，然後進去通報。

他們不認識我倒也正常，我從沒來過書場，因為之前我從不關心思宇的工作，而我最常去的就是【天樂坊】，小老百姓不知我是誰，那些達官貴族倒都認識了我。

不久之後，他們帶著一位老先生走了出來，老先生向我問了幾個關於書冊的問題，見我對答如流，便恭敬地將我迎了進去。老先生是這個場子的負責人，姓于，我也是第一次來書場，工人們都好奇地打量我，但在看到如花的時候，又紛紛退避三舍。

「真沒想到雲先生會來啊。」于老先生在一旁引路。

我笑道：「我從沒來過書場，今日特來看看，韓爺和寧公子呢？」

「哦，他們在帳房，老奴這就帶你去。」

「多謝老人家，秋雨沒給大家添麻煩吧。」

于老先生笑了起來：「怎麼會，先生您這位弟弟可真是聰明無比啊，他提出了許多改良方案，讓我們的紙質更佳，而且，他還提出了一個叫什麼流水線的方案，現在我們出書的效率和質量都比之前更快、更好。還有舊書促銷方案，新書推廣方案，總之一個接一個主意層出不窮，讓我們大開眼界，非但工作沒以前累，反而比以前更好更快……」

于老先生在一邊讚不絕口，我聽著頻頻點頭。人家在誇誰？俺家思宇耶，頓時覺得臉上貼金，不知不覺走路都神氣起來。思宇到底是學營銷和企畫的，理論和實際相結合，才是真正學以致用。

走到帳房的時候，還沒進門，就聽見韓子尤和思宇爭論的聲音。

只聽思宇道：「我說這個行不通。」

「怎麼行不通？」

「如果堆放太多，容易自燃，而且進入梅雨季節，防潮設施跟不上，就容易發黴長蟲，人家當老闆養房、養馬、養小妾，你韓爺就養蟲。」

正聽見這話的于老先生忍不住笑了，笑聲引起了裡面人的注意，他們看見了我，思宇就迎了出來：「飛揚妳來了，正好，妳來說說，這行不行？」

我被思宇拉進了房，原來桌面上是一間倉庫的圖紙。

韓子尤指著圖紙解釋道：「因為現在效率比以前高，所以打算再造一個更大的倉庫，可思宇說倉庫太大，防潮設施難以跟上，還容易引起火災。飛揚，這書放得好好的，怎會自己燒起來？所以我不贊同秋雨的看法。」

思宇說的也有道理，古代防潮設施很簡陋，不像現在裝幾個除濕機就解決問題，古人大多用乾稻草和石灰吸濕，然後白天的時候就打開天窗散潮，而乾稻草易燃，石灰容易積熱量，一旦達到自燃點，這損失就難以估計。

當然跟韓子尤說自燃點就是對牛彈琴。其實兩個人討論來討論去就是倉庫大小問題，我笑道：「這樣吧，在這裡中間，做一堵防火牆，把倉庫一拆為二，這樣你們沒意見了吧。」

兩人都同意地點了點頭，有時一旦爭論起來，只想著如何找出對方話語的漏洞，而忽略了解決問題的方法，所以說人是情緒化的動物，總是當局者迷，旁觀者清。就在這時，門外走進兩個人，其中一個看見我，微微低下了頭，是小露，還真是好久沒見到她了。

「這是……雲先生？」小露沒跟我打招呼，倒是她邊上那個清麗的小丫頭很是驚訝地看著我。

我頷首道：「正是在下。」

「天哪。」那小姑娘輕聲驚呼了一下，然後給我道了一福，「小女子陸雅雅，見過雲先生。」

原來她就是陸雅雅，我下意識地看向思宇，她的臉上正烏雲密佈，看來以前我真的錯過了很多。好，就讓我現在全部補回來！

「陸姑娘好。」

她嬌笑著跑到韓子尤的身邊：「子尤哥哥，今日雲先生來，您怎麼不事先通知一聲，姊妹們一定會樂瘋的。」我仔細觀察著陸雅雅，她的舉止大方得體，面對韓子尤也沒有矯揉造作，不過這聲子尤哥哥倒喊得很是親熱，也難怪思宇要吃醋。

「飛揚。」思宇走到我的身邊，臉色有點難看，「我帶妳去參觀書場。」說著就拉起我出門。

這一個下午，與其說是參觀，不如說是聽思宇嘮叨更為貼切。我從未見過這樣的她，她一個下午不停地說啊說，從我寫書到出書，然後賣書，再後來是工廠的設計、倉儲、每個環節、每個步驟，她都說的詳詳細細，甚至最後無話好說了，她就開始說員工的基本情況。

然後我就取笑她雞婆，她卻說，作為一個好的管理者，如果連下面員工的基本情況都不了解，又怎能更好的管理員工？員工的情緒直接關係到產品的質量和產量。於是她又開始跟我講起管理學，嚇得我當場開溜，直接回家。

拜託，穿越時空讓我唯一開心的就是不用再進修，不用考職稱，不用再面對枯燥的書本，她卻要給我上課，我能不跑嗎？

一連三天我都跟著思宇他們，仔細觀察她和韓子尤的相處。我可以大致斷定，他們是喜歡彼此的，韓子尤比較明顯，思宇還比較被動。不知怎麼了，總覺得他們之間就這樣保持著一種奇怪的距離，可能是彼此誤會著什麼，認為對方並不喜歡自己，看來需要推一把。

至於思宇對余田，應該是只是短暫迷戀，畢竟余田的樣貌實在讓人傾心。而思宇對那黑衣人，應該是崇拜。有時這些感情與真正的愛情實在很難分辨，人的感情真是複雜。

期間，畬諾雷來找過一次思宇，但當時因為我們都在書場，所以也就沒有碰到。我想他應該可以感覺到思宇是在有意迴避他，希望他從此放手。畢竟他是國主，什麼樣的女人找不到？

隨風這三天都在運功療傷，再加上膳食的調養，他的氣色也恢復如初。三天的距離，三天的冷靜，讓我和他再次回到當初在【虞美人】的關係，愜意而平靜。

月朗星稀，隨風此刻正盤腿坐在樹下調息，身上穿著他的玄色長衫，聽他說他的行李在竹舍，本以為他會回竹舍住，結果他卻把包袱拿來徹底賴在了【無雪居】，我取笑他是群居動物，他也不以為意。

他總是穿深色衣服，深色讓人覺得凝重和威嚴，無形之中帶出了他的成熟和神祕。其實我覺得他穿淡色也很好看，就像那天他穿著我的白色長衫，我就覺得眼前一亮，差點無法抽開自己的視線。可他卻說穿著我的衣服讓他無法集中精神療傷，容易走火入魔。他這句話讓我琢磨了好久，我猜可能是他畢竟知道我是女人，所以出於大男子觀念，穿女生的衣服，會讓他覺得彆扭。

我坐在他的對面，等他運功結束。

淡淡的月光灑下來，把他的臉映得蒼白，一隻螢火蟲從他面前飄過，將他的臉染成了綠色，有點懾人。

「妳哆嗦什麼？」他幽幽地睜開眼睛，更像是詐屍，我不由得驚了一下，而後看見他有點失落的眼神，「妳就這麼怕我？」

「沒有。」我緩了口氣，正色道：「現在我要給你下命令。」

他原本失落的臉變得面無表情，深沉的眼神布上了一層凝霜，淡淡道：「妳說吧。」

「我下面要問你幾個問題，你一定要老實回答。」

「好！」

我盯著他的眼睛，開始問一直困擾我的問題。

「我們三個是不是天機星？」

隨風當即愣住，可見他沒想到我會問這個問題，而且如此突然。

「是不是？」我再次逼問。

他的神色漸漸恢復如常，定定地看著我，然後我清晰地聽到了他的答案：「是！」

「那天書是不是指我的電腦？」

「是。」

「那你去沐陽是不是為了要得到天書？」

「是。」

「那你在我們身邊是為了……為了……」我低下了頭，心裡有點亂，看著自己交錯的手，不知所措。為什麼？為什麼我不敢發問，是怕他說謊，還是怕聽到自己不想聽的答案？

「雲非雪，妳到底想問什麼？」沒想到隨風反過來催我，我咬了咬唇，定下心神問道：「是為了得到我們，還是為了保護我們，或是為了……消滅我們？」

我直直地望進隨風依然冷若寒冰的眼睛，在那冰層的深處，似乎正有一小撮火焰跳躍著。

他的臉，沉了下去，撇過頭不再看我。

我發急抓住了他的胳膊，質問他：「是不想說還是不想回答！」

他的胸膛大幅度的起伏了一下，忽然甩開我的手憤怒地看著我：「雲非雪，我沒想到妳居然會問出這樣的問題！我待在妳的身邊，難道妳自己不知道答案嘛！」

他霍然起身，拂袖離去，留我一人依舊坐在樹下。面前已經空無人影，我鬆了口氣，然後發自內心地笑了出來，有一種淡淡的幸福感覺。

思宇從自己的房間裡偷偷探出了腦袋，看了看四周。我朝她招招手，她跑到我的身邊坐下，小心翼翼地問道：「妳跟隨風……又吵架了？」

「沒事沒事，今晚我心情特別好。」我攏住了思宇的肩，然後勾住她的下巴，「不如……我們約會吧。」「神經。」思宇打掉了我的手，給我一個沒正經的眼色。

我笑道：「看來思宇大小姐沒空，我去找子尤。」說著我就站起了身，還沒走，就被思宇拉住了袖子：「妳要去勾引子尤？」

「嗯，是啊，妳不是不喜歡他嗎？我覺得他挺不錯，真的。」我朝思宇曖昧地眨了眨眼睛，她嘴角抽筋地看著我。

我嬌媚地對著她一個飛吻：「拜拜。」然後飄出了門。

去找韓子尤自然不是約會，而是正事，我要去推他一把，不然按照他們的速度，估計就算到了

我被拓羽抓回蒼泯那天都沒個結果。

從未和韓子尤單獨相處，心裡還真有點緊張。從見到韓子尤的第一面起，我就對他頗有好感。

韓子尤的書房亮著燈，以前思宇怕打擾我寫書，這個時候就會來找韓子尤，現在我不用寫書了，思宇就時常留在【無雪居】跟我聊天，不知韓子尤會不會覺得寂寞呢？

站在門口，果然看見韓子尤正對著帳冊發呆。

「咳咳！」我咳嗽兩聲，裡面的人毫無反應，我乾脆走到他的面前，拍響了桌子。「啪」一聲，面前的人才有所反應，驚嚇地四處張望，然後才看見了我：「啊……原來是……是雲先生啊……」

我湊過腦袋看著韓子尤的帳冊，韓子尤穩住氣息問道：「雲先生在看什麼？」

「哦，看這帳頁是否有美女啊。不然子尤何故發呆？」

韓子尤的臉微微紅了一下：「雲先生取笑了。」

我將雙手插入袍袖，壞笑著，笑得韓子尤臉色有點發白，眼中還帶出一絲恐懼。

然後，我立刻板下臉，或許是我的變化太快，讓韓子尤一下子愣住。

我正色道：「我和秋雨就要離開了！」我很大聲地，很清楚地說出這句話，確保每個字都不遺漏地傳入韓子尤的耳朵，務必讓他的腦袋震懵。

果然，韓子尤當即怔愣在那裡。然後我再次很響亮，很清晰地說道：「既然是男人，就該主動，有些事再不做可別後悔！」

我盯了韓子尤一會，然後轉身離去，出門的時候，我回頭看了韓子尤一眼，他依舊怔在椅子上，形同石化。

走在陰暗的石子路上，邊上是張牙舞爪的怪松，平地捲起一股細風，空中落下一個黑影。

「幫我查一個人。」

「誰？」

「韓子尤。」

「妳懷疑他是那個黑衣人？」

「嗯！」太多太多的巧合讓我不得不懷疑韓子尤的身分。試問如果不是我們身邊的人，何以清楚我們的動向？並且在緊要關頭及時出現並保護我們？我們來到這裡一個人都不認識，只與韓氏兄妹接觸，若不是他們，我實在想不出那黑衣人會是誰？

無聲無息的，黑影再次消失。陰雲散去，一縷銀白的月光灑了下來，給綠松蒙上了一層潔白的銀霜。

現在我正在製作解藥，是的，我很用心、努力地用我的漱口水製作解藥，看得一旁的思宇作嘔連連。她整張臉變成了綠色：「拜託妳別那麼噁心好不好！」

我白了她一眼：「妳揉妳的麵，我漱我的口。」是的，我決不能再讓隨風那臭小子把我當成解藥，趁機占我便宜，當然，我更不想做別人的解藥，一想到自己成為公共飲水機，我就想吐。

最後，思宇還是受不了跑了出去，站在廚房的窗外，看著我將漱口水倒入麵團。

「喂！妳老實說，上次隨風中毒是不是妳解的？」

臉禁不住紅了起來，一幕幕片段出現在眼前，我將麵團狠狠摔了起來。無法忘記，怎麼可能忘記！那些吻，那些居然讓我迷失的吻……雙唇開始發麻，彷彿連唇都記住了那些深刻的觸感，我狠狠咬住唇，用痛覺來掩蓋一切。

「不回答我？」思宇吊兒啷當的叼著一根狗尾草，「那我就當妳默認了，那麼上次【天樂坊】也是這樣？」

我開始將麵團分成一個個小丸子，扔在一邊。可惡的隨風，臭小子！王八蛋！一開始的確是解毒，但後面很明顯是在占我便宜，而我居然還陶醉其中，我真是個笨蛋！傻瓜！蠢貨！

「又不說啊，那肯定就是了。哈哈哈……難怪妳要做這些。喂，最近幾天不見隨風，他去哪兒了？不會被妳趕跑了吧？」

我不看她，開始生火。不就是調查韓子尤嘛，居然三天都沒了人影，不知道跑哪兒玩去了。可惡！不知道我很急嗎！

「妳真的不理我啊，人家好奇嘛～～」思宇開始撒嬌，雙手撐在窗邊扭動著身體。

我冷冷道：「想發騷找韓子尤去。」

思宇一下子愣住，臉色變得有點難看，嘟囔道：「非雪不要亂說，子尤不會喜歡我這種女人，他喜歡文靜的……」

「人是會變的，多少男人最終愛的和以前憧憬的根本不同類型？韓子尤也只是說說，也沒見他對哪個女人特別好啊。」我將丸子扔進了藥罐。

思宇噘起了嘴：「有啊，陸雅雅啊。」

「她？韓子尤把她當妹妹好嗎？虧妳還是21世紀新新女性，不知道幸福是要自己爭取的嗎？誰說女生就不能主動？妳以前性格也不是這麼忸怩啊，為什麼女人遇到感情問題都會改變？妳！」我食指對著思宇的鼻尖，「應該揪住他的衣領，問他：你到底愛不愛我！不愛我我就走了！別再浪費我的時間！」我裝模作樣地抓住空氣，彷彿抓的是韓子尤，瞪著眼睛問著。

思宇低著頭，皺起了眉。

看她那副萎靡樣，我就不爽：「我今天要看一天的火，妳好好想想，別浪費我的時間，我若不是為妳，早走了！」

思宇驚醒一般地看著我，然後咬住了下唇。

希望這句話對她有用。這兩天韓子尤對思宇超乎尋常的好，但卻沒有任何表示，彷彿更像是希望在思宇離開前多製造一些美好的回憶，他會不會不知道思宇也喜歡他呢？而思宇亦是如此，結果這兩天倒讓兩個人都樂不思蜀，卻都不再往前跨出任何一步，這兩個白痴！

到了下午的時候，丸子已經染成了褐色，比較有藥丸的樣子了。這時，韓子尤來了，他是來問我有沒有看見秋雨。

我沒好臉色地看著他，他莫名其妙地看著我，還問我：「怎麼了？」

我問他：「秋雨去哪兒你會不知道？」

他一下子愣住了，一層陰雲遮住了陽光，他陰暗的身影有點悲涼。

我生氣道：「來到這裡她跟你在一起的時間比跟我在一起的時間長，你有沒有好好守護她？你怎麼可以不知道她此刻在哪兒？你應該是最了解她動向的人！你這個白痴！愛一個人不一定要放她自由，該出手時就出手，狠狠綁住她！這叫絕對的佔有，相對的自由！」汗，自己都覺得矛盾，這理論因人而異，大家千萬不要認為是定理。

韓子尤一直怯懦不前，怎麼都覺得像以前的夜鈺寒，看著就火大，如果此刻眼前是畲諾雷，我只會說讓他放走思宇。

韓子尤愣在那裡好久，直到陰雲散開，陽光重新洩了下來，他才懵懵懂懂地離去。這兩個人真是有夠讓人鬱悶，不想管，卻又忍不住還是出手了。

到晚上的時候，還是沒隨風的影子，如果到今晚九點他還沒回來，那就是真真正正消失了三天三夜，太過分了，至少給我捎個信吧，害我在這裡緊張得要死。

韓子尤到底是誰？到底什麼身分！

那隨風呢？隨風他們家族比任何人都先一步找到了我們，並且拿走了「無字天書」，那無字天書不是筆電還能是什麼？難怪他說天書和我們一起帶回家會惹麻煩，難怪他說要把天書和我們分開，難怪斐崳足不出戶就完成了他尋找天機星的任務。

這個世界的人都是白痴！

三個女人能做什麼？能改變什麼？還說得到她們就能得天下，這個理由真好！卻要賠上我們的性命！

鋪開宣紙，我甩開了筆，不知為何，心情忽然煩躁起來，雖說已不用再寫書，可已經開頭的故事，卻怎麼也放不下：

「梁若烟將傲雲狠狠抵在牆上，這個讓他又恨又愛的男人，他用他纖細的身軀抵住傲雲，將傲雲的雙手按在牆上。

『為什麼……』梁若烟顫抖的嘴唇裡發出無力的顫音，『為什麼你不相信我！為什麼！』

傲雲淡淡地垂下眼瞼，不做任何回應。可天知道，他現在的心有多痛！

『為什麼？為什麼你認定我不愛你？我跟葉陽都過去了，你明白嗎？我跟他都過去了！』清淚滑過梁若烟精緻的臉頰，細長的眉毛糾結在了一起，他的心好痛，如同撕裂般讓他無法呼吸，就像此刻，他好想撕裂面前的這個男人，如果撕裂他能讓他再看自己一眼，他真的會這麼做。

他踮起了腳尖，倏地咬住了傲雲的唇，狠狠地咬住這經常偷吻他的唇……」

想到就覺得該死！我們居然成了利用物件，那孤崖子到底收了什麼好處，說三星不是剛出生的小孩，而是成人！這無疑就是要讓人聯想到我們，相信很快就會有人掌握我們的資訊。

想我們三人出現的時間地點完全與他說的吻合，再加上諸多巧合，我們必定會成為他們爭奪的對象，可惡！真是一群白痴！

那隨風呢，他們家族又帶著怎樣的目的？

筆尖沾墨，繼續寫了下去：

「他狠狠地將傲雲推倒，被點了穴的傲雲，驚愕地看著坐在他身上的梁若烟，他此刻的笑容是如此的淒美和絕望。

『雲，你上次強要了我，這次也應該輪到我了吧……』冷冷的話語帶出梁若烟的恨意，他溫儒的嗓音變得嘶啞。他緩緩解開了傲雲的衣結，灰色的長袍在他修長的手指下散開，如同綻放的花朵，一片接著一片打開。

他伏在傲雲溫熱的身體上，淚水滴落在傲雲的胸膛，順著上面的紋理滑落輕輕啄吻。他靜靜地聽著那強勁的心跳，他淡淡地笑了：『看，跳得像小兔，好可愛啊。』突然，他在傲雲心臟的上方落下一吻。

傲雲痛苦地擰起了眉，全身的火焰被那個吻徹底點燃，他好痛，他的心如同撕裂一般地痛，他不想再傷害梁若烟，儘管那次是中了毒，他也無法原諒那次給梁若烟帶來的傷害。

所有輕柔的吻忽然化作了啃咬，梁若烟扣住了傲雲的十指，將自己的手指嵌入，緊緊交纏，他狠狠地啃咬著傲雲的唇，傲雲的脖頸，傲雲的鎖骨，傲雲的一切。

身下的人發出了一聲低吼，忽然一個翻身將梁若烟狠狠推開……

梁若畑呆愣地看著傲雲，他衝破穴位了……

『對不起，畑……』傲雲哽咽著，『我不能……不能再傷害你……』

梁若畑低垂著的手緩緩抬起，捧住了傲雲的臉，再度輕輕吻上他的唇。

火焰一旦被點起，就無法熄滅，傲雲所有的熱情化作激情，火熱的吻落在了那修長的脖頸，輕舔著那誘人的肌膚，含住了那胸前粉紅的……」

筆頓時頓住，額頭冒出了汗，我在搞什麼？居然寫了一張激情床戲來發洩……不，是差點寫成激情床戲。

「哈哈哈……」我忍不住大笑起來，笑得前仰後翻，「哈哈哈……」我將這張紙揉成了團扔到角落，然後再次提筆，在空白的紙上寫下一句話：

「這個夜晚好漫長……」

這個夜好漫長，漫長得彷彿時間停擺。就在我落筆的那一刻，一個人影忽然飄進了窗戶。我很不滿，為什麼隨風總不好好走正門！不過只要他回來，我就安心了。

「沙！」他踩到了我扔在角落的廢稿，我的神經立刻高度緊張。

只聽他嘟囔道：「什麼東西？」說著想去撿，我霍然起身大喊：「別撿！」

彎下腰的隨風頓住了，右手懸在紙團的上空，他側過臉，對著我挑了挑眉，我對他擺了擺手，他揚起一抹壞笑，我立刻朝紙團撲去。

他輕鬆地撿起了紙團，我撲上去就搶，他身形靈巧地閃過，眼角上吊看著我：「妳該不會又畫我的女人像吧。」

「沒有！我發誓！」我舉手發誓。

隨風瞇著眼看了我一會兒，笑得越發狡黠，雙眼發光道：「那我倒是更想看了。」他作勢要打開紙團，我立刻雙手抱拳，哀求道：「求你……求你別看……」

他皺起了眉，眼中含著對我的同情，他柔聲道：「雖然妳哀求的樣子很讓我心疼，但我還是決定看了。」他揚起一個大大的可愛笑容，然後打開了那個紙團，我立刻捂住臉。

房間裡靜得出奇，燈光搖曳，微風陣陣，我從指縫裡偷瞄隨風，他雙眼圓睜著，雙唇漸漸張開，臉並不像我想的那樣發紅，而是漸漸蒼白。忽然，他將稿紙揉成團，眉角直抽：「妳……妳居然寫了兩個男人……」

他鐵青的臉上畫滿黑線，我露出了眼睛，眨巴著，雙手依舊捂著臉，點著頭。

「裡面的兩個人該不是以斐崳和歐陽緡為原型吧？」他依舊沉聲問著，看樣子是無法接受。

我搖著頭：「那是以前就寫好的……」

「難怪……」他緊緊捏著紙團，「難怪妳總是把我跟男人……算了，妳該不是喜歡女人吧？」

他的臉色漸漸恢復，煞是認真地看著我。

我笑了：「怎麼可能？」小心翼翼地走到他的面前，想將紙團從他的手裡拎出，無奈他捏得很緊，我只有用力扯，「啪啦」扯出了一角，結果整個人往後倒，隨風順手攬我的腰，扶住了我。

我和他面對面站著，他略略低下下巴凝視著我的眼睛，我在他的凝視下變得心慌，只有垂下臉避開他的視線。他的手就放在我的腰上，我全身的細胞都集中在那裡，敏銳地感覺著那裡溫度的變化。心裡一急，「隨風！」我慌忙喚他。

「嗯？」他算是應了我一聲。

我低眉問道：「讓你查的事怎麼樣了？」

腰間的手瞬即消失，溫度退卻，卻是一陣空虛和清冷，我不禁恍神。

他迅速關好門窗，我感覺到事態有點嚴重，趕緊坐好聽他的報告。

一個竹筒扔到我桌上，這是一個普通的信箋竹筒，封口處有著奇怪的圖文，像是徽章。

「妳自己看。」隨風靠在書桌邊，雙手環胸，一條腿曲著，腳尖點地，這是他一貫的站姿，又酷又跩。我被他搞得有點緊張，小心拆封，倒出了紙卷，打開一看，頓時目瞪口呆！

我驚了半天闔不上嘴，這就是隨風三天查到的結果，這個結果實在太讓人……震驚！

「真是他？」我不可思議地瞪著隨風，還是無法相信信箋的內容。

「嗯！」隨風認真地點著頭，「我也沒想到，起初我也以為他只是普通的退隱江湖人，卻沒想到是天目宮的二當家。眼觀六路，耳聽八方，天下訊息，盡在他手。是這個世界最有規模的情報資訊組織，書冊，就是他們傳遞訊息的方法之一。」

厲害！實在厲害！我忍不住問道：「比你家的還厲害？」

「那倒沒有，不過也已經是首屈一指。」

「那思宇跟著他會不會有危險？」

「這倒不會，反而更安全，他們天目宮耳目遍及天下，甚至是深宮內院，我看，韓子尤多半已經知道妳們的身分。不拆穿妳們，估計原先是妳們有利用價值，對於天目宮來說，消息就是金錢。至於現在，應該是為了思宇。」

「難怪這傢伙這麼有錢，幾千兩拿出來眼睛眨都不眨。」

「不止如此，他武功也很厲害，在我面前從不顯露半點痕跡，可見他內功深厚。」

聽隨風這麼說，我安下心來。既然隨風說他們是最厲害的情報組織，那麼只要他們不出賣我們，又有誰會知道我們的動向？至少在時間上，就可以拖很久。難怪隨風說這樣反而更安全。

雙手枕在腦後，抬腳放在桌上，翹起了椅子，我看著隨風道：「這下我可以安心離開了。」

他的眼神變得柔和，看著我：「跟我回去？」

「對哦……跟你回去，還可以見到斐崳、歐陽緡和小妖……」我緩緩閉上眼睛，真的，真的好想他們，眼前漸漸浮現斐崳的臉，他其實跟我書中的梁若畑很像。

靜靜的空氣裡傳來隨風輕鬆的笑：「是啊，妳不知道小妖在養病的時候有多調皮，能動了就到處亂跑，抓都抓不住牠，我們都知道，小妖也很想妳。」

「是嗎……」光想像小妖那不老實的樣子，我就想笑，「看來我魅力挺大，男女老少，飛禽走獸通吃……」我有點揚揚得意，靜靜的空氣，只有絲絲的風聲。

奇怪，隨風怎麼不說了？我還想聽聽其他人呢，他不說話，房間裡就一下子安靜下來，靜得只聽見我一個人的呼吸聲。隨風的功夫很好，他在我身邊，我向來聽不見他的呼吸聲，除了……他吻我的時候……我才能感覺到他的存在……該死！我怎麼又想起那兩個晚上！心開始紊亂，臉再次燒了起來。忍不住心虛，隨風就在邊上，看到我臉紅多糗啊。

我慌忙睜開眼睛，卻看到了近在咫尺的臉，我當即屏住了呼吸，他靠得好近好近，我滿眼只看到了他的唇，他的唇就在我唇的上方，只有一層薄薄的空氣阻擋著。

心跳開始加速，我重心不穩地往後倒去，隨風扶住了椅子，按下了我的腿，他帥氣的臉依舊沒離開我半分，火熱的視線正牢牢鎖住我的唇。

「以後別翹椅子了，太危險……」他沙啞地說著，灼熱的氣息吐在我的唇上，我的唇立刻熱燙起來，彷彿在回應他，一副又一副的畫面再次浮現在眼前，那兩個晚上，那兩次親吻。

我從他身下慌亂地鑽出，結巴道：「接……接下來，我們……我們還……還有很多事要做，這件事……以後再談。」我逃也似的離開房間，那裡空氣稀薄得讓我窒息。

他喜歡我，他肯定喜歡我！

頭痛！他喜歡我做啥啊！我有什麼好！他不是在北冥面前把我說得一無是處嗎？那現在又算什麼？青少年戀愛養成訓練的對象？拿我當感情實驗品？由戀母情節衍生出來的另類情感？還是見我比較受歡迎，挑起了他的好勝心，也想插一腳？

哎，青少年的感情就是如此衝動，一點也不沉穩，也最不牢固，玩完了就扔。這可不行！我是誰？我是雲非雪！如果被他玩我豈不顏面掃地？找個機會要好好給他上一下心理輔導課，不能再讓他這麼亂來……

慢著！我跑出來幹嘛？那是我的房間耶！臉上立刻畫滿黑線，發現在隨風面前，我總是做蠢事，現在他一定在房間裡樂不可支……

不知不覺逃到了韓家大宅的假山附近，想起那次躲雨的亭子，乾脆去那裡坐坐。

忽然面前的風裡帶來思宇的味道，我立刻放輕了腳步，收斂自己的氣息，因為韓子尤好像也在。斐崳說過，我現在只要穩住氣息，就算是隨風也不一定會發現我。

遙遙望去，涼亭上，正坐著兩人品茗賞月，甜甜的月餅香彌漫在空中，看著天上的半圓，居然已近中秋，若算陽曆，應該已經是九月下旬。

心變得沉甸甸，今年的中秋有點悲涼。

「我聽飛揚說，你們快走了？」是韓子尤的聲音，我躲在涼亭下的假山裡，感覺到了韓子尤的不捨。

「呃……是啊……我們在這裡也沒什麼可留戀的。」思宇故作輕鬆的語氣裡帶著哀傷。

「是嗎……那飛揚的書呢？」

「哦，那原本就是沒錢時的權宜之計，現在我們……不缺錢……」

「那……那位余公子不值得你留戀嗎？」韓子尤說這話時口氣有點心虛。

「他？他……只是我普通朋友……咦？子尤很奇怪，子尤該不會以為我是男愛？」

「秋……秋雨。」韓子尤似乎很侷促，我偷偷瞄了一眼，原來思宇正逼近他有點微紅的臉。

「子尤最近很奇怪，都不願接近我，莫不是怕我這個男愛？」一陣淡淡的風撫過，帶來一陣桂花酒的味道。

思宇緩緩回到原來的位置，拿起了酒杯：「知道嗎？我很喜歡那個救我的黑衣人。」

韓子尤在一旁看著酒杯沉默不語。

「他總在最關鍵的時刻出現保護我，可是，我到現在都不知道他是誰，呵呵……現在就要走了，很想跟他說聲再見，我看……也沒機會了……」思宇將酒飲下，又給自己倒了一杯，「他是個好人，我很崇拜他。子尤……」思宇笑了起來，一手搭在韓子尤的身上，「你知道嗎？我好想拜他為師呢……」

「你……真的喜歡他？」韓子尤認真地看著思宇，思宇眨巴著眼睛，忽然大笑起來：「哈哈哈，子尤你說什麼呢，我說的喜歡和你說的不一樣，我說的喜歡就是喜歡，我喜歡飛揚，喜歡隨風，喜歡朝露，喜歡余田，也喜歡……你呀。」思宇咧著嘴笑著，月光帶出了她的羞澀，圓圓的臉上浮出兩塊淡淡的紅暈。

「秋雨，你醉了……」韓子尤拿走了她手中的酒杯，思宇立刻生起氣來：「討厭，子尤和非雪一樣討厭！」

我汗！思宇果然醉了。

「你們總是把我當孩子，不讓我做這不讓我做那！我已經長大了！」思宇猛然站了起來，一把奪過酒壺就灌了下去，喝得滴水不漏。她將酒壺重重放在桌上，身體開始不穩。

「我是一個身體四肢都齊全的人，你說！」思宇指著韓子尤的鼻尖，韓子尤扶住她搖晃的身體，「子尤你說，我有哪裡沒長齊，哪裡像孩子？我知道我任性，想法簡單，可是如果你們一再地保護我，我又怎能長大？」

一句話將我打醒，是啊，我何時也讓思宇成了溫室裡的花朵？是自己的自私讓思宇變得脆弱。沒想到自己過去也曾經叛逆，如今卻也踏上了天下父母的老路。是因為歲數到了，母性發揮了嗎？

「嗚……」思宇忽然蹲下，抱著膝蓋哭了起來，「非雪好厲害……好像什麼事都難不倒她……我也想這樣，可總是做不好，我沒聽她的話，跟那個余田來往，差點暴露我們……我為什麼，為什麼總是讓別人操心……非雪也是，子尤也是……」思宇用自己的小拳頭開始打自己的腦袋。

思宇啊思宇，其實我不也是一樣？總是讓斐崳和隨風他們操心，讓他們來擦屁股。天意啊，這是天意。老天爺給我們定下了三星的劇本，我們必須走下去，身邊遇到的，將是一個比一個厲害的人物。

韓子尤心疼地走到思宇的身邊，輕輕扣住她的雙拳，將她環在自己的身邊，柔聲道：「沒事了，沒事了，以後我會保護妳們。」

「真的？」思宇淚眼婆娑，從韓子尤的懷裡揚起了臉。韓子尤溫柔地笑著：「真的，所以我不會放妳走，永遠不會！」韓子尤加深了這個擁抱，將思宇緊緊地嵌入自己的懷裡。

心放了下來，溫熱的淚水滾落下來，不知不覺已經走漏了氣息，罷了，反正韓子尤也只會裝作不知道我的存在，我索性將臉埋進膝蓋，哭了起來。

一個人在我身邊蹲下，我透過朦朧的淚眼，看到了隨風，他張開他的懷抱，就像斐崳那樣張開溫暖的懷抱，我抱住他開始嗚咽，來到這個世界，第一次，因為開心而哭。

第二天一早，韓子尤在思宇的房門等待她醒來，思宇開門的那一剎那，看見的就是站在金色陽光下，身穿一身白袍微笑的韓子尤，猶如一位下凡的天使，向思宇張開懷抱。

天使對思宇說：「從今以後，我希望每天睜眼第一個看見的，是妳，所以請妳留下來，我會用自己的生命來守護妳……」

思宇感動落淚，站在天使的面前，好久好久不能言語……

從那天起，這兩個人就如膠似漆，耳鬢廝磨。思宇更是恢復女裝，跟著韓子尤大模大樣地出雙入對，給韓子尤身邊的女人予以警示。但她依舊沒有告訴韓子尤我們的真實身分，我開始在想是不是要把韓子尤的身分告訴她，因為思宇似乎也開始懷疑那個黑衣人與韓子尤的關係。

我幾次暗示，思宇卻都捂住了耳朵，她說她希望聽韓子尤親自解釋。思宇的心情我可以理解，就像我希望能聽隨風親自告訴我他的身分，他的一切。

可這哪有那麼容易，需要一個計畫來逼韓子尤出手。

因為韓子尤的浪漫表白，讓我也唏噓了好幾天，思宇的幸福感染了我，我也時不時對著天空傻笑，就像自己也在談戀愛，猶如回到學生時代，那段連牽手都會心跳加速的純純初戀。

「妳一個人在那裡傻笑什麼！」一聲冷語打斷了我美好的幻想，除了隨風那小子，還能有誰？他靠坐在荷塘邊的柳樹下，右腿曲起，右胳膊隨意地放在那條曲起的腿上，正面帶壞笑地看著我。

他最近又變成以前那個跩得不得了的隨風，就像我欠了他錢。這樣也好，省得我給他做心理輔導……這忽冷忽熱的變態小白痴！

「沒什麼。」我也冷言冷語：「大人的事你這個小孩子不明白。」

「我會不明白？雲非雪，妳那張臉上很清楚地寫著妳在想男人！」

額頭有點緊，怒道：「今天的命令：閉嘴，沒我的允許不准說話！」

隨風臉一甩，不再理我。我側著臉看他，他的面色有點難看，隱隱看見有鬱悶的火焰在燃燒。

「真生氣了？」我忍不住問他。一秒，兩秒，N秒過去，他不甩我，連個眼神都懶得給，他就那樣坐著，看著左側的荷塘。

秋風掃過，帶下一片黃色的柳葉，分外淒涼。

好傢伙，說不理人就不理人，我有點不服氣，隨便找了個話題開口：「喂！小屁孩！」他果然有了反應，我看見他的眉角立刻吊起。

「你的願望是什麼？」

隨風有點僵硬的臉漸漸緩和下來，視線揚起，望向了天空，似乎陷入沉思。殘敗的柳枝在風中揚了揚，只聽他淡淡地說道：「原本是想成為當家的。」

原本……「那現在呢？」我好奇地問著。

時間一分一秒過去，幽幽的秋風裡，帶著丹桂的甜香，和隨風的聲音一樣，飄渺不定：「做她的男人！」

我愣了一下，隨風依舊看著天空，那裡正有一朵大大的白雲，像一座天空的城堡。

好奇怪的答案，而更奇怪的是，我的心跳居然開始加速，他口中的她……是誰？會是我嗎？心亂了一下，感覺自己有點自作多情，再次隨便找個問題阻止自己的胡思亂想：「你最想去的地方是哪裡？」

「她的床！」此番他連考慮都沒考慮，便脫口而出，整個人一下子四腳朝天地倒在了草坪上，一副悠然的神情。

「呵……」我嘴角開始抽筋，「好……好直接……」我彷彿看到了21世紀的新新人類，「你該不會最想做的事情就是……」臉紅了起來，自己都不好意思說出口。

「要她！」隨風側過身體，單手撐在臉龐，取笑地看著我：「怎麼？有膽寫，沒膽說？」

我所有的話都被塞回嘴裡，木訥地看著隨風，心想這完全是兩碼事情，可明顯自己在他心裡已經降了格，被當作淫蕩，或是低俗的女人。好後悔，當時應該把那稿紙撕了！

頭有點沉，我只有保持沉默，躺回躺椅，蜷起身體，還好流傳出去的小說都比較健康清水，維護了我的形象。他一定把我當成隨便的女人，怎麼辦……我的形象從此就在他心目中徹底摧毀，難怪最近都不怎麼理我。心裡澀澀的，有點難過。

奇怪，這不正是我想要的嗎？我還在煩惱什麼？真是庸人自擾。

看著天上一朵又一朵的白雲，如果思宇成親了，我又該如何？韓子尤是知道我們身分的，他又會如何？外面的世界依舊沒有任何風聲，由此看出，韓子尤在保護我們，正因為他身分的特殊，所以才能更好的保護我們。

生活又再一次回歸平靜，愜意的秋風讓人舒爽，淡淡的桂花香撩撥著人的睡意。

朦朧中，感覺到有人坐到我的身邊，他執起了我的手，放在臉龐，用他那柔軟的唇輕輕摩擦。

「究竟要怎樣……妳才會明白……」他的手輕輕撫上我的面頰滑過我的手臂，袍袖滑落，涼風將我吹醒，模糊的人影浮現在眼前，細碎的吻落在我的手臂上，如同一朵一朵雪花落在我的皮膚上，漸漸融化，滲入我的心。

心跳在那一刻停滯，整個世界，彷彿只有我和他……

「隨風……」空白的大腦只帶出了這個名字，其他的話都像風一般消散。

他側過臉，凝視著我，我不知如何反應，只是看著他的眼睛，那雙溫暖的眼睛。他緩緩俯下了身體，我看著他漸漸靠近。

「呼！」忽然一陣強風刮過，吹開了所有房間的門，發出「乒乒乓乓」的聲音，我頓時驚醒。我跳坐起來，隨風在那一刻揚起了苦澀的笑。

「隨風……」我慌亂地抽回了自己的手，紅著臉道：「我……我……我不是隨便的女人，雖然我寫那種東西，但並不表示我……」

「我知道。」他微笑著，抬手撫過我的臉龐，我沉醉於他溫柔的目光，「電腦裡有很多女子寫的小說，妳遠遠不及她們。」

身後刮過一陣寒風，「咻！」涼颼颼。這是在誇我，還是在損我？

「嗯……好像還有《色既是空》、《本能》、《偷窺無罪》……」

隨風的聲音彷彿重磅炸彈一個又一個地砸在我的腦袋上，將我徹底壓得無法翻身……

「真是不錯，妳們那裡的男人女人都看這種嗎？嗯，其實也沒什麼好奇怪的，我們這裡的人大多看《春宮圖》，這應該是同一種藝術……」

藝術……我無語……

我開始意識到隨風為什麼會在一個月後發生如此大的變化，還時常對我進行騷擾，不是因為喜歡我，而是因為他有了慾望。是我……污染了他那顆純淨的心靈……

「隨風。」我打斷了他的自言自語，認真地看著他，「以後別再看這種了，對你不好，哎……」我嘆了口氣，「難怪你這次回來變化這麼大，是我不好，對不起，你應該健康地成長，而不是沉迷於這些東西，你……」

「我怎麼了？」隨風一臉莫名其妙地看著我。

我考慮了一番，最終還是決定說出來：「你變壞了，以後不許再對我做出奇怪的舉動，明白嗎？」

隨風清澈的眼睛忽然瞪大，臉上出現了怒容：「雲非雪，妳居然以為我受到那些東西的影響！沒想到妳會把我想得如此不堪下流！我告訴妳，一個心智健全的男人根本不會受到那些東西影響而腐壞，而本性色情的男人也不會因為不看那些東西而變好！妳也是過了二十五歲的人，居然連這麼簡單的道理都不懂，妳才是沒腦子的小屁孩！」

我愣愣地看著他，他的眼底是熊熊燃燒的火焰，忽然他扣住了我的腦袋，臉埋了下來，一個霸道的，深情的吻印在了我的唇上，然後他離開我的唇，捧著我的臉，正色道：「我吻妳是因為愛妳，而不是慾望！妳難道感覺不出來嗎！」

太突然了，這吻來得突然，去得突然，就連他的話也是那麼突然，一切發生得都太突然，突然得讓我大腦停擺，渾身無法動彈。我僵化地看著他，無法做出任何表情來回應他。

「看來妳不明白……」他的眼底滑過一絲落寞，放開了我，苦嘆著搖頭：「妳只是把我當弟弟……」他幽幽地站起身，看著我的眼睛，「妳可以不喜歡我，但妳不能阻止我愛妳。妳放心，我會跟妳保持距離，讓妳安心。」隨風帶著他的哀傷，消失在我的眼前，就像秋風一樣，讓我渾身冰涼。

接下來的日子，隨風真的消失了，可我知道他就在這個院子裡，只是看不見他，就像在【虞美人】時那麼神祕。看不見他的時候，我會莫名覺得輕鬆，但同時卻也更加感到落寞。

我會有意無意地閉上眼睛，嗅著空氣，想著會不會有他的味道？然後對著他經常出現的地方發呆。屋前、窗邊、柳樹下、房樑上，這才發覺自己的世界裡早已都是他的身影，他已經無所不在……

整個人恍恍惚惚的，隨風的聲音時常出現在耳邊，他的那句話：「我吻妳是因為愛妳，而不是慾望……」他的吻帶著他的深情，我能感覺到，但我卻不敢面對，我知道自己真正在意的是什麼！真正讓我無法突破那道牆的原因是什麼！

他的未婚妻！

我在意的是一個我甚至連見都沒見過的人：青煙。

我開始意識到，他已經進入了我的心，隨風對我而言，已經不再是以前的哥兒們、弟弟、朋友，而是……戀人……

八、情非得已

天上掛著半月，雖未到中秋，卻已經漸漸有了中秋的味道。街上的人也越來越多，有的出城，有的入城，都忙著歸家團圓。中秋的那天，邶城會變得很熱鬧，因為晚上會有【花燈會】。

古人還真是沒創意，除了燈會還是燈會，不過這也算是一種祈福，就我個人而言，我覺得放花燈是一個很浪漫的習俗，可惜我們那個世界沒有真正形式上的流傳下來。

思宇和韓子尤走進了院子，還帶來了酒菜。

思宇笑道：「最近我們很久沒一起聊天了，今天我把子尤也叫來，妳不介意吧。」

我雙手撐著臉，懶懶道：「嗯……沒關係……」

韓子尤見我反應冷淡，疑惑地問道：「飛揚有什麼心事？」

「哎……」我嘆了口氣，「妹妹要嫁人了，我要孤苦伶仃啦……」

「討厭！誰要嫁人啊！」思宇噘起了嘴，一旁的韓子尤幸福地笑了起來。

三個人喝著酒，吃著菜，我忽然意識到隨風居然不在，雖然他刻意迴避我，但平常三頓飯可從不缺席，今天他去哪兒了？自己開小差？

空氣中忽然吹來一股豔香，我神經立刻緊繃，再看韓子尤，也是一臉的陰沉。就在這時，一個黑影忽然飄落，劈頭朝我就刺來！看那身形，有胸部，是女人，肯定又是她！

「小心！」思宇推開我，我摔落石凳，夜叉劍勢一走，就刺向思宇，以思宇的武功根本無法閃過。千鈞一髮之際，韓子尤忽然甩手，筷子飛向夜叉，夜叉一個側身，筷子貼著她的前胸飛過，牢牢釘在柳樹幹上。

韓子尤出手了！

思宇震驚地看著此刻已將她護在懷裡的韓子尤，訥訥道：「你到底是誰？」

空氣彷彿瞬間凝固，韓子尤皺起了雙眉，還沒來得及說話，夜叉就朝他刺去，劍尖直逼韓子尤的胸膛，韓子尤伸手一推，便將思宇推到我的身邊，身形一抽，就和夜叉另闢戰場！

隨風呢？這個白痴，關鍵時刻他在哪兒？

夜叉和韓子尤糾纏在一起，韓子尤身分暴露，絕對不會留下活口，他招招逼向夜叉的要穴，夜叉身形極快，快得讓我們眼花繚亂，我和思宇只看到他們的身影，卻看不清他們的招式。

忽然，只聽「啪！」一掌，韓子尤搖搖晃晃倒退了幾步，跌坐在地上。

「子尤！」思宇倏地就衝了出去，我連拉住她的機會都沒有。

與此同時，夜叉已經舉起陰森森的利劍朝韓子尤刺去！劍身帶著寒光越來越逼近韓子尤，蒼白的月下，濺起了血光！心臟被狠狠一抽，整個人如同跌入地獄，大腦瞬間空白，朦朧中聽見了韓子尤的悲鳴：「寧兒——」

我跌跌撞撞地跑到思宇身邊，血，全是血！鮮紅的血正從思宇的小腹源源不斷地湧出，身體止不住顫抖，我跪在了思宇的身邊，拾起了她垂落在地上的手，淚水染濕了衣襟。

世界再次清晰，我聽見了打鬥聲，韓子尤憤怒地甩出了全身的暗器，夜叉負傷逃走。他跑回思宇的身邊，將她緊緊擁入懷中：「寧兒……妳太傻了……寧兒……」

「你……」思宇緩緩抬起滿是鮮血的手，撫上了韓子尤的面頰，血水混在了韓子尤的淚水中，染成一片紅色，「你到底是誰……」

「寧兒……對不起……」韓子尤泣不成聲：「求妳……別離開我，求妳……」越來越無力的哀求，化作痛苦的哭泣。

「呵……」思宇漸漸無神的眼睛裡帶著欣慰的笑，「原來真是你……」

「是我，是我！」韓子尤再次將思宇擁緊。

心如同被撕碎一般，痛得已經麻木，我只有看著思宇衰竭，卻無能為力！如果我的唾液可以修復傷口，我絕對會吻思宇！

為什麼！這是為什麼！思宇是無辜的！夜叉！我要報仇！

「啊！這是怎麼回事！」身旁忽然傳來一聲驚呼，我看見了手裡拿著包子正在啃食的隨風，我發瘋一般站起身揪住他的衣領咆哮道：「思宇快不行了，你還有心情吃包子！」我憤怒地從他手中搶過包子就扔在一旁。

「你到底去哪兒了！你到底去哪兒了！」我從隨風的身上無力地滑落，再次跪在地上，淚水滴落在草坪上，和思宇的血水混在了一起。

「飛揚……」

思宇在叫我，我慌忙爬到她的身邊，握住她鮮紅的手：「在，我在。」

「隨風……」

「我在。」隨風蹲在我的身邊。

思宇看看我，再看看隨風，輕聲呢喃：「你們別再吵架了……知道嗎……」

「嗯！不吵了，再也不吵了。」我哭著，將她的手緊緊握緊，緊緊貼在胸前……思宇，求妳別離開我！沒了妳，我真的就只是一個人了……

「子尤……咳咳……」

「寧兒……」

思宇無神的眼忽然滑過一道精光：「我死後你不許再娶！」

「我今生只有寧兒一個！」韓子尤痛苦地哽咽著。

聽著思宇的遺言，我愣了一下，連哭都忘了，總覺得有點奇怪。忽然，思宇推開了韓子尤，冷冷地看著他，韓子尤當即怔愣住，雙眼瞪大地看著活蹦亂跳的思宇。

「一定要這樣才能逼你現身，你為什麼要瞞我！」思宇憤怒地站起身，從韓子尤身上跨過。

我徹底石化在地上，就連臉上的眼淚都凍結，思宇又復活了。

只見她和隨風蹦到我和韓子尤的面前，皮笑肉不笑道：「今天能獲得這個奧斯卡的最佳導演獎，最佳演員獎，最佳特技獎，最佳效果獎等等所有獎項，要感謝隨風先生的傾情演出！」她雙手指向隨風，隨風開始朝四周微笑地揮手，彷彿此刻不是在【無雪居】的院子，而是劇院。

「當然，還要感謝我的爸爸，我的媽媽，CCTV，MTV，NPC，WC……」

我無語，還WC咧……

「再次感謝，謝謝，謝謝大家……」思宇一邊飛吻，一邊退回房間，然後「碰！」一聲甩上了房門，接著裡面發出一聲怒吼：「韓子尤，你去死吧！」

我和韓子尤繼續石化。

隨風從地上撿起了包子，吹吹乾淨，繼續吃著，還從懷裡又掏出一個，拉起我的手，將包子放到我的手中，笑道：「別客氣，我請客。」然後晃啊晃，晃進了書房，那裡是他的房間。

怒！憤怒！極度憤怒！

思宇居然瞞著我演了這麼一齣戲！其實回頭想想，簡直就是漏洞百出。

首先是那可疑的豔香，夜叉身上根本就沒有這麼刺鼻的香味，定是隨風為了掩蓋自己的味道，才弄上去的，他知道我鼻子能分辨他的氣味。其次是鮮血，這簡直就是最大的漏洞，而我和韓子尤都被悲痛蒙蔽了觸覺，是的，思宇流出來的血是冷的！

再來，思宇在留遺言的時候居然叫我飛揚，一個喝點酒就會說出我真正名字的人，在彌留之際，反而清醒地叫我飛揚？我真是白痴！

僵化了許久，我和韓子尤清醒過來，他跑向思宇的房間，我跑向隨風的房間。

「寧兒，你聽我解釋！」

「滾！」

……………

「臭小子，你給我開門！」

「嘰！」門開了，裡面是隨風的笑臉，我將手裡的包子狠狠扔在他臉上：「你去死吧！」

憤怒地回到自己房間，摔上門。

「啪啪啪！」韓子尤繼續拍著門。

「啪啪啪！」隨風來拍我的門。

「思宇！開開門，聽我解釋。」

「非雪！是思宇要我瞞著妳的，說這樣更逼真，不是我的錯！」

一個晚上，都是他們兩人的叫嚷……

經過那件事，我就一直不理隨風，思宇倒是在韓子尤的道歉攻勢下漸漸軟化。因為不能朝思宇生氣，所以我把鬱悶全加諸在隨風身上，他成了可憐的代罪羔羊。

門外忽然出現了一個身影，卻是小露。小露躊躇地走了進來，站在我的書桌邊。

我立刻揚起笑臉：「小露怎麼來了？」她很久沒來了。

小露輕咬著下唇，倏地撲入我的懷中，她緊緊地擁住我，我茫然地坐在椅子上，只有問道：「怎麼了？」她沒有說話，靜謐的空氣裡是她淡淡的清香。良久，她抱著我輕聲道：「思宇姊姊說姊姊會離開，姊姊不要走好嗎……」

我愣了一下，呵……對啊，既然現在身分已經公開，她豈有不知之理。我輕拍著小露的背：「嗯，不走。」

「真的？」小露欣喜地看著我，我笑著點了點頭，「思宇姊姊由哥哥保護，姊姊就讓……就讓小露來保護！」她忽然再次將我擁緊，彷彿在對我做著承諾。

我忍不住笑了，真是一個可愛的小姑娘。

「喂！」幽幽的風裡忽然傳來一道冷冷的聲音，小露立刻戒備地站在我的身邊，只見隨風正坐在窗棱上抱著劍，嘴角微揚。在看到隨風的那一刻，小露驚得目瞪口呆。畢竟小露還沒見過隨風呢。

「妳連我來了都不知道，怎麼保護這個女人？」隨風冷聲質問著，態度相當惡劣。

我這幾天一直都相當不爽，看到他就火大，我立刻怒道：「小露只是個孩子，你就不能好好說話嗎？」

隨風看著我輕笑著，笑容有點狡猾，他倏地陰下臉，對著小露道：「她是不會喜歡妳的，妳還是回到妳大哥身邊，乖乖做一個被人保護的好孩子。」

隨風說話真不像樣。

「我是孩子？」小露開始反擊，「你自己不也是？非雪姊姊不會喜歡我，更不會喜歡你！你這個可憐蟲！我是女孩子，可以做非雪姊姊的好妹妹，可以跟她形影不離，可以跟她同吃同睡，你呢，連碰都碰不到她。」

愣住，眼前彷彿出現兩個小孩子在爭娃娃。

「哦？妳怎麼知道我碰不到她？妳知道她的吻是什麼味道嗎？妳知道……」

「夠了！」我重重地拍響了桌子，老虎不發威你當我是凱蒂貓啊！

我挽起了袖子，瞪著隨風：「臭小子我忍你很久了，今天不教訓你我就不是雲非雪！小露妳讓開！」我推開小露衝了出去，隨風早已不在窗邊。

「喂！在上面！」抬眼望去，隨風正坐在房樑上。太過分了！有輕功了不起啊！我恨得直跺腳，而他卻還在笑。

「我幫妳！」小露說著就要上去，我拉住小露：「不用！」小露的眼中滑過一絲失落，我頓覺失言，好像自己說錯了話。

我咬著下唇，壞主意冒上心頭，立刻蹲下抱頭就哭：「嗚……欺負我……」

「姊姊……」小露顯然沒想到我會哭，一時愣在一旁。

「哇……」我哭得更大聲，「隨風最壞了……總是騙我……我討厭你……哇……」

熟悉的味道緩緩靠近，隨風在我面前蹲下，我從膝蓋之間看到了他的腳。

「這件事真是思宇要我別告訴妳的，對不起，我不是有意隱瞞。」他撫摸著我的長髮，想將我擁入懷中。我立刻揚起臉朝他陰險一笑，他的眼中滑過一絲詫異，電光火石間，我就將他撲倒，我壓坐在他身上，扣住了他的雙手，對小露喊道：「小露，快，拿毛筆墨汁來！」

「雲非雪！妳想幹什麼！」隨風瞪著他的丹鳳，裡面開始積蓄恐慌。

我壞笑道：「毀容啊。」然後看著身邊依舊呆愣的小露，笑道：「小露，怎麼不去？」

「哦！哦……」小露趕緊從房間拿出筆墨放到我的右手邊。

我將隨風的手壓在膝蓋下，得意地拿起毛筆和硯臺，他驚恐地看著我，口裡喊道：「別！別……」

「不要？求我呀，哈哈哈……」呃，怎麼感覺有點像淫魔，難怪小露也被我這模樣給嚇得跑出了院子。

抬手落筆，就將隨風絕世無雙的帥臉畫了個一團糟，眉毛鬍子連在一起，外加滿臉的十字刀疤，不知不覺，隨風的手早已脫離禁錮，枕在腦下，一臉的悠閒。

我很認真地畫完，然後坐到他的身邊，又把他的手也拿了出來，在五個手指上畫滿人臉：哭、笑、怒、愣、寒、羞澀、尷尬、驚訝、害怕、淫蕩，再在手腕上畫了支錶，另一隻手上畫上圖騰。

越畫越起勁，正準備向他漂亮的脖頸進攻，雙手被他扣住，他坐起身柔聲說道：「這裡不行……」

「為什麼？」

「因為……洗起來麻煩。」他玻璃珠子一般的眼睛帶出了他的寵溺，我沉溺在他的寵溺中，肆無忌憚地笑著。他緩緩靠近，我出神地看著他璀璨的眸子，那裡好深好深，就像深不見底的深潭，但卻是那麼清澈，他為什麼會有如此迷人的眸子？

唇被人碰了碰，我凝住了呼吸，視線從他的眸子離開，看到了面前的他，他看著我，用他深情的眸子仔仔細細地看著我臉上每一個部分，不放過任何一個細節，彷彿要把我刻入他的心底。

「可以嗎……」他輕聲問著，我茫然地看著他，身體忽然被他擁緊，就在眼前的唇壓了上來，柔軟得像雲朵一樣的唇，輕輕將我的唇覆蓋，沒有任何阻擋般滑入了他的舌，纏綿地捲起我心底的波浪，帶來一陣一陣甜蜜。

全身的力量漸漸被抽空，毛筆和硯臺從手中滑落，發出清脆的響聲「啪！」

瞬間清醒，看著面前閉眼沉醉的他，我不知所措，我這是怎麼了？

慌忙推開他，捂住了唇，那裡還有他的餘溫。

他不解的看著我，我落荒而逃。

夜晚的街道燈火通明，人來人往，熱鬧非凡，而我，卻如同失魂落魄的軀殼，盲目地進行單調的雙腿前行運動。

有些東西，我無法迴避，但有些東西，我無法突破。我又該如何？

不顧一切地跟他在一起？轟轟烈烈地愛一場？可到最後，我還是一個小妾，一個側室，甚至人老珠黃後，什麼都不是，而他，依舊俊朗瀟灑。

有很多東西，我玩不起。

進入一家小酒館，卻意外地看見窗邊的余田。他身著不引人注意的普通衣衫，一頭金髮也盤入頭巾，一臉淡淡的哀愁。

我走到他的身邊，笑道：「不介意請我喝一杯吧。」

他低眉掃了我一眼，繼續看著窗外。我坐了下來，小廝為我上了幾壺酒。

「先生要喝這麼多？」他終於開口，我笑道：「既然借酒消愁，自然多多益善。」

他端起面前的酒杯，帶出一聲苦嘆：「是啊……多多益善。」

窗外人來人往，他們的臉上也是表情各異，體現著人生百態。精緻的酒壺飄著迷人的酒香。

我和余田一起望著窗外，互不言語，只是看著來來往往的人群。

「秋雨……還好嗎？」他看著遠方，輕聲問著。

我喝了口酒，淡淡應道：「嗯，好……」

「她……是不是有喜歡的人了？」

「嗯……是的……」

「誰？」余田突然大聲道，緊張地看著我。

我舉起了酒杯，幽幽道：「余公子可知此酒的名字？」

余田並未答話，只是焦急地看著我，我繼續自言自語：「此酒名為清風，何為清風，就是讓人舒服和喜愛的風，雖然它讓你喜愛和舒服，但它不屬於你，因為它是風，你抓不住摸不著，它屬於天空，屬於大自然……」

「你跟我說這麼多，什麼意思？」

「就是請公子放手，不屬於你的東西，公子何苦強求？」我看著余田，他的臉開始變得鐵青，我淡然道：「您是主子，您是高高在上的掌權者，您要什麼就有什麼，但不是所有的東西都是您想要就能得到的，感情，就是例外。如果您真的愛她，就請放她自由，愛一個人，不是為了得到，而是讓她幸福……」

他霍然起身，不遠處的桌子上，也立刻站起了幾個平民，他恨恨地瞟了我一眼，冷冷道：「不知所謂！哼！」

袍袖帶起一陣大風，酒杯中的酒顫了顫，漸漸恢復平靜。余田離開了小酒館，有人被慾望蒙蔽了眼睛，看來思宇和韓子尤必須要盡快成親，否則余田定會從中作梗，不如讓他們生米煮成熟飯？

不知不覺喝光了一壺，正準備再拿起另一壺，卻被人用手按住。

「妳這次沒發現我嗎？」他淡淡的，悠閒的聲音從身旁傳來，我笑看著酒杯：「大街這麼多人，我的鼻子哪有那麼靈？」

「可以請我喝杯酒嗎？」他在我身邊坐下，將我擠到了窗邊。

我只有靠在窗臺上，看著帶著笑容的隨風，看來他心情不錯，可惜我的心情極差，面對這份突然的感情，我該怎樣應對？

他晃著手中的酒杯：「剛才聽到某人對清風的一段評論，覺得很精彩。」

我有點揚揚得意，心情歡暢，喝酒也開心：「當然，我的評論何時出錯？不如，你幫我個忙啊。」

「什麼？」他湊過了腦袋，曖昧地朝我眨著眼睛，「現在我是妳的人，妳無論叫我做什麼，我都會全力以赴。」

「嗯，真乖。」我舉起酒杯一飲而下，重重放在桌子上，「我們要讓思宇和韓子尤盡快成親！」

「怎麼成？下藥？」

我鬱悶了，白了他一眼：「就說你已經被毒害了！」汗，其實自己也這麼想，「要讓韓子尤盡快求婚。中秋是個好機會，我們幫幫他們！」

「為什麼這麼急？」

「嗯。」我坐正了身體，「剛才我跟畬諾雷談了一下，發現他佔有欲很強，我怕……」

「他搶思宇？」

「難說，有時男人的佔有欲讓人害怕。」

「如果……我搶了妳，妳會跟著我嗎？」隨風在一邊說著，我根本沒心思聽他說話，不滿道：

「別打岔，聽我說完。所以我們一定要盡快促成他們的婚事，讓畲諾雷死心！」

越想越興奮，我情不自禁地站起了身：「就這麼辦！」頭暈了一下，身子晃了晃，隨風慌忙扶住我，我笑道：「沒事，小意思，我們回家，這幾天好好計畫一下。」

我拉起了他的手，腳步有點晃，他看著我直搖頭，將他的背貢獻了出來，我趴在他背上，開心地玩著他的耳朵。

「隨風……」

「什麼？」

「你走得好慢哦，你看，比烏龜還慢。」

「誰叫妳在我臉上畫烏龜？」

「嘻嘻……」我緊緊環住他的脖子，嗅著屬於他的味道，「我們要讓思宇有一個浪漫的中秋夜……」

「嗯，這個妳最拿手。」

「當然！」我捲著他的頭髮，「以後你想追女孩子，完全可以來找我，我絕對幫你拿下她！」

隨風忽然停下了腳步，我湊過臉看他：「怎麼不走了？」

他沉默的側臉好帥，我忍不住摸了摸，好滑，他忽然側過臉，唇擦過我的臉龐，我立刻酒醒，慌忙撇過臉躲過他熾熱的視線。

「非雪……」他溫熱的氣息吐在我的耳畔，「妳到底為什麼要逃避自己的感情？」

苦澀在心底漾開：「逃避？」我將臉躲回他的後背，笑著說道：「逃避什麼？你在說什麼？我聽不懂……」將所有的情感隱藏，壓得我好辛苦。

「罷了……我不逼妳……」隨風在風中嘆了口氣，帶出了他的痛苦。

這條路變得漫長，彷彿永無止境，他走得很慢很慢，彷彿不希望走到盡頭，而這卻成了我的痛苦，但我卻留戀他的後背和他的味道。

雖然之後的幾天，隨風依舊刻意和我保持距離，但我卻越來越無法忽視他，他總在我觸目可及的地方凝視著我，用他深情的視線融化我。空氣裡，都是他的味道，他的味道將我包裹在他的身邊，讓我心慌意亂。

為了迴避他，我白天躲進了【天樂坊】。這裡有許多姊妹，有茱顏，有七姊，有許多許多混雜的味道。可不知為何，我總是刻意去尋找空氣中那一縷熟悉的味道，一旦找到，我就會安心，玩起來也是興致勃勃。

最近【天樂坊】正在準備中秋的節目，聽說那天也是姊妹們找到好男人的好機會，如果運氣好，還會被贖身，所以茱顏也相當賣力，希望能排練出別緻的節目。

茱顏是我的好友，我自然也要出力，主要是因為沒錢，否則就可以替她贖身。想起錢就鬱悶，隨風至少也該還我一點，他又不是窮人。

茱顏問我中秋那天會不會看她演出，我想著中秋有任務，是韓子尤和思宇約會的日子，那天他們會怎樣？放花燈，賞月，互訴衷腸，月下親吻……不由得心神蕩漾。只有深表歉意，婉拒茱顏。

看著茱顏一臉失落的表情，我立刻道：「報告茱顏大小姐，本姑娘已經想到一個很好的節目，保證讓茱顏小姐一鳴驚人！」茱顏立刻笑開了花。

晚上，我拉著思宇就去【天樂坊】，這還是我好說歹說，向韓子尤再三申請後才借出的思宇，所以相當寶貴。思宇一臉疑惑地看著我和茱顏，我偷偷地關上茱顏院子的大門，確保沒人打擾後，我對思宇說道：「我給茱顏排了個節目，妳幫幫忙。」

「又要跳舞？我沒時間排練啊。」

我笑道：「不用，只是幫我合一下聲。」

「原來是合聲，行，哪首？」

「《月亮代表我的心》，合聲版，外加R&B，網路那個流行的通俗版本。」

思宇笑了：「明白。」

這首歌當初在【虞美人】她和上官就合作過，當時自然是表演給我看而已囉。由於合聲歌曲唱起來不怎麼響，所以外界也就沒有流傳。然後我示意茱顏坐下，認真道：「茱顏，妳記下我過會兒唱歌的旋律，這個節目最別緻的地方，就是不用人伴奏。」

「啊？」

還沒等茱顏反應過來，我朝思宇打了個響指，我們兩人默契地站在了一起，打著響指：「啪，啪」

「你問我愛你有多深，我愛你有幾分~~」我一邊唱，一邊跳著簡單的現代舞蹈。

「嗚……嗚……幾分~」此處是思宇的合聲。

「我的情也真，我的愛也真，月亮代表我的心……」

手背滑過眼前，望向空中明月，卻在明月下的屋簷上，看到了一個熟悉的身影，他單腿曲起，看著我，腰帶和長髮在月下飄揚。

視線無法移開，繼續我的歌唱和舞姿。

「你問我愛你有多深，我愛你有幾分～～」

「有幾分～～～」

「你去想一想，你去看一看……」

「月亮～～代表我的心～～」思宇帶出了終章，優美的合聲在空中漸漸飄散……

我看著他，他就坐在月下，微微已經偏圓的月亮成了他的背景，不知為何，這月中人的景象讓我的心變得異常平靜，就像初夏的荷塘，只有柳枝在風中靜靜飄蕩……

「太棒了！」茱顏激動地鼓起掌來，「這…這到底是什麼？為何明明沒有伴奏，卻彷彿有了伴奏，而且…而且就像是天籟之音？」

「這是合聲。」我收回視線看著茱顏，她凝雪一般的肌膚因為激動而微微發紅，「妳需要幾個合聲者，並且是不同音色的女子。」

「嗯，這首歌相對比較簡單。」思宇也接著說道：「而且飛揚的舞蹈也很簡單，妳只要善於利用腰和手臂，這個舞蹈看上去就很魅惑，飛揚不如妳幫她挑一下合聲的姑娘吧。」

我點了點頭，心裡已經有了幾個人選，畢竟經常在【天樂坊】裡混，這裡姑娘的絕技我相當了解。想到場景安排，我補充道：「記得那天要弄個月亮，月亮後面點上蠟燭。」那時沒有燈泡，只有用蠟燭勉強應付。

茱顏聽得頻頻點頭，牢牢記下，像她這種從小就接受歌舞表演的人，有相當強的職業敏感，動作和旋律基本聽一遍便已記下。

出去的時候，我看見了韓子尤，他是來接思宇的，我很妒忌，雖然他說也一起接我，但我怎麼好意思做電燈泡？

如此明月當空，星辰爛漫，三個人走在一起像什麼？於是我隨便找了一個藉口跑到一個小酒館喝酒吃花生去了。發現最近喝酒的次數呈上升趨勢。不過算啦，誰叫心裡放不下某個人呢？

夜深人靜的時候，我回到了【無雪居】，院子裡靜悄悄的，忍不住看向思宇的房間，有時在想，母親看著自己女兒出嫁是不是也像我現在這種心情？欣慰、快樂、興奮，還有點幸福。

今晚的院子靜得有點奇怪，很詭異，風咻咻地經過我的身邊，就像有無數幽靈和我擦肩而過，讓我汗毛直豎。

推開自己的房門，更奇怪的事情發生了，寂靜的房間裡，我聽見了粗重而吃力的喘息聲：「呼……呼……呼……」藉著月光，我看見一個人靠坐在床柱上，還向我伸出了手。

是隨風！心一下子提起，跑到他的身邊，捧住他的臉，急道：「你怎麼了？」

「我……我……」隨風似乎很吃力：「我中毒了，所以……」他忽然攬住我的身體，臉就湊了上來，我抬手就按在他的臉上，不讓他靠近。

「非雪，妳怎麼可以這麼絕情。」他扣住了我的手從他臉上拿開，就親了上來，我再用另一隻手遮住自己的唇，然後看到了他眼中的哀傷，「妳居然……見死不救……」

「沒有。」我捂著嘴說著，從他的懷抱裡掙脫，「我有做解藥。」

「解藥？」他驚呼一聲，聲音清澈而有力，完全沒有方才那樣的虛脫，我似乎明白了什麼，然後笑道：「是啊，你等等啊。」

我點亮了燈，房間立刻放亮，只見隨風面色紅潤地坐在床沿，環抱著雙手疑惑地看著我。這小王八蛋騙吻，好！整整你！

我從櫃子裡拿出了解藥，倒出一顆，拿到他面前，瞇眼笑道：「看，我做的。」隨風立刻挑起了一根眉，有點害怕道：「是什麼做的？」

「哦，我的洗腳水。」我隨意說著。

他一聽，立刻想跑，我當即扣住他的肩膀，將他按下，壞笑道：「來……乖，吃了就解毒哦……」

「我不要！」他撥開我按住他的手又想跑。

想跑！哪那麼容易！

我當即撲倒他，他重重倒在床上，發出一聲悶響：碰！瀏海震了震，散落在兩邊。

我坐在他腿上，一手按住他的身體，讓他起不來，他驚慌地看著我，眼睛帶出了火焰。

「嘿嘿嘿嘿，乖，小孩子就應該聽大人的話……」我輕聲哄騙，將藥塞到他的嘴邊，他臉一撇，怒道：「不要！」

我歪著腦袋看他，笑道：「幹嘛不要？我加了蜂蜜、香粉、薄荷、乾草，好多好多好吃的東西，來，吃了，這個很好吃。」

他又將臉撇到另一邊：「我！不！要！」

然後我又只能歪到另一邊：「你不是中毒了嗎？」

他細長的眉毛立刻皺起，眼睛眯成了一條線，眉角不停地抽搐著。

我立刻趁機扣住他，就往他嘴裡塞藥，他驚得睜大眼睛，一下子就扣住我的手，毫不費力地坐了起來，怒道：「雲非雪，妳有病啊！」

我見他兇，我更兇：「到底誰有病！明明沒中毒，還到我這裡騙我……騙我……」氣死我了，居然騙吻，這小子壞透了！鬱悶，害我都不好意思說出來。

「騙妳什麼？」他狡猾地說著，眼角帶出一絲壞笑。

「小王八蛋想占我便宜，給我一邊涼快去！」

「一邊涼快？那我們現在這個樣子算什麼？」他忽然扣住我的手用力一拉，將我的手拉高，袍袖瞬即滑落，露出我潔白的肌膚，我原本就分開腿坐在他腿上，他這樣一拉，我被更加拉近他的身體，腰間忽然被扣住，我的身體立刻貼在他的胸膛上，心跳瞬即停頓，我僵在他面前。

他邪魅的笑容在我眼前放大，催眠我的神智，咫尺的距離，讓我感覺到了他呼吸的熱燙，他只要一低頭，便能輕鬆碰觸到我臉上任何的部位，眼睛、鼻子，甚至……嘴唇。事實上，他熾熱的視線正在掃描這些部位。

他側過臉，將我的手臂放到他的唇邊，丹鳳的眼角落在我的臉上，唇角一勾，就用唇輕輕滑過我的手臂，帶出一片舒癢，一片粉紅迅速爬上手臂，帶出了我渾身的酒香，我怔在他懷裡，聽著自己越來越快的心跳。

隱隱的熱燙透過他的衣料，一點一點地傳遞過來，並在我身體裡埋下一顆又一顆火種。輕輕的

吻落在我的手心、額頭、眼睛、鼻尖，一點又一點地侵蝕我的意志，漸漸消融，慢慢迷失，

火熱的唇含住了我的唇，一個溫柔而纏綿的吻讓我徹底迷失，唇舌間的共舞，讓我視線開始迷離，我無力地圈住他的脖頸，不讓自己癱軟。

他的吻讓我充實，讓我歡愉，那纏綿的糾纏，那輕輕的啃咬，讓我不捨。我開始回應他，可他卻離開了我，用他的手指輕輕撫摸我的唇。我靠在他的頸項輕輕喘息，彷彿這一切並不能滿足我。我喘息著，他頸邊的髮絲隨著我的喘息起舞，好有趣，我忍不住吹了起來，看著髮絲飄起，垂落，再飄起，再垂落……

耳垂忽然被含住，強烈的刺激讓我不能自已，就像耳邊燃著一把火，他吮吸著，輕輕咬著，順著我的耳垂，滑落自我的頸項，一絲刺痛帶出了我的呻吟：「風……」

他停住了，唇放在我的頸項，卻更加用力地將我抱緊，我全身的骨頭彷彿要被嵌入他的身體，我疼得再次囈語：「風……痛……」

眼前忽然一片黑暗，燭火消失，身體被人壓倒在床上，粗重的喘息迴盪在房間裡，他狠狠地吻住了我的唇，不再是溫柔和纏綿，而是霸道的侵略。

「妳叫我什麼？」他粗喘著，沙啞的聲音在我耳邊問道。耳垂被輕舔，意識徹底渙散，只有心底深處的那個名字：「風……」

「雲兒……」他用力扯開我的衣領，身體瞬間灌入冷氣，我不由自主地輕顫，可很快他火熱的吻落在了我的肩上，他肆意地吮吸著我的鎖骨，就像那裡有美味的甘泉，一隻手滑過我的胸部，帶出我的戰慄，他扯開了我的衣結，衣物隨著他的手輕輕散開。

我雙手攀在他的後背，緊緊扯住了他的衣服，這是一層多餘的東西。

「雲兒……我熱……」他用他沙啞的聲音催眠著我，我伸向他的衣帶，就在我想用力扯開的時候，他的吻忽然落在我的胸前，他的唇舌正隔著我的抹胸撩撥我的敏感，全身的力氣頓時被抽空，手拉住他的衣帶卻無力扯開。

我不甘心，抬手摸到他的胸部，就準確朝他的敏感按了下去，他發出一聲悶哼立刻癱軟在我胸前，我得意的笑了，手順勢滑入他的衣領，撫上他的胸膛，感覺他身體的一切回應。

他立刻扣住了我的手，在我胸前重重一吻，然後回到我的耳邊，氣喘道：「雲兒，妳不乖。」

「嗯……」

「妳完了！」下身忽然被硬物抵住，我的身體不由得縮了縮。

「轟隆！」忽然，一道雷打下，電閃間，我看見了他充滿壞意的笑臉。

「轟隆隆！」雷聲劃破寧靜的夜空，在電閃雷鳴間，上演著人類最初的激情！

「啊！」一聲撕心裂肺的慘叫突破雷聲灌入我和他的耳朵，將我們從火山的頂峰推落。

「非雪——開門啊——」

一閃又一閃的亮光帶出了門外一個可怕的身影。

「呵……」隨風在我耳邊發出一聲輕笑，電光閃爍裡，我看見了他眼底的無奈、鬱悶，以及尚未退卻的情慾。

他俯下身抱住我，雙手插入我的衣衫，直接觸摸在那一片赤裸上。

「真是失敗哪……」隨風在我耳邊輕嘆：「都沒把妳脫光……」

他已經裸露的上身，依舊傳遞著他的熱量，那熱量正在空氣中慢慢消散。

「非雪啊——」外面再次傳來思宇的慘叫。我立刻清醒過來，剛才……到底發生了什麼……

「看來是應該盡快把思宇解決。」隨風嘟囔著，站起身，穿好了自己的袍衫，然後扶起我，替我整理衣衫，那眼底滿是不捨和憤懣。

他捏了捏我的臉蛋，在我的唇上輕輕一啄：「今晚放過妳。」我茫茫然地看著他打開房門，外面的思宇就撲了進來。

「喂！喂！我不是非雪。」隨風推開了思宇。

思宇驚跳開來，怔愣地看著面前不該出現在我房裡的隨風：「你不是睡書房嗎？難道！莫非！」思宇驚愕地瞪大眼睛，指著隨風，「你們，你們不會是……天哪……我……怎麼辦？我……我……我不是有意的！」思宇不好意思地低下頭。

隨風背對著我，我看見他拍了拍思宇的頭，然後聽他說道：「下不為例。」

「轟隆！」又是一聲巨響，思宇嚇得跑進了屋，然後抱著我。

在那一聲雷中，在電光消失的那一剎那，隨風消失了，就像消失在我的心底一般……

他的出現，他的愛，讓我覺得迷茫，彷彿只是一個夢，一個不切實際的夢，而這個夢，終將破碎，因為他……有未婚妻……

「對不起，我是不是打擾你們了？我……不好意思去找子尤……」

「沒關係，妳來得正好。」我苦笑著，剛才自己到底做了什麼？

「非雪，其實……隨風很好，妳……真的不能突破心理障礙嗎？真心相愛，年齡不是問題。」

我嘆了一聲：「我在意的不是這個……」

「那是什麼？」思宇撐起了臉。

我苦澀地笑著：「他有未婚妻……」

「啊！對哦！這裡的未婚妻跟正室沒什麼區別，差的只是個形式。可是非雪，隨風說不定會休妻呢？」

「呵……怎麼可能？隨風不簡單，像他那種顯赫家世的聯姻，一定牽扯了很多人的利益，豈容他隨意？而且，如果……休妻會讓他失去所有的一切，我寧願放棄。為了我……不值得……」

看著一邊神傷的思宇，我笑道：「男人嘛，多的是，時間可以治癒一切，隨風是男人，很快就會忘記我的，不是嗎？」

「可是……可是……」思宇的臉皺在了一起，「這樣……總覺得非雪和隨風，都好可憐……」

可憐嗎？我閉上了眼睛。對不起，隨風，你的愛，我無福消受……

醒來的時候，思宇已經不在，空氣裡是泥土的清香，昨晚的雨一定很大，它徹底沖刷了一切，給這個世界降溫。打開門，就看見靠在門邊的隨風，他的臉上掛著笑，他以前很少笑，總是酷酷的，彷彿生人勿近。

「醒了？」他走到我的面前，陽光灑在他身上，正好和那天白衣的韓子尤相反，他就像是天界的黑天使，帶著一絲邪氣。

「嗯。」我淡淡地點著頭，垂著眼眸。

「怎麼了？昨晚沒睡好，這麼沒精神。」他抬起了手，撫向我的臉，我撇向一邊，將自己的臉藏入長長的瀏海。

「非雪？」他忽然拉住了我的手，「妳到底怎麼了？」

我抽出自己的手，擦過他的身體走向門外。隨風，別再逼我，我累，真的好累。

身體忽然被人扣住，重重按在門上，耳邊傳來隨風生氣的聲音：「為什麼！為什麼妳總是忽冷忽熱？妳回答我，妳今天一定要回答我！雲非雪！妳到底把我當什麼？」

當什麼？愛人……可惜，我要不起。

我冷笑著，但這冷笑裡，自嘲的成分更多點：「當什麼？弟弟囉，你只是個孩子。」

「妳說謊！」隨風身體壓了上來，「看著我，妳連看都不敢看我，妳到底在逃避什麼？我知道妳對我是有感覺的，不是嗎？我知道妳是愛我的！」

多滑稽，這台詞好耳熟，記得在【虞美人】，我們也曾經上演了這場戲，當時是為了讓水無恨死心，卻沒想到今天會成真。

「我們之間……」我淡淡地說著，抬眼看他，「什麼都沒有。」心在那一刻被扯碎，徹底失去痛覺。隨風痛苦的神情在那一刻凝固，深深刻入我的心底，我聽見了心碎的聲音。

「沒有？沒有？那昨晚是什麼？昨晚算什麼？」

「對不起，昨晚我喝多了。」我撇過臉，他的一切一切都讓我心痛，而我卻無能為力。

「喝多了……呵……雲非雪……妳這個理由可真好……妳想逃避是嗎？我告訴妳，妳已經無路可逃，不管妳願不願意，妳身上都已經有我的印記，清清楚楚記錄著我們的感情！」

他忽然扯開我右邊的衣領，右邊的肩膀暴露在空氣中，那紅色的，斑斑駁駁的印記徹底打碎了我的防護，將我從自己的世界狠狠揪出，徹徹底底地暴露在現實中。

「妳還想逃避是嗎？另一邊也有！」他邪笑著就要拉我另一邊衣領。我的淚水，將心底的絕望帶出，一滴又一滴地落下，滴落在他扣住我肩膀的手上。

他怔住了，將我輕輕擁進懷裡：「非雪……對不起……可是，年齡對妳來說真的很重要嗎？我可以達到妳想要的年紀，但無法給妳一個相應的身體，非雪，我真的好痛，我心痛得快死了！妳總是這樣忽冷忽熱地折磨我，我已經不知道該怎麼辦？這麼多年來，我第一次這樣手足無措，我真的好怕，好怕失去妳！我該怎麼辦？非雪，求求妳，放開所有包袱，和我在一起，我會守護妳，一直守護妳！」

「好自私……」我輕喃著，心痛變成了麻木，我只想拾起那一片又一片破碎的玻璃，重新築起自己的防線，讓自己不再痛苦：「你好自私……為什麼要逼我……為什麼！我恨你！」

我大吼一聲，將他狠狠推開，奪門而出！

為什麼？為什麼他要逼我，他愛我又怎樣？他難道不知道我不可能做別人的妾嗎？他愛我又怎樣？能給我一個我想要的婚姻嗎？

是！我自私！但我絕對無法接受這樣的命運！我絕不能走上上官的路，被這個世界同化！

淚水迷濛了視線，我盲目地跑著，跑出了城，跑到了郊外，跑進了樹林，跑向了小溪，跪在溪前痛哭。我恨自己，恨自己為什麼總是遇到身分顯貴的人，恨老天為何如此捉弄我！

明明是一個在21世紀一無是處的人，來到這裡卻莫名其妙被冠上天機星的名字，只是這三個字，就左右了我的命運，讓我在這些身分顯赫的人物之間打轉，為什麼？這是為什麼！

「你明明可以選別人！為什麼偏偏看中我！」我朝老天大吼著：「是不是因為我這個人看上去傻呼呼，耍起來帶勁？」

一朵大大的陰雲飄過，老天沒有給我半點回應。

「我要回家！聽見沒！你不讓我回家，你就是太監！」

「轟隆！」一道旱天雷，劈中我面前的溪水，就像當初來到這個世界一樣，淋了我一頭的水，讓我清醒清醒。

我頹然跪在溪邊，看著溪水裡七分更像鬼的人影，她雪白的脖子上，還烙著那個男人的印記。

「嘶！」我扯了衣袍，將這些印記包起，我不想再看見它們，如果有可能，我甚至想將它們全部擦個乾淨！

無力地倒在地上，看著天空中時而飄過的白雲，淚水緩緩從眼角流出，我嚮往著自由的天空，最終，我還是必須面對現實，無奈的生活，無奈的愛，無奈的放棄……

身邊漸漸聚集小動物，心底生起一絲暖意，我寂寞的時候，還有牠們。

累，真的好累，隨風的愛，讓我心力交瘁，真想一醒來，就回到自己的世界，坐在電腦前，喝著橙汁，叼著棒棒糖，看著無聊的小說……

九、藏愛

迷迷濛濛聽見有人說話，費力睜開眼睛，卻發現自己已經不在溪邊，而是蜷縮在一輛馬車的軟座裡。馬車很大，也很華麗，因為我縮著身子可以躺在軟座上，而軟座的布料用的是上好的絲綢，以前做過衣服，對布料多少有點了解。軟座前，也有案几，放著水果小點。

聽見外面的說話聲，我便依舊保持原來的樣子，收斂氣息，凝神偷聽。

「赤炎，主子進去好久了，你說他能不能請孤崖子老先生出山？」

「我相信主子，主子那麼有誠意。是吧，青雲？」

「嗯，不過主子請孤崖子老先生是理所應當，為什麼他那麼在意那個娘娘腔？」

「別娘娘腔娘娘腔的，人家的書在宮裡可是很受歡迎的！」

聽說話的聲音，好像是三個人，主子？孤崖子？這華麗的馬車？莫非……？

「唉，你們看，藍冰自從抱過那個雲飛揚，就一直沒說話，很可疑啊。」這次我聽出來了，這聲音應該是赤炎。

「藍冰！是不是那個雲飛揚有什麼不對勁？」這個聲音是青雲，青雲、赤炎、藍冰，那還有一個叫什麼？

「嗯！」那個藍冰只是淡淡地應了一聲。

「不過我覺得那個雲飛揚的確可疑。」

「紫電，怎麼說？」

原來還有一個叫紫電。

紫電：「他每一次出現……你們不覺得很巧合嗎？且上次觀星，我和藍冰護在主子身邊，這雲飛揚與他妹妹的談話，讓我們也大吃一驚。」

赤炎：「真的？」

紫電：「嗯，當時主子請孤崖子老先生為三星命名，這個雲飛揚就和他的妹妹在一旁猜名字，結果全中！」

「哦？」另兩個人發出輕微的驚呼。

紫電：「而且，在追擊刺客時，他明明中了絕情草，第二天卻活蹦亂跳，比我們都有精神，你們不覺得奇怪嗎？」

青雲：「是啊，絕情草沒有解藥，中即死！難道……」

紫電：「他最起碼熟知藥性，甚至已經找到了解藥！」紫電話一出，外面瞬即安靜下來，隱隱聽見他們沉重的呼吸聲。

紫電：「所以，我本人覺得，這雲飛揚絕非表面看上去那麼簡單，如果是普通人，為何會遭追殺，還有那麼一個武功高強的人守在他身邊，他絕非凡夫俗子！」

赤炎：「是啊，而且動物都很喜歡他。」

紫電：「嗯，這的確很奇怪，就像剛才，他居然跟小動物睡在一起，當時嚇我一跳，說實話，他那個樣子真的很像……很像……」

青雲：「大自然的精靈？」

紫電：「呀！原來你也有同感啊。別說主子叫我們不要吵醒他，就連我也不忍心打擾他。」

赤炎：「是啊是啊。」

青雲：「那你們有沒有覺得主子也很奇怪？」

紫電：「嗯，很奇怪。原本是叫藍冰抱雲飛揚上車的，可是藍冰抱著人家發愣，主子就自己接過去把人抱上車了，所以我覺得是不是和雲飛揚有過接觸的人，都會變得奇怪？藍冰，是不是？」

紫電的語氣裡，帶著幾分戲謔。

空氣裡，是靜靜的沉默，然後就聽見一個訥訥的聲音：「嗯，很輕，很軟，像女人。」

「難怪——」眾人恍然大悟般說著，然後那個紫電道：「那主子該不會是想把雲飛揚收作男寵吧？」

「胡說什麼！」青雲厲聲喝道：「主子不是那種人，又不是大殿下、二殿下，有那種癖好。」

「嗯，主子的確沒有那種癖好，這個雲飛揚一定有來歷，你們看他脖子上纏著布條，估計又遇刺了，他說不定是個厲害的人物。」

厲害的人物？哼，是垃圾吧。我心裡泛出苦澀的笑，這或許就是老天想要的結果，讓我成為他們爭奪的物品。

也不知自己睡了多久，餓腸轆轆，我坐起身，開始吃東西。走漏的氣息讓外面立刻靜了下來，有人撩開了簾子，我正吃得滿嘴都是糕點。

撩簾的是北冥的其中一個侍衛，見了他們幾次，也有點印象。

「雲先生您醒了？」

我聽出了他的聲音，是赤炎，和他們接觸多次，今日才知道他們的名字。他看著我吃相恐怖，就皺了皺眉，乾笑著，外面幾人也好奇地望了進來，我被奇怪的眼光看著，玩心頓起，我托起放糕點的盤子問道：「你們聊了那麼久餓不餓？」

四個人的臉上立刻出現驚異的神色，那尷尬而好笑的表情很是有趣。

我又說道：「北冥有你們這些忠心又關心他的兄弟，將來必定是個明君啊。」

「呃！」赤炎當即僵在那裡無法動彈，被他撩起的簾子從他手上緩緩滑落，遮住了外面各色的表情。我一個人坐在位置上搖頭笑著，不知他們知道自己的談話全部入了我的耳朵會怎麼想。口乾舌燥，糕點咽在喉嚨口，瞟眼間，案几上還有一個白玉壺，掀開蓋子，頓時香甜的桂花香飄逸出來，是上好的桂花釀。

就像孫悟空大鬧蟠桃會一般，我把案几上的美酒佳釀、糕點水果一掃而空。果然是好酒，香甜可口卻不辛辣，入口即化，唇齒留香。

吃飽喝足，抬腳走人，簾子一撩，卻是夕陽紅，我居然睡了一天。

四人表情各異地看著我，我自顧自準備離開，就在我要走出他們的範圍時，一個侍衛立刻攔住了我：「雲先生去哪兒？」我認出了他的聲音，是紫電，這四人一直都是一樣的裝束，一樣的黑衣，一樣的帥氣，我回道：「回家。」

「不准！」

我看著紫電認真的臉，有點弄不明白：「為什麼？」

「主子命令我們要好好看護雲先生。」一邊的赤炎解釋著，眼裡充滿對我的好奇。

「原來如此，那我去跟他打聲招呼。」

「雲先生請留步。」紫電叫住了我，我看著他，他似乎有話要問我，他躊躇著，我淡笑道：「紫電有話不妨直說。」

他驚道：「雲先生知道我的名字？」

「嗯，剛才我在裡面聽青雲這麼叫你。」我看了看另兩個侍衛，一個嚴肅，一個冷漠，冷漠那個多半是藍冰，那麼另一個應該就是青雲，而且當我說到青雲這個名字時，他也正朝我看來。

「那麼說，我們剛才的對話……」

「一字不漏。」我淡淡地笑著，肚子還是有點餓，「紫電想問的就是這個問題吧，放心，我不會說出去的。」

果然，四個男人的臉立刻畫滿黑線。

真是一群八卦男。

轉身的時候，正看見孤崖子和北冥出來。北冥面朝孤崖子辭行，因此沒看見我，倒是孤崖子看見了我，先是一驚，他吃驚的目光引起了北冥的注意，他轉身順著孤崖子的目光看見了我，然後朝我微微一笑。

我緩緩走到孤崖子面前，行禮道：「老先生別來無恙吧。」

「雲公子客氣了，經上次觀星會，老夫深感與雲公子頗為投緣，正好有三個問題想詢問一下雲公子。」

「不敢當，晚生定知無不言。」

「雲先生從何而來？」

我揚起臉看著一臉深沉的孤崖子，一時不知如何回答，便道：「從遠處而來。」

「嗯。」孤崖子點了點頭，又問：「那欲往何處？」

沒有方向，自己都不知該何去何從，便道：「到遠處而去。」

孤崖子的雙眼微微睜了睜，再問：「有何打算？」

我還會有什麼打算，自然是隨遇而安，於是我道：「及時行樂。」

「好！好！好！」孤崖子突然喊了三個好字，把我喊懵了，他忽然拉住了我的胳膊激動道：「老夫終於後繼有人，老夫決定收雲公子做徒兒，雲公子可同意！」

「啊？」我疑惑不解，身邊的北冥立刻拍著我的後背，笑道：「雲先生，這可是大好的機會啊，孤老先生可不隨便收徒弟。」

「呵呵，老夫也不會勉強，雲公子且回去慢慢考慮，幾時想做老夫徒兒，幾時來找老夫。」看著孤崖子諱莫如深的笑容，我只有淡笑著點頭。

坐在北冥的馬車上，我始終想不明白為何孤崖子突然提出要收我做徒弟，我連那三顆星星都找不到啊。

「雲先生真是可喜可賀啊。」北冥在一旁為我高興，他一點也不介意我吃光了他的東西。

我右手肘撐在一邊的窗框上，右手自然歪曲著放在鼻下，食指抵在唇上，輕輕摩擦，這是我思考的習慣性動作。我不再揣測這些人意欲何為，而是揣測老天意欲何為？他想做什麼？他下一步棋又想怎麼走？又要給我安排怎樣的命運？讓我扮演怎樣的角色？

如果我順了他的意，做孤崖子的徒弟將會如何？如果不做，又會如何？

「雲先生受傷了？」脖子忽然被人碰觸，將我一下子驚醒，差點忘了身邊還有一個北冥。汗一下，居然當他不存在。

我慌忙摸了摸布條，乾笑著：「沒事沒事。」

「雲先生！」北冥的神情忽然認真起來，「受傷不是兒戲，在下發現雲先生的時候，雲先生躺在山野之間，是不是雲先生又遭到行刺？」

「沒有……」我側過臉看著窗外，暮色正濃，一輪淡淡的月亮正從東邊升起。

「傷口若是不好好處理會腐爛，所以雲先生還是讓在下看看！」北冥忽然拉扯我的布條。我怒了，打開他的手，生氣道：「我說不用了！」

我的怒喝飄出窗外，此刻窗簾正掀著，外面的侍衛驚懼地朝裡面望來，我立刻垂下臉看自己的腳。我不該如此，把氣出在北冥身上，他畢竟是好意。

北冥靠在一邊不再說話，試想他一個皇族幾曾被人忽視，甚至是冷落，還被人喝斥。

暗自懊惱了一番，自己又衝動了。用眼角的餘光偷偷瞄了他一眼，發現他正瞇眼盯著我的脖子，眼中射出了懾人的寒光。我有點心虛地拉好脖子上的帶子，深怕那些草莓印露出來讓他看見。

「對……對不起……」我不敢看他，小聲說著：「您是殿下，小人……小人還是……」

「你是不是餓了？」

「啊？」我在跟他道歉，他卻問我餓不餓，我揚臉看他，他的臉上掛著神祕莫測的笑：「你把案上的東西全吃了，一定餓了，我們去吃東西。」

「呃……好……」

「雲先生願不願意去北冥府上做客？」

又來了，想騙我去他家……我的臉瞬即垮了下來，他為什麼就是不肯放過我？

北冥單手撐在車窗邊，淡淡說道：「是做客，不做事，既可保障你的安全，又可讓你遠離某些人的騷擾。」

某些人……騷擾……心慌了一下，莫非他剛才看見了？

我皮笑肉不笑道：「只吃飯不做事？」

「嗯，只吃飯不做事。」

「米蟲？」

北冥覺得我這個形容很有趣，臉上也揚起了笑意：「嗯，米蟲。」他輕輕吸了口氣，道：「經雲先生這麼一提醒，在下的家裡還真養了不少米蟲。」

「那最好，多我一條不多。」

「也對，多你一條不多。那我們幾時啟程？」

北冥是來真的了，我旋即陷入沉思，真要跟他去嗎？如果我離開【無雪居】，離開隨風，我一個人根本無法立足，既然要躲，就躲個徹底。我側臉看著北冥，他深沉的眼睛裡看不出任何情緒。這個人城府如此之深，我跟了他會不會真如他所說，只做米蟲？他會不會軟禁我？

其實我的能耐相處久了就會知道，不如先在他府上躲一陣子，逃避追殺，也逃避……隨風，然後再離開，想那時北冥已經知道我是怎樣的人，自會放我走。

我立刻笑道：「等秋雨完婚。」

「哦！」北冥瞬即瞪大了眼睛，「對啊，真沒想到寧公子原來是女子，讓在下可是大吃一驚啊。呵呵，好，北冥就等先生，不知北冥是否可稱呼先生為飛揚？」

「當然，朋友嘛。」我象徵性地拍了拍他的肩膀，他愣了愣，然後也抬手拍了拍我的肩膀，笑道：「對，朋友。」

我不知道自己是不是在跟一頭猛虎打交道，但在危險的森林裡，我這隻狐狸只有找森林之王做靠山才能安全。

北冥請我大吃一頓後，將我送回了【無雪居】。我鼓足了勇氣，決定跟臭小子說清楚，早上被他這麼一逼，把我全搞亂了，既然現在已經清醒，是時候結束這段累人的感情。

不過話說回來，心裡好不甘心，要不做他小妾？不！絕對不行！

對！天下兩條腿的男人多的是！

進入院子的時候，有點奇怪。院裡沒人，思宇和隨風都不在。

我好奇地去韓子尤的院子，就快接近書房的時候，我聞到了所有人的味道，隱隱還傳來吵架聲，由於距離較遠，聽不清楚。我輕輕靠近，躲在拐角的窗下，望向裡面。

「你到底怎麼回事！非雪去了哪兒你居然不知道，你是怎麼做護花使者的！」思宇正揪著隨風的衣領。隨風無力地垂著臉，頹然地站著。

韓子尤上前拉思宇，卻被思宇強硬架開，她依舊牢牢揪著隨風的衣領：「你說你愛她，你根本不知道她到底想要什麼！你好自私！你只想著自己要如何擁有她，卻從沒想過如何給她一個幸福的將來！」我想我和隨風，基本上沒有未來。因為我不夠惡毒，惡毒到做掉青煙。

隨風愕然地揚起臉看著思宇，他扣住思宇的肩：「她跟妳說了什麼？她是不是跟妳說了什麼？」

「說了什麼？我問你，你的未婚妻怎麼處理？」

思宇的話一出口，隨風臉上立刻露出迷茫的表情，他的迷茫讓我徹底死心，可見他從未想過這個問題。

「未婚妻？這和非雪又有什麼關係？」

果然……

思宇揚起拳頭就打向隨風，隨風立刻閃過，怒道：「這個世上只有一個女人可以打我的臉！」

韓子尤抱著情緒激動的思宇，輕聲勸著：「一定會找到非雪的，我已經派人出去了。」

「子尤！你放開我，我要打醒這個白痴！隨風你這個混蛋！你有沒有想過非雪是不可能做你的小妾啊，虧你還看過……」思宇憤恨地咬住了下唇，似乎在考慮用詞，「看過非雪的那個……小說……難道不知道我們這種女人要的是怎樣的婚姻嗎？」

「怎樣的婚姻？」隨風還處於怔愣，倒是韓子尤緊張起來，他急急轉過思宇的身體，緊張地問道：「妳要怎樣的婚姻？」

思宇翻了個白眼：「子尤，別添亂，我們那裡的女人都是一夫一妻，你沒有未婚妻吧？」

「沒有，絕對沒有，我只有妳一個！」韓子尤神情緊繃，看見他這個樣子我很欣慰，證明他真的很在乎思宇。

思宇再次來到隨風的面前，大聲吼道：「如果你無法給她這樣的幸福，你就老老實實做她朋友，否則你再逼她，她只會像離開那三個男人一樣離開你！」

是啊，逃避不能解決一切，可我再一次選擇了逃避。

忽然一道寒光滑過，韓子尤的書桌上立刻出現一個竹管。難怪韓子尤擅用暗器，這幫【天目宮】的都喜歡飛東西。

韓子尤急來到書桌邊，思宇忙問道：「怎樣？」

隨風依舊佇立在那裡，孤寂的風帶起了他的瀏海，為何看他痛苦我會心痛？心好痛，好痛，我不想再痛了。

「非雪回來了，在【無雪居】，是北冥軒武送她回來的。」

「北冥？北冥又來找她？」思宇騰騰騰走到呆滯的隨風面前，狠狠推了他一把，「聽見沒！如果你再逼她，她說不定會真的跟北冥離開。是安安分分做你的小跟班，還是逼她走就看你了！」說完，她跑出了書房，朝【無雪居】跑去。

韓子尤走到隨風的身邊，用男人式的安慰，拍著隨風的肩。

我靜立在牆邊，無力地靠著，思宇……謝謝妳，有些話我不知該如何表達，但妳卻清楚地幫我告訴了他。

為什麼人總是說別人容易，說自己難。

隨風，我再次看了他一眼，我們只能做朋友，就讓我們回到從前吧。

我悄聲離去，正好碰到又從【無雪居】裡急急跑出的思宇，她一邊跑還一邊罵：「說什麼回來了，連影子都沒有，什麼破【天目宮】，什麼效率！」她悶頭往前衝，也沒看前面是否有人，結果就撞在了我的身上，兩個人都被撞得後退。

她正想罵人，一看見是我，就撲了上來：「非雪，妳跑哪兒去了？嚇死我了，我真怕又是夜叉對妳不利。」

「放心，我命大著呢。」我安慰地拍著她的背。

身後走來兩個人，熟悉的氣息帶出了我的苦澀，正是韓子尤和隨風。

隨風的臉色很蒼白，深沉的目光裡帶著他的痛苦和憂慮。

韓子尤急急跑上來高興道：「回來就好，回來就好，妳的脖子怎麼回事？受傷了？」

我淡淡道：「沒事，只是風疹。」

「噗！」忽然，空氣裡帶出了血腥，誰都沒想到隨風居然會吐血，站在他身邊的韓子尤當即扶住他：「沒事吧。」我的心隨之提起。

「沒事……」隨風淡淡地答著，隨意擦了擦唇角的血，眼中是死一般的沉寂，他毫無神采的眸子和唇角的血讓我陷入一片灰暗。

「回來就好……」他淡淡地說著：「以後少跟北冥接觸。」然後他提著劍與我擦身而過，與他擦肩的那一剎那，我深知，隨風已死，在我身邊的不過是原來的他，那個當初帶著目的而來的他……

我回來了，隨風消失了，多出來的，是一個酒徒。

我無法再讓自己出現在他的面前，只怕傷他更深。

北冥是三天後走的，他此次來就是為了接孤崖子回去，他能請到孤崖子做謀士，成功指日可待，雖然我還不清楚他到底有多大的野心。

不過他說中秋會過來，並邀請我共度中秋，我因為思宇的事回絕了他，然後給他介紹一個好去處，就是去看【天樂坊】的表演。

越是接近節日，時間越是飛快，我整日忙碌著，都不知道自己在忙什麼？隨風整日都消失，也不知道他去哪兒？總之我們從那天之後幾乎沒碰過面，彼此心照不宣地保持一定距離，給對方空間，讓彼此好好冷靜。

眼看明日就是中秋，我希望能給思宇一個難忘的中秋之夜，韓子尤也偷偷找我商量，說想跟思宇提親，卻不知該如何給她一個浪漫的回憶，我拍著胸脯讓他放心，一定會給他們安排一個浪漫的中秋之夜。

想了一個很好的計畫，但我沒有告訴韓子尤，只叫他明晚務必帶思宇到峽谷出口的蘆葦蕩，他帶著疑惑走了。想著明天的計畫還需要一個非常重要的道具，自己又不行，只有找隨風幫忙。

發現自己的臉皮也頗厚，賽過長城的城牆。不過……我只有他……

我用我的鼻子找他，他自從那天就開始不是整日睡覺，就是鬧失蹤。我知道應該和他保持距離，讓他減輕痛苦，但我們……能做好朋友吧……

嗯，好朋友。而且，我和他一起的日子，也不多了。

我在韓子尤的後花園找到了他，他倒是挺會選地方，此時正是菊花怒放，丹桂飄香，一片菊海之中，躺著一個白色的身影。他右手枕在腦後，臉側向一邊，左手隨意地放在身上。呼吸勻稱，似乎睡得正香。

白色……他從不穿白色，難道他也想重生？

「隨風？」我輕聲喚他，絲絲涼風帶起了他散在臉邊的長髮，這樣睡會著涼的，我輕輕撫過他有點蒼白的臉，他瘦了。

「對不起……」我輕聲說著：「就讓我們做永遠的朋友吧……」

我收回手，像以前一樣粗暴地推著他，「起來，有事做！」

他睫毛顫了一下，我的身體為他遮住了陽光，他不耐煩地睜開眼睛，一看是我，就再次閉起，翻了個身，用屁股對著我，嘟囔著：「有事找別人，別來煩我。」

「那好，把錢還我，我們從此兩清。」

他騰地坐了起來，垂著臉，擰著眉，沉聲道：「什麼事？」

我幽幽地笑了。

夜寒露重，蘆葦飄揚，裡面正有兩個身影忙碌著，他們跑進了蘆葦蕩，瞬間一顆又一顆綠色的星星飄起，他們張開網子捕捉。

這兩個忙著抓螢火蟲的人，就是我和隨風。

不公平，非常不公平！他會輕功，可以一下子裝滿袋子，而我只能捉到幾隻。

將捉到的螢火蟲統一放進一個極大的黑袋子裡，黑色的袋子開始慢慢膨脹。

「要這麼多？」隨風看著滿天的螢火蟲皺著眉，那些小傢伙有點難纏。

我笑道：「當然，我要讓他們有和星星共舞的感覺，不多點怎麼像身處銀河？怎麼摘星？」

「摘星？」一個螢火蟲飄過隨風的面前，他抬手一撈，螢火蟲就落到他的手中，我笑著指著他的手道：「看，摘星。」

隨風緩緩打開了手，螢火蟲再次飛離，我看著被我們趕起的螢火蟲，感嘆道：「女人都希望能得到天上的星星，因為星星是獨一無二的，女人只是希望獲得獨一無二的愛情……」我隨手捉住了眼前飄過的螢火蟲，放入自己的口袋，拍了拍身邊出神的隨風：「我們繼續！」

我跑進了蘆葦蕩，用杆子打著蘆葦，停落的螢火蟲再次被我趕起，隨風飛躍在空中，將牠們捕捉。不知不覺跑出了界，來到了湖邊，一望無際的湖水波光粼粼，遠處正是重山，重山之間，便是峽谷，兩國的國界。

「撲通！」平靜的湖水忽然蕩漾開來，泛起一層又一層漣漪，層層漣漪將映在水中的圓月打碎，一個身影正在水中起伏。

不會吧！這麼冷的天居然游泳！

我左看看，右看看，看見湖邊的衣鞋，果然是隨風的，服了他了。

生起一堆篝火，在岸上等他。看著那如同聖誕老人一般大的黑袋子，頗有成就感。

漸漸的，事情變得不對勁，湖裡不再有人起伏，也不再有打水的聲音，一切又恢復死一般的寂靜。心不由得慌了起來，慌忙跑到湖邊，仔細地尋找著隨風的身影，卻怎麼找都沒有，他去哪兒了？不會是……

「隨風——」我大聲喊著，空蕩蕩的湖面上，只有我的聲音，一絲又一絲詭異的風鑽入我的脖頸，帶出我的擔憂。我慌了，跑入湖裡，冰涼的水淹沒了我的膝蓋，「隨風——隨風——」別嚇我！我真的嚇不起！我躍入水中，在水下搜尋。不會的，這小子怎麼都死不了，不會就這樣淹死！可萬一他腿抽筋，或是被海草纏住了腳，或是……

正想著，腳踝忽然被什麼東西抓住，嚇出我一串水泡。

沒這麼倒楣，遇到水鬼了吧……

那雙手順著我的腳踝摸了上來，我嚇壞了，拚命踹水往上游去。

我浮出水面，抓住我腿的手忽然又往下拉，我再次沉了下去，喝了好幾口水，拉住我腳的手忽然消失了，有人從我面前游過，浮了上去。

我趕緊跟了上去，然後就看見一張壞壞的笑臉，月光下，隨風的臉很是陰險。

「你有病啊，這樣很好玩嗎！」我怒了，大聲朝他吼著，慶幸著自己的淚水被湖水掩蓋。

隨風面帶無辜道：「我抓了一個晚上，洗個澡很正常啊，妳下來幹嘛？而且……」他伸手壞笑著扯了扯我的衣袍，「還穿著衣服游泳。」

我憤怒的瞪著他，湖水浸濕的長髮，緊緊貼在他的臉邊，淡淡的月光將他帥氣的臉勾出一層銀光，我忽然意識到他沒穿衣服，線條柔美的脖頸下，正是他結實的胸膛，體溫有點不受控制地升高，我慌忙撇過臉朝岸上游去。

我自顧自地上了岸，跑進了蘆葦蕩。氣死我了！這小子鐵定故意的！

我開始脫身上的衣服，一陣秋風掃過，凍得我直哆嗦。這個混蛋！害我受涼，如果明天感冒，我絕不饒他！將濕衣服全部擰乾，再將頭髮擰乾。

這個差勁的晚上，這個差勁的隨風！

蘆葦搖曳，兩米高的蘆葦遮住了我的身體，我用擰乾的衣服擦乾自己的身體，真是鬱悶至極，汗毛根根豎起，夜風吹乾的效果相當好。

「哈啾——」再一個噴嚏，鼻子開始塞住，淡淡的風裡，我還是嗅到了一股熟悉的味道。

「雲非雪——」不遠處傳來隨風的聲音，我慌忙穿衣服，看來鼻塞影響了嗅覺。

「雲非雪——」一把怒火燒了上來，我也不理他，繼續穿衣服。

耳邊傳來腳步聲，我扭頭看去，隨風已在身旁，他頓住了腳步，出神地看著我，微乾的長髮散在背後，雪白的袍衫前是他兩縷青絲。雖然他此刻俊美得像個天使，但在我眼中更像白無常！

我冷冷地瞪著他，現在的我穿著裏衣，除了頭髮散亂，其他基本蔽體，這裡的裏衣跟我們那裡的長袖長褲沒區別。頂多因為水的關係貼在身上而已，跟我們那裡的緊身衣差遠了。

「看什麼看！臭小子！」我沒好氣地瞪著他，他的眼裡正燃燒著火焰。

他被我喊回了神，開始解自己的衣袍。

我緊張道：「你幹嘛？」

他愣了一會，忽然壞笑著開始向我靠近，一邊靠近一邊脫衣服：「荒郊野嶺，蘆葦叢中，孤男寡女，妳說還能幹嘛？」

我慌得開始後退，正準備跑路的時候，身上忽然被人一點，渾身立刻無法動彈。

「哈哈哈，想跑？」隨風在我面前得意地笑著，將脫下的外袍扔在地上，開始脫中衣。

我慌了，想喊卻又喊不出聲。靠！也不用把我穴道全封了吧？現在想想原來隨風一直都保留實力讓著我。

他把脫下的中衣扔在我臉上，我一下子愣住了，只覺得一邊臉蛋被人捏緊，隨風的聲音傳來：「白痴，穿濕衣服會感冒，趕快換上，我在篝火那裡等妳。」然後，他輕輕點在我身上，我立刻恢復自由。我鬆了口氣，怒道：「臭小子就不能好好說嗎？不知道年紀大的人經不起嚇嗎？」

「哈！妳承認自己老了嗎？」隨風穿著白色的裏衣，環抱著雙手站在一邊笑著：「妳能交上我這個朋友，證明妳沒白活。」我瞪了他一眼，準備脫裏衣，立刻意識到隨風還在，我朝他努努嘴，他聳了聳肩離去。

朋友……

他說我們是朋友……

呵……真好……

整個人一下子輕鬆下來，心情也好了許多。

回到篝火旁的時候，隨風正在打坐，他們這些練武的就是好，只要運一下氣功，就可以禦寒。如果說他如果能把我衣服蒸乾那有多好。

我躺到離篝火最近的地方，將濕衣服放在一邊烘烤，火焰暖洋洋的，驅除了我方才的涼意。抱緊身體睡覺，散開的長髮滑落肩膀，遮住了我的臉，也遮住了火光。

透過自己的髮絲看著眼前跳躍的火光，心底為他擔心，他身體好了嗎？那天……他吐血了……而我卻狠心離開。我當時真的……真的好想衝過去將他抱住，告訴他，我是多麼愛他，可是我不能，是我讓他心傷，是我讓他吐血，如果我還去招惹他，卻不和他在一起，只會更加折磨他……為什麼我不夠壞？我大可搞定隨風，然後找個機會做掉青煙。哎……現在我連隨風是誰都不知道，怎麼了解對手的情況？

他是誰？她又是誰？

他會是國主嗎？

呵……我現在遇到的都是這個級別，多個隨風又有何奇怪。

那青煙就是皇后了，做掉她對隨風會有什麼影響？如果我真的成了那樣的女人，隨風可能就不再愛我。

他愛的，就是現在這個膽小懦弱，縮頭縮尾的雲非雪。

現在這樣不是很好？朋友，相對的距離，讓我們更和諧，時間會沖淡一切，就讓我們都冷靜冷靜吧……

「喂！」隨風沒好氣地喊了一聲，我閉上眼睛，因為我不知道該跟他說什麼，有心想關心他，但無疑是揭了他的傷疤。

「老菜皮！」

額頭發緊，小王八蛋！

「雲非雪？」

隨他去吧。

「非雪……」

我睜開了眼睛，因為他這一聲叫得很輕柔。

耳邊傳來腳步聲，我再次闔上眼睛。

他輕輕躺在我的身邊，我感覺自己的後背開始發燙，他在看我嗎？

篝火在面前劈哩啪啦的爆著，靜靜的夜裡傳來他一聲長長的嘆氣聲。

垂落在面前的髮絲被人溫柔地順在耳後，他撫摸著我的長髮。

「非雪，我一直以為相愛的人就能在一起，現在，我發覺自己太天真了……」他的手背滑過我的臉龐，我的心跳在他的撫摸下漸漸失控，「我們生活在不同的世界，有著不同的觀念，沒想到觀念的不同，會讓我們愛得這麼累，即使我根本不碰青煙，妳也不會容下她，是嗎？」

聽他這樣講，我感覺自己好像是錯的，而且很自私，可是……這是事實。

他從背後輕輕擁住了我，我的後背瞬即落入一個溫暖的懷抱，好溫暖，這個懷抱比面前的篝火更讓我覺得安心。

「難道從此以後，我只能這樣偷偷地愛妳？」他的臉貼在了我的後脖頸，那裡也開始變得暖和，「如果做朋友能留住妳，我會安安分分地做妳的朋友，只要能留住妳，總有一天，會找到解決的方法，找到……讓我們在一起的方法……」

他的手覆在了我放在臉邊的手，將它包裹在其中，一個徹徹底底的懷抱，讓我不捨。我依舊「沉睡」著，他真的能找到讓我們一起的方法？我不知道自己是否該相信他，但做回朋友的這段日子，讓我感覺輕鬆。

等……

是啊，等他解除婚約，或是他等我改變觀念，我想到的只有這兩個方法，當然，還有第三條路，讓我和他都不辛苦的路，就是他選擇忘記我，我選擇離開他。

本想掙脫這個懷抱，卻不知不覺地，最終還是睡在了這個懷抱中……

番外篇　星月河之夜

今日北冥約我去星月河，這星月河我聽說過，是北城的一處勝景，而那裡有一座清虛山，山上有一個登仙台，正是觀看星月河美景的最佳地點。因為我早就想看看那星月河，故不顧隨風的反對，跟著北冥前去。

牽馬上山，才正走著，就已經先聽到嘩嘩奔騰的水聲，想必那是條大河。越近聲音越響，起先如遠處的輕雷，漸漸如戰鼓隆隆，而現在猶如萬馬奔騰。果然如北冥說的，在通往登仙台的路口，便有士兵把守，一路上都不見有其他人。估計這登仙台已經被皇室包下。

踏上登仙台的那一刻，面前的景色豁然開朗，只見一條通天大河，從遠處一洩而下，猶如天際的銀河垂落在我的眼前。放眼望去，居然看不到邊際，這河簡直就成了緋夏國的天險。

如此氣勢真如長江黃河，滔滔不絕於千里。我驚嘆於這條雄偉的大河，今日不來，終身遺憾！此情此景，我想吟詩，無奈腦內搜索了一番，《赤壁賦》居然背不出，哎，都怪自己太依賴電腦了。罷了，我忍不住跑到登仙台邊緣撐開自己的雙臂，閉上了雙眼，此刻已近晌午，白花花的太陽很是刺眼。

耳邊是隆隆不絕的水聲，面前是微涼的河風，細細感覺，還有點點水珠，是那河裡的嗎？胸懷大志就是這樣的感覺嗎？享受寧靜就是這樣的感覺嗎？君臨天下就是這樣的感覺嗎？隱世山林就是這樣的感覺嗎？心情很複雜，但卻在水聲中變得寧靜，感覺……很好……

「很壯觀是嗎？」身邊傳來北冥淡淡的聲音，我緩緩睜開眼：「是啊，可惜不屬於任何人……」我放下手開始做伸展運動，將手臂甩來甩去，好讓北冥和我保持距離。

「哦？它明明屬於緋夏和暮廖，先生為何說不屬於任何人？」他微笑著看著我，眼中是遮掩不住的驕傲。

我也微笑：「因為它是大自然，沒人能掌控，它很壯觀，但很可怕。它很美麗，但你卻永遠無法征服它，這就是大自然，神祕而充滿誘惑，但憤怒起來，可是會要人命喲。」

「要人命……」北冥細細體會著我的話，「無法征服……的確啊，它可是給緋夏和暮廖帶來不少麻煩，年年水患就讓兩國的國主好生頭疼。」他俊逸的眉毛皺成了一團，典型的憂國憂民。

鼻尖滑過一陣香味，那是食物的香味，我立刻搜尋香味的來源，卻看見原來在觀仙台的正中是一個涼亭，涼亭裡此刻已擺上了佳餚，可口的食物正散發著誘人的鮮香。當然，我是一個儒雅君子，自不能在北冥面前失了身分。於是我學著那些文人指向桌子：「這是……」

「哦，這是我特命人準備的午膳，此時已是晌午，相信先生該餓了吧。」

「哈哈哈哈……那是自然！那是自然！」我朗聲大笑，蓋過了那氣吞山河的水聲，也讓北冥的侍衛皺起了眉。

「來到這裡就要看夜晚的星月河。」

「嗯，嗯。」我忙著啃雞腿。

「因為那便是星月河的來歷。」

「哦，哦。」我忙著喝酒。

「先生這菜可合胃口？」

「呵呵，合。」我吃得滿嘴冒油，讓北冥身後的侍衛直搖頭嘆氣。一直沒有多留意他的侍衛，原來有四個人，也都是俊朗非凡的男子，讓我遐想連篇，湊在一起可以寫上兩本耽美。

「白日豸蟲飛滿天，日落西山紅似血……」

「嗯？」心中一驚，他怎麼好端端忽然吟起這首詩了？北冥緩緩舉起手中的酒杯，繼續唸著：「夜來月外還有月，暴雨邶城下連綿。先生可知這首詩？」

「聽說過，怎麼了？」

「作此詩的人比孤崖子先生更早預測到這場暴雨的來臨，先生你說這人是不是熟知天機？」

「是嗎！」我驚訝得張大了嘴巴，北冥將酒杯敬到我的面前：「北冥敬先生一杯。」

「哦，謝謝。」趕緊碰一下喝下。

「呵呵……北冥怎麼聽說這詩是先生所作？」

「咳！咳！」酒全嗆了出來，差點噴到對面的北冥，他迅速閃過，「誰啊，胡說八道，小人不過是個寫閨房小說的，都為天下男人所不齒，怎會熟知天機，預測未來？肯定是有人胡說，小人可不敢當。」北冥似乎還想說什麼，我立刻捂住肚子，「啊，小人內急，失陪，失陪。」迅速開溜，鬱悶的是，後面居然還跟了兩個人。

我看著他們，跟他們大眼瞪小眼：「你們不會是想要跟我同尿吧。」兩人的臉立刻變成菜色，轉過了身。

我跑到裡面找了塊草叢，哎，我也算拉風了，如個廁還有兩把風的。隱約中我聽到了他們的小聲談話。

「怎麼看他都像是個酒色之徒，主子怎麼就那麼有興趣呢。」

「是啊，你看看他，舉止行為哪點像雅士，哎？怎麼沒聲音了，不會又逃跑了吧？」他們立刻回身，我迅速站起朝他們揮著手：「這裡有西瓜——快來採啊——」兩個人一陣莫名其妙，不過西瓜倒是真的，山西瓜，絕對甜，看得我都直流口水。

兩個大西瓜被端上了桌，北冥笑道：「看來先生還有所獲啊。」

「當然當然，就在我……那個的邊上。」說完那兩個幫我捧西瓜的侍衛的臉立刻變得土黃，趕緊道：「主子，讓屬下先把這西瓜拿去清洗。」

我在心裡放聲笑著，這是我故意的，誰叫他們在我背後嘀咕，北冥也微微皺了皺眉，揮了揮手，那兩名侍衛就捧著西瓜遠去，只剩下兩名侍衛。

北冥看著我，我看著河，然後開始打哈欠。

「先生祖籍何處？」

「啊……」

「先生？」

「呼……呼……」我單手撐在臉邊裝睡，他只是叫我陪他，可沒具體說要陪什麼，這人眼睛可以攝魂，話裡帶著誘惑，很容易就被他套話，在我們那個世界做審訊員想必最合適，所以對付他，就是不說話最好。

「唔……」耳邊傳來他一聲長長的悶哼，似是無奈又像失望。
「主子，這雲飛揚實在有點過分了……」
「噓……」北冥阻止那人再說下去，彷彿知道我在裝睡。徐徐的涼風吹入了涼亭，裡面帶著星爽好聞的河水味道，不知不覺，還真睡著了。
昏昏沉沉醒來，看見了一輪又大又紅的夕陽，怎麼……我也睡太久了！
「先生睡得可舒服？」
「嗯？」我茫然地看向北冥，由於剛醒，眼睛還帶著水霧慌忙擦了擦眼睛，不好意思道，「本來說好是陪英雄說話的，結果竟然睡著了，真是過意不去。」我看向北冥，此刻他變得清晰，只是盯著我發楞。我疑惑地看了看自己，難道有眼屎？慌忙擦了擦，沒有啊，我疑惑道：「小人有什麼不對嗎？」
北冥回過了神，淡笑道：「沒有，先生很好，先生吃瓜嗎？」我順著北冥的手看到了桌上已經切好的西瓜，太好了，我正口渴，不過我喜歡吃整個的，於是我問道：「有沒切開的嗎？」
「有。」邊上那個侍衛拿出了一個圓的，就要切，我慌忙攔住：「別，我不喜歡切開吃。」
「那怎麼吃？」北冥好奇地看著我，我笑了笑接過西瓜跟侍衛道：「麻煩你在這裡開個口子，小點就好。」
侍衛疑惑地照作，我捧著西瓜滿足地吃了起來，這才是吃西瓜的樂趣，挖個口子用勺子刨著吃，而且還不會吃得滿嘴西瓜，更不會浪費西瓜汁。
「原來如此。」北冥淡淡地笑著：「先生的方法倒是有趣。」一般大戶人家都有人伺候，瓜果都是削了皮，切好了塊，而一般人家更簡單，直接摔開，像我這般吃的還真少見，通常都是酒樓做西瓜盅才如此處理西瓜。

「嘻嘻……」我吃得很是滿足，抱著一個大西瓜，邊吃邊欣賞日落的美景，金黃的太陽給星月河披上了一層金色的外衣，奇的是，這星月河居然不像上午一般喧鬧，反而安靜下來。

「怎麼靜了？」

「這就是北冥想讓先生看的奇景，星月當空之時先生就會明白此河為何叫星月河。」

「是嗎？」

「雲先生可有什麼願望？」

「娶妻生子抱銀子……」我訥訥地說著，這應該是老百姓最基本的願望了，北冥聽罷怔愣了許久：「就這些？」

「嗯，不然還有什麼？當然，能多娶幾個也是好事。」

「呵，這說容易也容易，說難也難，先生有沒有想過考功名，揚名立威？」

「沒。」

「為什麼？」

「煩。」

「可若先生有功名在身又何愁女子和銀子？」

「我現在不也有女子和銀子？」

北冥一下子愣在那裡，說不出話來，我笑道：「萬事萬物無非就在知足二字。北冥公子說得也有道理，有權有勢何愁沒有女人和錢財，但這肩上背負的東西可就越來越重，外人看來你是飛黃騰達，其實已經是身負重物，想飛也飛不起來了，因為身上纏的已經不是一根鏈條，而是千千萬萬根鏈條，不是嗎？北冥公子？」我看向北冥，他深沉地看著我手中的西瓜，我不知他為何看著我的西瓜，或許因為他的視線一時沒地方放就那樣自然而然地放在了我西瓜上，於是我問道，「北冥公子也要吃小人的西瓜嗎？」

「哈哈哈哈……」北冥彷彿一下子噴笑出來，那笑容隱隱帶著一絲沉重，他大聲道：「給我備個西瓜，我也要像雲先生那般吃。」

「是！」

他看著我笑道：「我發現這樣吃西瓜的確有趣，有種像把煩惱都吃下去的感覺。」

「是嗎……我倒覺得像是吃人腦呢。」說著我還在西瓜裡攪了攪，一片鮮紅，看得邊上的人一陣惡寒，北冥只是尷尬地抽笑了幾聲：「先生……果然有趣。」

於是血色的夕陽下，兩個人刨著鮮紅的西瓜吃，一片血色迷離……

當我把西瓜消滅的時候我問向一邊的侍衛：「喂，有沒有匕首？」他一下子怔愣。

我笑道：「做護衛的怎會沒有匕首？」

他戒備起來，似乎要把我就地正法，可惜，現在他們的主人好像比較喜歡我，北冥一說話，他只有老老實實將褲腿中的匕首給我。

「先生又要做什麼？」北冥看著我努力地折騰西瓜，我隨意道：「做西瓜燈。」

「西瓜燈……沒想到先生也會做西瓜燈？」

「很奇怪嗎？」

「在我的家鄉，西瓜不易生長，所以西瓜很少見，更別說西瓜燈了，普通百姓甚至連西瓜和西瓜燈都不知道啊……」

「這很正常，一方水土養一方人，所以要因地制宜，暮廖不能種西瓜但說不定能種其他國家都種不了的東西，這就是商機，有機會我去看看，說不定可以大面積種植人參。」在我印象裡，北方種人參就跟種蘿蔔一樣。

「好啊！」北冥回答得爽快，害我一個激靈，刀刻歪了點，看來一不小心就說錯話了，立刻笑道：「我說著玩呢，人參這麼珍貴的東西怎能像蘿蔔一樣種是吧。看，我做得怎樣？」我將西瓜燈拿到北冥的面前，轉移話題。

西瓜上是我們身邊的星月河，蜿蜒百里，邊上是山巒疊峰。北冥讚許著：「不錯不錯。不過，還缺根蠟燭。」

「屬下去拿。」說著一個就消失不見，我大喊道：「多拿幾根——」不知他聽見了沒。其實北冥的四個護衛的確很帥，改日問問名字把他們畫下來。

於是我開始做第二個，打算送給思宇，而手上這個打算給隨風。一想到隨風，就不由得下手狠了起來，三下兩下就是兩個眼睛一張大嘴，西瓜版的南瓜惡魔燈，這個適合他，呵呵。

不知不覺就迎來了夜幕的降臨，就在銀勾初上的時候，那星光河果然開始變得寧靜。此刻的它，宛如一名含羞的少女，靜靜地躺在山下，微動的河水就如她的長髮，輕輕飄揚。滿天的星光，映在河中，與天際的銀河相接，有如仙境。

「真是如此！」我激動地跑到石台邊，望著那地上的星光之河，以致於我語氣都開始顫抖，「神奇！太神奇了，美！太美了！這才是銀河落九天，神水天上來，哈哈哈，這才是真正的人間仙境，大自然的奇蹟！」

「好一句銀河落九天，神水天上來！」北冥的情緒似乎也被我調動。

我驚喜地拽住他的胳膊，把他身後的侍衛看的驚惶失措：「扶著我！」

北冥看著我，很疑惑。他只是看著我，看著我到底要做什麼。

我緩緩抬起右腳，邁出石台，石台下，就是萬丈懸崖。

「先生小心！」北冥被我大膽的舉動，嚇了一跳。

我笑了，笑容和星光一起綻放：「所以叫你扶著我，我要感受一下腳踩銀河的感覺。」

北冥了然，扶住我的腰，那一刻，他微微一怔，我將身體略微前傾，看著懸空的右腳下的星河，此刻我的眼中沒有懸崖，只有星光。右腳移到之處，就將星光遮住，踩到了，真的踩到了，我彷彿回到了兒時跟一群小娃玩踩影子的情景，好懷念，好興奮。我退回懸崖，抬手摘星，一把又一把地將星辰抓入手中。李白，原來觸手摘星辰是這樣的感覺。

「雲飛揚！」突然，一聲大喝，我的手頓在半空，隨風怎麼來了，難道是接我回去？

我回頭，果然隨風站在涼亭裡被北冥的四個侍衛團團圍住，他沉聲道：「先生，該回去了，家裡姑娘急了！」

思宇會急？我看是你急了吧，不過此刻我正在興頭上，立刻放開北冥，和他拉開距離拱了拱手：「北冥公子，那位想必你也認識，能不能讓你的侍衛退下。」

北冥看著我出神，就像我下午剛醒來時那樣定定地看著我，裡面似有一個很大的疑團，解不開的疑團。他慢慢回過身，揮了揮手，四大侍衛散去，我開心地迎了上去，此刻已經興奮地忘記我們之間的「恩怨」：「小風小風，有好東西！」

「嗯？」隨風依舊跩跩的，雙手環胸，我拉住他就跑向山崖，他不耐煩道：「該回去了，不然秋雨又要扁人了。」

「知道了知道了，看完就回去。你看！」我指著星光河，「神奇嗎？」

隨風的表情淡淡的，就像一杯白開水，然後轉身就想拉我走：「這河我都看了不下千次了，快回去，別讓大家擔心。」

「原來如此，那這樣呢！」我拉住他然後將推往他崖邊，他驚道：「妳又想殺我，不就欠妳五千兩嗎！妳犯得著……」他在那邊大呼小叫，我則從他身後抱住了他，頓時，他不說話了，我怒道：「別吵，煩死了，把腳伸出去！」

「什麼？」

「是不是不伸啊！我真推你下去！」

「好了好了，哪隻腳？」

「隨便！」他伸出了右腳。

「往下看！」他的身體微微前傾，我使勁抱住他的腰，好重。漸漸地，我感覺到他身體的放鬆，我笑道：「怎樣？好看嗎？」

「這……這是……」

我看不到他的表情，但我感覺到了他的震驚：「以前沒試過吧，大哥我怎麼會騙你呢？是不是有種空靈的感覺？可以忘記一切煩惱，宛如世界只剩下你一個人？」

「還有妳……」

「哈哈哈……那是因為如果我不抱著你，你肯定掉下去。好了，我堅持不住了，你好重。」我將他拉回崖邊，放開他，他緩緩轉過身，看著我怒道：「喂！我還沒看夠呢！」

「那就讓如花抱著你，呼……你真的好重……」

「不要，我就要妳抱。」他雙手環胸，霸道地說著，我生氣了：「你有完沒完，你想讓我也掉下去啊，小屁孩就是自私。」

「誰是小屁孩？」

「你！」

「哼！那妳以後別叫我這個小屁孩幫妳做事！」

「不做就不做！」

「好！妳說的！」說著，他一轉身就走，我這才想起被我晾在崖邊的北冥，匆匆行禮：「多謝北冥公子的款待，雲某該回去……」話還沒說完，就被人拽住了脖領往回拖。該死！又這樣拉我！心中一團火開始燒了起來，努力擠出一個笑容跟北冥作最後的告別：「後會有期……」

北冥站在崖邊搖頭輕笑，大聲道：「北冥會再來拜訪先生。」

「好啊……」

「好什麼好！人家擺明了有目的！」耳邊傳來隨風的冷語，他將我拉到身後，做出一副要揹我的樣子：「上來，看妳這興奮的樣子肯定不會好好看路，萬一滾下山就麻煩了。」

「那我不客氣啦。」我跳上他的背，看見了桌上的西瓜燈：「還有我的西瓜燈。」

隨風冷哼著將西瓜燈一起拿上，送入我的手中，此刻西瓜燈裏已經放入蠟燭，淡淡的燈光正好為我們照亮山路。

「就知道妳玩野了！」隨風揹著我離開後，一邊走一邊數落我：「妳明知道北冥對妳有目的，妳還玩這麼晚，還打算留夜嗎？」

「你知道什麼！你不覺得很划算嗎？有的吃有的玩。」

「划算？我看他才高興呢，又從妳嘴裏套出不少資料吧。」

「誰說的，我為了不說可是睡了一個下午。」

「什麼？妳睡著了！」隨風立刻叫了起來，「那妳有沒有被……」

「想什麼呢！」我狠狠拍了他一下後腦勺，「天下除了你誰會欺負我……」慌忙捂住了嘴，心慌亂地跳了起來，隨風尷尬地咳嗽兩聲低下了臉，心跳從他後背傳來，越來越快。

「呃……這西瓜燈……」隨風有意無意地說著，我開心道：「這個給你，這個給思宇。」

隨風瞪大雙眼看著我所謂給他的那個鬼臉燈，抗議道：「就這個！太難看了吧！」

「你不要？那我扔了。」我作勢要扔，他立刻道：「別，好看，好看，我……很喜歡。」他幾乎是咬牙說出。

我開心地趴在了他的後背，酒勁讓我很興奮也很開心。

隨風，其實我很喜歡你，只是我不敢說。緩緩的，閉上了眼睛，在夢中，我看到了隨風，我鼓起勇氣對他說：「我喜歡你。」

「我知道……」他輕輕的回答：「其實……我一直知道……」

這個夢，真美。

國家圖書館出版品預行編目資料

黯鄉魂 / 張廉作. -- 初版. -- 臺北市：臺灣國際角川, 2011.08-
冊； 公分. -- (Kadokawa fantastic novels)
ISBN 978-986-287-248-2(平裝). --
ISBN 978-986-287-349-6(第2冊：平裝). --
ISBN 978-986-287-435-6(第3冊：平裝)

857.7 100011228

Kadokawa
Fantastic
Novels
DX

黯鄉魂 3

2011年12月9日　初版第1刷發行

作　　者：張廉
插　　畫：Ai×Kira

發 行 人：塚本進
總　　監：施性吉
總 編 輯：呂慧君
副總編輯：蔡佩芬
主　　編：吳欣怡
文字編輯：黃怡菁
美術副總編：黃珮君
美術主編：許景舜
美術編輯：宋芳茹
印　　務：李明修（主任）、張加恩、黎宇凡

發 行 所：台灣國際角川書店股份有限公司
地　　址：105台北市光復北路11巷44號5樓
電　　話：（02）2747-2433
傳　　真：（02）2747-2558
網　　址：http://www.kadokawa.com.tw
劃撥帳戶：台灣國際角川書店股份有限公司
劃撥帳號：19487412
法律顧問：寰瀛法律事務所
製　　版：巨茂彩色印刷品有限公司
ISBN：978-986-287-435-6

香港代理：角川洲立出版（亞洲）有限公司
地　　址：香港新界葵涌大連排道200號偉倫中心第二期20樓前座
電　　話：（852）3653-2804